DEVER DE CAPITÃO

RICHARD PHILLIPS

DEVER DE CAPITÃO

Tradução de
Cláudio Figueiredo
Lourdes Sette

Copyright © 2010 Richard Phillips

Publicado mediante acordo com o autor, a/c BAROR INTERNATIONAL, INC, Armonk, Nova York, EUA

TÍTULO ORIGINAL
A Captain's Duty

PREPARAÇÃO
Julia Marinho

REVISÃO
Tamara Sender
Carolina Rodrigues

REVISÃO TÉCNICA
Juarez Alves

DIAGRAMAÇÃO
Ilustrarte Design e Produção Editorial

ADAPTAÇÃO DE CAPA
Julio Moreira

Todas as fotografias sem crédito específico pertencem à coleção particular do autor.
Mapa da Somália reproduzido com autorização da Britannica Concise Encyclopedia, © 2001 by Encyclopedia Britannica, Inc.

Nossos agradecimentos especiais ao DCL pelo uso de Somali Pirate Takedown: The Real Story, cortesia
Discovery Channel e Military Channel.

CIP-BRASIL. CATALOGAÇÃO NA PUBLICAÇÃO
SINDICATO NACIONAL DOS EDITORES DE LIVROS, RJ

P639d   Phillips, Richard, 1956
            Dever de Capitão / Richard Phillips; tradução Cláudio
        Figueiredo, Lourdes Sette. – 1. ed. – Rio de Janeiro: Intrínseca,
        2013.
            264 p. ; 23 cm.

            Tradução de: A Captain's Duty
            ISBN 978-85-8057-401-2

            1. Phillips, Richard, 1956-. 2. Maersk Alabama (Navio).
        3. Sequestro de navios – Aden, Golfo do. 4. Marinheiros
        mercantes – Estados Unidos – Biografia. 5. Comandantes de
        navio – Estados Unidos – Biografia. I. Título.

        13-05302   CDD: 364.164
                                                    CDU: 343.712.2

[2013]
Todos os direitos desta edição reservados à
Editora Intrínseca Ltda.
Rua Marquês de São Vicente, 99, 3o andar
22451-041 – Gávea
Rio de Janeiro – RJ
Tel./Fax: (21) 3206-7400
www.intrinseca.com.br

Para todos os que vão para o mar: a marinha
dos Estados Unidos, a força de elite Seal da
marinha, os profissionais da marinha mercante.
Tenho orgulho de ser um deles.

À minha família: minha esposa, Andrea,
e meus filhos, Daniel e Mariah, que me
ensinaram a ter paciência.

E, por último, à minha mãe e ao meu pai, que
me ensinaram a acreditar.

Sumário

Agradecimentos

Gostaria de agradecer à marinha dos Estados Unidos e aos homens de sua força de elite Seal; sem eles, esta história seria contada por outra pessoa e teria um final diferente.

À minha tripulação, por sua capacidade de enfrentar os problemas unida, manter os pés no chão e fazer o melhor possível como profissionais da marinha mercante norte-americana.

Às empresas para as quais trabalhamos: LMS Ship Management, de Mobile, Alabama, e Maersk Line Limited, de Norfolk, Virginia, pela ajuda e pelo apoio que ofereceram à tripulação e às suas famílias durante e após o incidente que vivemos.

A minha família, meus amigos e vizinhos que nos deram sempre seu apoio: Paige e Emmett, Susan e Michael, Lea, Alison e Amber, só para citar alguns.

Por último, às muitas pessoas que enviaram suas preces e ofereceram apoio durante e após o ocorrido, gesto que significou muito para Andrea e para mim.

Se o medo for cultivado, ele se tornará mais forte.
Se a fé for cultivada, ela acabará prevalecendo.

John Paul Jones, integrante da marinha mercante e
herói da Guerra de Independência dos Estados Unidos

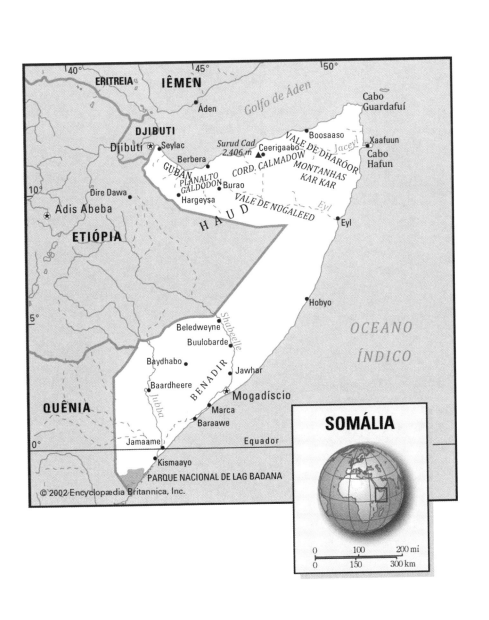

ERITREIA   IÊMEN

40°   45°   50°

Áden   Golfo de Áden   Cabo
Guardafuí

DJIBUTI   Boosaaso   Xaafuun
Djibuti   Seylac   Surud Cad   VALE DE DHARÓOR   Jaceyl   Cabo
2.406 m   Ceerigaabo   Hafun
Berbera   CORD. CALMADOW   MONTANHAS
GUBAN   KAR KAR

10°   PLANALTO   Burao
Dire Dawa   GALDODON   VALE DE NUGALEED   Eyl
Hargeysa

Adis Abeba   Eyl

ETIÓPIA   H A U D

5°   Hobyo

Beledweyne   OCEANO
Buulobarde   ÍNDICO
Baydhabo   Shabeelle
BENADIR   Jawhar
Baardheere   Mogadíscio
QUÊNIA   Marca
Jubba   Baraawe
0°   Jamaame   Equador

Kismaayo

PARQUE NACIONAL DE LAG BADANA

© 2002 Encyclopædia Britannica, Inc.

SOMÁLIA

0   100   200 mi
0   150   300 km

Introdução

O calor a bordo da embarcação de salvamento se tornara absolutamente insuportável. As últimas gotas de água fria do mar que restaram da minha tentativa de fuga haviam evaporado da minha pele algumas horas antes. Mesmo às duas da manhã, o calor opressivo continuava a irradiar do costado da embarcação. A sensação era a de estar sentado sobre a linha do equador. Usava apenas bermuda e meias, mas não podia sequer encostar meus pés no piso porque estava fervendo. Minhas costelas e meus braços doíam pela surra dos piratas, absolutamente furiosos por seu refém americano de um milhão de dólares quase ter conseguido escapar.

Dava para ver as luzes do navio da marinha através da escotilha da popa, oscilando para cima e para baixo ao sabor das ondas, a cerca de meia milha. Eu quase consegui. Se o luar não estivesse tão forte, os piratas nunca teriam me visto. Àquela hora eu estaria bebendo uma cerveja gelada nos aposentos do comandante, contando minha aventura para metade da tripulação e esperando que a ligação para a minha casa fosse completada.

Ao longe, o navio parecia gigantesco. Era como um pedaço do meu lar, flutuando ali, tão perto e quase irreal. Parecia um contratorpedeiro, com poder de fogo suficiente para explodir mil navios piratas e mandá-los de volta para Mogadíscio. *Por que não tinham feito nada?*

A superfície dura de plástico daqueles bancos fazia minhas costas doerem e provocava cãibra nas minhas pernas. Joguei a cabeça para trás, tentando aliviar a tensão no pescoço. Estava amarrado como um animal no meio daquela embarcação. Os somalis tinham atado minhas mãos a uma barra vertical presa à cobertura e amarrado meus pés. Eu nem sentia os dedos. O pirata magricela, aquele que eu chamava de Musso, apertara tanto as cordas que em menos de um minuto eu perdera toda a sensibilidade. Minhas mãos começavam a inchar e pareciam luvas de palhaço.

Eu já estivera em situações melhores.

Fiquei lá, sentindo o coração palpitar e contando os minutos que passavam. Podia ouvir o ranger do bote e o choque das ondas contra o costado de fibra de vidro.

Então, de repente, o ambiente no interior da embarcação se transformou. Ninguém dizia uma palavra. Ninguém se mexia. De qualquer forma, eu não conseguia enxergar muita coisa, apenas os olhos e dentes dos somalis quando eles sorriam ou falavam. Um pálido luar entrava pelas escotilhas, na proa e na popa, mas senti que o clima mudara numa fração de segundo. Era como se um interruptor tivesse sido acionado. Quando alguém está com um AK-47 carregado e apontado para a nossa cara, não há como não sabermos exatamente o estado de espírito do sujeito. Se ele está feliz ou chateado, se o nariz está coçando, se ele está pensando em romper com a namorada. Seja lá o que for, a gente *sabe*. E minha pele sentiu uma mudança no ar — como se algo perigoso tivesse se esgueirado ali para dentro e se sentado bem ao meu lado.

Consegui vislumbrar o que acontecia, porém eu ouvia mais do que via. A primeira coisa foi um clique. O som vinha do ponto de onde a embarcação era governada, o lugar onde o Líder estava sentado. Clique. Silêncio. Clique, clique. Ele puxava o gatilho de sua pistola 9mm, disparando sem munição. Na escuridão, não vi se a arma estava apontada para mim, mas senti um arrepio gelado atravessar o peito. O filho da mãe não tinha carregado a arma, senão minha cabeça teria explodido num grande jato vermelho contra o costado. Também não havia nenhum cartucho na câmara. Por enquanto.

Então, em meio à escuridão, ouvi aquela cantoria. O Líder entoou algo com aquela voz arrastada e os outros três — Comprido, Musso e Jovem, com os olhos arregalados — responderam. Inclinei-me para a frente, procurando entender o que diziam. Tratava-se, obviamente, de alguma cerimônia religiosa, fazia-me lembrar uma missa católica em latim que eu vira quando era criança em Massachusetts. Havia algumas horas aqueles sujeitos riam, contavam piadas e se gabavam de como eram "marinheiros somalis de verdade, 24 horas por dia, sete dias por semana". Quase dava para esquecer que eles eram piratas, e eu, seu refém. Agora tudo mudara. Era como se tivéssemos retrocedido dez séculos e eles pedissem a bênção de Alá pelo que estavam prestes a fazer.

Eu sabia o que estava acontecendo. Mas não precisava ficar sentado lá e simplesmente aceitar aquilo.

— O que vão fazer agora? Me matar? — gritei na direção do Líder.

Na escuridão ouvi-o rir — vi o brilho dos seus dentes —, depois ele tossiu e cuspiu. Então os quatro voltaram a entoar sua ladainha. Tentei mexer as mãos para afrouxar a corda, mas tive de me render à competência de Musso. Ele sabia dar nós como ninguém.

A cantoria chegou ao fim de repente. Tudo estava silencioso, e voltei a ouvir as ondas baterem contra o costado. Encarei a escuridão, tentando ver o cano do AK-47 erguido contra mim. Nada.

— Você tem família?

A voz era debochada, segura de si. Era o Líder, não havia sombra de dúvida.

— Sim. Tenho família — respondi. Com uma sensação de pânico, percebi que não tinha me despedido deles. Mordi o lábio.

— Filha? Filho?

— Tenho um garoto, uma menina e uma esposa.

Silêncio. Ouvi alguns sussurros vindos da cabine de manobra. Então o Líder falou novamente.

— Isso é ruim — falou. Ele tentava me assustar. Na verdade, estava conseguindo.

— É. Isso é mesmo ruim — retruquei. Não importava o que fizessem ou dissessem, eu não podia deixá-los saber que tinham conseguido me abalar.

Musso avançou na minha direção entre as fileiras dos bancos da embarcação de salvamento. Agarrou um pedaço de pano que rasgara de uma camisa e envolveu com ele as cordas em torno dos meus pulsos. Não as apertou, apenas enfiou o pano entre elas. Então pegou dois cordões, parecidos com os usados em paraquedas, um vermelho e outro branco, e começou a cruzá-los pelas cordas. Lentamente. Seu rosto talvez estivesse a uns trinta centímetros do meu; vi que ele estava totalmente concentrado no que fazia. Os cordões branco e vermelho entrelaçavam-se num padrão intrincado, que tinha de ser executado com precisão.

Era uma sensação estranha assistir a si mesmo ser preparado para morrer. Eu tinha a impressão de que eles esperavam que eu colaborasse com meu próprio assassinato, que fosse uma boa vítima e não dissesse nada. Fui tomado por um acesso de raiva. Esses caras não iam me separar da minha família, de tudo e de todos que eu amava. Nem pensar.

Ao concluir sua tarefa, Musso retornou para a cabine de manobra. Os somalis voltaram a falar — dessa vez uma conversa normal — e pareciam ter chegado a algum acordo. Vi o Líder passar a pistola a Comprido, que veio andando entre os bancos na minha direção. Então fora ele o escolhido para fazer o serviço.

Comprido se sentou atrás de mim, em cima do macacão especial laranja do kit de sobrevivência. Por alguma razão, durante o ritual eles precisavam ficar de pé ou sentados sobre algo laranja ou vermelho. Ele pegou o carregador da 9mm, colocou-o de volta e então começou a brincar com a arma. Era como se estivesse brincando comigo. Aquele a quem eu chamava de Jovem, o que ficara me encarando durante os dois dias inteiros, sorrindo como um maníaco, aproximou-se e arrastou meus pés, colocando-os sobre o macacão especial. Ao mesmo tempo, Musso veio e começou a puxar meus braços com força. Imaginei que estavam tentando me deixar na posição certa para que o assassinato fosse mais limpo. O Líder gritou para Musso *"Aperte com força!"* e então para o outro sujeito *"Levante-o!"*, e Musso deu uns puxões na corda com que havia amarrado minhas mãos, tentando manter meus braços acima da cabeça. Queriam me esticar. *De jeito nenhum*, eu disse a mim mesmo. *Não vão me sacrificar como se eu fosse um bezerro cevado.*

Enquanto Musso me puxava, eu resistia com meus punhos enfiados debaixo do queixo.

— Você não consegue fazer isso — murmurei entredentes. — Não é forte o bastante.

Pensei que, se pudesse atrapalhar a cerimônia deles, talvez conseguisse sobreviver mais um pouco. Musso começou a ficar louco de raiva. Suas narinas tremiam, e ele parecia irritado comigo. O suor pingava do seu rosto, e comecei a gostar da situação — esse pirata somali metido a durão e com uma arma automática não conseguia me fazer cumprir suas ordens. Ficamos cara a cara.

— Você nunca vai conseguir — sussurrei para ele.

Musso enfim largou meus braços e me deu um soco na cara. Sorri.

O Líder também estava ficando nervoso, misturando somali e inglês enquanto gritava com os outros.

— Puxem com força! — berrou.

Musso olhou para mim como se estivesse me examinando e sorriu. Pôs as mãos nos meus braços e deixou-as ali por um tempo, como se dissesse: *vamos todos nos acalmar agora, cara.* Assenti com a cabeça, mas conservei os punhos fechados debaixo do queixo. Musso agarrou os cordões enrolados nos meus pulsos e puxou com força. Eu estava esperando por isso. Minhas mãos se levantaram um pouco sob a pressão da corda, mas resistiram.

Agora os somalis grunhiam devido ao esforço; vinham para cima de mim com toda a força. Musso tentou puxar minhas mãos; eu as mantinha abaixadas. Um deles puxou meus pés para cima do macacão laranja, mas eu o chutei. Outro estava de pé atrás de mim com uma arma. Eu respirava com dificuldade, aspirava golfadas de ar quente e sufocante, mas continuava a resistir. No meu íntimo, pensei: *Por quanto tempo mais vou aguentar isso?* Não muito, eu sabia. *Melhor se despedir de todos agora.*

De repente, houve uma explosão junto ao meu ouvido esquerdo. Vi estrelas, e minha cabeça sofreu um baque para a frente até ficar entre minhas mãos. Meu corpo inteiro relaxou. Senti o sangue jorrar entre os dedos e escorrer pelo rosto.

Merda, ele atirou mesmo, pensei. *Ele atirou em mim.*

Minha visão estava embaçada, mas consegui distinguir as juntas das chapas verdes da antepara interna da embarcação, com suas duas linhas, uma vertical, outra horizontal. Parecia uma cruz. Só de olhar para ela acalmei meus temores. Ao contemplar a cruz, me ocorreu a ideia mais estranha. *Vou ver Frannie*, pensei. Minha cadela vira-lata de Vermont, um animal abandonado que adotei e que jamais obedeceu a uma ordem minha. Ela fora atropelada por um carro em frente à nossa fazenda um mês antes de eu partir. Agora eu iria reencontrá-la.

Então ouvi Musso.

— Não faça isso! — gritou. — Não, não!

Levantei os olhos. O sangue da minha cabeça tinha se derramado sobre os nós brancos em meus pulsos. Musso estava enlouquecido.

Respirei fundo. Eu não sabia se tinha me esquivado de um tiro ou se outra coisa acontecera.

Eu devia mesmo ter contado aos piratas: sou teimoso demais para morrer assim tão fácil. Eles vão ter que se esforçar mais.

– 10 dias

Estatísticas relativas à pirataria registram aumento de 20% no primeiro tri-mestre de 2009: Ao todo, 36 embarcações foram abordadas por piratas, e uma delas foi sequestrada. Sete tripulantes foram tomados como reféns, seis se-questrados, três assassinados e um desapareceu — dado como morto. Na maior parte das ocorrências, os atacantes estavam fortemente equipados com armas de fogo e facas. O uso e a ameaça de violência contra tripulantes continuam ocorrendo num índice inaceitavelmente alto (...) As águas na costa da Somália seguem conhecidas pelo sequestro de navios e pela captura de tripulações para a obtenção de resgate.

Relatório sobre pirataria da Agência
Internacional Marítima da Câmara Internacional do Comércio,
primeiro trimestre, 2009

Dez dias antes, eu tinha saboreado minha última refeição em solo americano com minha mulher, Andrea, numa das cidades mais bo-nitas de Vermont. Tudo o que se avista da porta da frente da minha casa reformada de fazenda é uma sequência de colinas verdejantes, vacas pastando e mais colinas. Underhill é o tipo de cidadezinha onde jovens fa-zendeiros pedem suas namoradas em casamento escrevendo com spray em fardos de feno: RACHEL, QUER SE CASAR COMIGO? É um lugar onde, depois de apenas três minutos de caminhada, é possível perder-se em florestas profundas e densas. Temos dois grandes armazéns e uma igreja católica, a St. Thomas, e, de vez em quando, turistas de Manhattan. É tão diferente do oceano quanto o outro lado da lua, e adoro isso. É como se eu pudesse levar duas vidas completamente diferentes.

Na marinha mercante, muitas vezes trabalho três meses seguidos embarcado e outros três em terra. Ao voltar para casa, esqueço o mar. Sou pai e marido em tempo integral. Quando nossos filhos, Dan e Mariah, eram menores, eu cuidava deles desde o momento em que acordavam até a hora em que iam para a cama. Vizinhos e amigos me pediam para tomar conta de seus filhos, de modo que eu tinha que vigiar cinco ou seis crianças. Preparava o jantar — minha especialidade eram rabanadas à luz de velas. Oferecia-me para orientar os estudos dos meninos em casa. Acompanhava-os em excursões da escola. Seja o que for, na vida profissional ou em casa, eu me engajo a fundo no que estou fazendo.

Ao deixar minha família, ficamos separados por longos períodos. É preciso fazer algo especial com eles antes de embarcar, porque pode ser a última vez que os verei. Quando era pequeno, meu filho Dan me provocava:

— Não tenho pai. Ele nunca está em casa. Acho que ele não me ama.

Ríamos daquilo — Dan é exatamente como eu era quando tinha dezenove anos: um garoto metido a esperto, capaz de achar exatamente o ponto fraco de alguém e martelar ali até que a vítima entregue os pontos e ria. Porém, suas palavras sobre eu nunca estar por perto às vezes me assombravam. Porque havia um pouco de verdade naquilo. Durante três meses, meus filhos Mariah e Dan podiam me ver todos os dias — e então eu partia para algum lugar do outro lado do mundo. Para eles não importava que outros profissionais da marinha mercante trabalhassem embarcados por períodos ainda mais longos do que eu; ou que eu conhecesse um operador de rádio que tinha ficado a bordo por dois anos seguidos.

Como marinheiros, temos de guardar nossa vida real numa gaveta e assumir nosso posto na marinha mercante. Porque, no trabalho, mal temos vida pessoal. Estamos a serviço 24 horas por dia para fazermos tudo o que for necessário para o navio. A gente come, dorme e trabalha, e não há muito mais do que isso. É como se tivéssemos morrido e ido para o mar. Então voltamos, tiramos nossa vida real da gaveta e começamos a desfrutá-la.

Acabamos por desenvolver rituais que nos ajudam a realizar a transição da terra para o mar. Os marinheiros usam a expressão "cruzar a barra", que significa deixar o porto e rumar para o desconhecido, para o oceano (também pode se referir à morte de um marinheiro), e precisamos estar mentalmente preparados para essa travessia. É um momento de estresse, quando os medos começam a se insinuar nos pensamentos dos nossos entes queridos. Os perigos associados à minha profissão provavelmente estavam nos pensamentos de Andrea naquele dia frio de março — piratas, ondas bravias, marginais nos portos do Terceiro Mundo. De repente, eu me pegava pensando como um comandante, repassando mentalmente uma lista com milhares de itens: quais reparos serão necessários? Minha tripulação é confiável? Antes, eu costumava começar a fazer isso um mês antes de partir, o que deixava Andrea tensa. Agora, depois de trinta anos no mar, espero até pisar no convés do navio.

Andrea e eu mantemos uma tradição no período em que estou prestes a partir. Primeiro, nós brigamos. A respeito de coisas banais. Nas semanas que antecedem meu embarque, sempre discutimos sobre trivialidades, sobre o carro ou o clima ou sobre as cabeçadas que ela dá por acidente num velho sino de navio pendurado perto do varal no nosso quintal. Ela o acerta umas três ou quatro vezes enquanto bota roupa para secar, e sempre vem gritar comigo para que eu tire aquele negócio dali. (Ainda está lá — tem valor sentimental.) Ficamos pegando no pé um do outro, mas isso reflete nossa angústia, a dela pela minha partida e a minha por deixá-la.

———

Andrea trabalha como enfermeira na emergência de um hospital em Burlington e é uma adorável, exaltada e obstinada italiana de Vermont. Sou louco por ela. Nós nos conhecemos num bar de Boston, o Cask'n Flagon, perto da Kenmore Square, quando ela frequentava o curso de enfermagem e eu, como jovem marinheiro, já tinha dado algumas voltas ao mundo. Percebi aquela morena bonita de cabelos cacheados no balcão e senti que simplesmente precisava falar com ela. Andrea conversava com o barman, pois acabara de descobrir que tinham amigos em comum.

Então, segundo ela, um sujeito alto e barbado apareceu de repente e se sentou ao seu lado.

— Você tem um problema — falei.

Andrea pensou: "Bem, até que ele é bonito. Vou ver aonde ele quer chegar."

— E qual seria? — perguntou ela.

— Ser sempre a mulher mais bonita em qualquer lugar.

— Obrigada. Só há três mulheres aqui. Não chega a ser um grande elogio.

Eu ri e estendi a mão.

— Meu nome é Rich — disse. — Filthy Rich.[1]

Essa era uma das minhas melhores tiradas no início dos anos 1980.

Andrea riu. Depois deixou que eu lhe pagasse uma bebida.

Anos mais tarde, quando já estávamos casados, ela me contou que tinha me achado engraçado, alguém com quem se sentia à vontade para conversar. Como a maioria das pessoas, tudo o que ela sabia a respeito da marinha mercante vinha dos filmes. Acho que foi por isso que ela deixou que eu contasse tantas histórias.

— Você tornava tudo mais intrigante — confessou.

Depois que nos conhecemos, precisei embarcar e Andrea passou meses sem notícias minhas. Ela se mudou para um novo apartamento depois do primeiro ano do curso de enfermagem. Então, certa noite, por volta de uma da manhã, ouviu alguém bater à porta. Ela abriu e lá estava eu, sorrindo como se tivesse ganhado na loteria. Entregou os pontos ao se dar conta de que eu devia ter caminhado por metade de Boston tentando descobrir seu novo endereço. Não estava muito longe da verdade.

Andrea tinha 25 anos e mantinha-se concentrada nos estudos. O trabalho de enfermagem viria a ser a sua vida. Eu estava em seu radar, mas era apenas uma manchinha lá no canto. Eu embarcava numa viagem e logo ela estava recebendo cartões-postais e cartas vindas de portos espalhados pelo mundo inteiro. Então eu voltava a Boston e íamos jantar e pegar um cinema. Às sete da manhã do dia seguinte, eu a levava, com suas colegas, para as primeiras aulas do curso. Entre uma viagem e outra, acumulava uma nova

---

[1] "Filthy rich", expressão equivalente a "podre de rico" e um trocadilho com o apelido "Rich", de Richard. (N. do T.)

série de histórias — de tempestades ao largo do cabo Hatteras, tufões ou companheiros de tripulação meio malucos.

Para mim, aquilo era apenas a vida no mar. Mas ela adorava aqueles postais e os súbitos reencontros.

— Era romântico — diz Andrea até hoje. — Era mesmo.

———

Na noite da véspera do meu embarque no *Maersk Alabama*, Andrea e eu fomos até nosso restaurante favorito, um lugar chamado Euro, em Essex, uma cidadezinha próxima. Ela pediu camarão *scampi* e eu, um prato de frutos do mar variados. E bebemos uma garrafa de vinho que tínhamos levado. Sai mais barato assim. Tenho três quartos de sangue irlandês e um quarto de sangue ianque, mas são esses 25% que controlam o dinheiro. Sou conhecido por ser pão-duro e não me envergonho disso.

No dia seguinte, 28 de março, minha esposa me deixou no aeroporto, como sempre. Nada de extraordinário aconteceu nas últimas horas que passamos juntos.

— Vai dar tudo certo — falei. — Tenho certeza de que vai cair uma tempestade de neve assim que eu for embora. Então, pense em mim como o sujeito deitado no convés, pegando sol.

Adoro neve. Não há nada de que goste mais do que olhar pela janela dos fundos da minha casa para os campos e árvores cobertos de branco. Ela riu.

— Até junho — respondeu ela, me dando um beijo.

Normalmente, Andrea espera até o avião levantar voo; essa é uma tradição que começou quando Mariah e Dan eram pequenos. Eles ficavam diante da vidraça, vendo o avião decolar e acenando para o pai, aproveitando até o último momento o tempo que tínhamos juntos. Mas as crianças agora estavam na universidade e Andrea precisava trabalhar; não podia esperar. Pela primeira vez, não havia ninguém acenando quando o avião partiu. Mais tarde me dei conta disso.

———

Adoro o mar e adoro ser da marinha mercante, porém nos navios conhecemos um bocado de gente esquisita. Acredito que isso tenha alguma relação com o fato de passarmos tanto tempo afastados. Isso nos tira do eixo. Casamentos terminam. Namoradas encontram novos parceiros. Marinheiros recebem e-mails de despedida no meio da noite, em algum ponto longínquo do mar, perdidos no meio do nada. Às vezes um membro da tripulação some: simplesmente pula por cima da amurada do navio e nunca mais é encontrado. Tudo isso tem muito a ver com o estresse provocado por estarmos longe daqueles que amamos.

Os homens da marinha mercante sempre falam do Ricardão. Ricardão é o cara que está transando com sua mulher enquanto você está embarcado. Está comendo sua comida, dirigindo seu carro, bebendo sua cerveja. Quando você voltar para casa, verá o Ricardão sentado no sofá da sala e ouvirá a pergunta: "Quem é você?" Quando um cara telefona para a mulher e ninguém atende, a gente diz que "ela saiu com o Ricardão". Por mais que a gente brinque, a figura do Ricardão é bem concreta. Alguns caras voltam para casa e encontram o apartamento vazio e a conta bancária zerada depois que a noiva sumiu sem deixar sequer um bilhete. E não são poucas as vezes que isso acontece. Cada vez que eu ouvia alguma menção ao Ricardão, sentia-me grato por Andrea. O Ricardão nunca visitou minha casa.

Mas não vou mentir, alguns marinheiros são loucos de nascença — em especial os cozinheiros. Tenho a convicção de que existem pouquíssimos deles com a cabeça no lugar em toda a marinha mercante americana. Nenhum se salva — exceto o meu cunhado, Dave. Porém, também existe uma cota garantida de excêntricos entre o restante da tripulação. Já servi sob um comandante da velha guarda chamado Bombordo e Boreste Peterson que, em meio a uma neblina onde não se via um palmo diante do nariz, se recusava a usar o radar *porque ele acabaria nos hipnotizando e nos levando a bater em outro navio*. O radar era a própria encarnação do mal, como se vê. Um sujeito usou o bigode pela metade durante uma viagem de três meses. Outro pedia que fosse chamado de urso polar quando navegávamos rumo ao polo norte e de pinguim quando íamos em direção ao polo sul. Outro ainda colecionava tantas camisetas dos portos por onde passava que mal conseguíamos abrir a porta do camarote dele. Conheci um marinheiro que apareceu no navio vestindo um casaco de pele de lobo ainda com a cabeça do bicho. Marinheiros são uma raça estranha, disso você pode ter certeza.

Tem sido assim desde sempre. A marinha mercante foi a primeira das forças a serviço dos Estados Unidos — foi fundada em 1775, antes do exército e da marinha. Em todas as guerras em que participamos, incluindo a Segunda Guerra Mundial, os caras que não aguentavam viver sob a pressão dos regulamentos da marinha de guerra acabavam a bordo dos navios cargueiros. Não viam qual era o sentido de ter um vinco nas calças do uniforme, nem de bater continência para os oficiais a bordo; aquilo simplesmente não era para eles. Não é mero acaso que muitos dos escritores da geração *beat*, como Jack Kerouac e Allen Ginsberg, tenham sido da marinha mercante. A necessidade de vagabundear e o espírito de rebeldia andam juntos. Somos um bando de deslocados e revoltados — e também ótimos marinheiros.

Quando levo um navio de um porto a outro tenho sempre livros sobre a história da marinha mercante ou sobre a Segunda Guerra no meu camarote. Fomos os primeiros a morrer na Segunda Guerra — dezessete minutos antes do ataque a Pearl Harbor, um submarino japonês atingiu um cargueiro que levava madeira, o *SS Cynthia Olson*, afundando-o mais de mil milhas ao norte do litoral de Honolulu. Trinta e três marinheiros saltaram para botes salva-vidas, mas nunca mais foram vistos porque o mundo estava desabando sobre os navios da marinha norte-americana muito longe dali. E a marinha mercante sofreu mais baixas do que qualquer outra força durante a Segunda Guerra. Um em cada 26 marinheiros morreu no cumprimento do dever. Tripulantes de navios torpedeados na costa do Atlântico se afogaram em combustível vazado à vista de banhistas na praia. Homens no Atlântico Norte congelaram em botes salva-vidas enquanto seus navios-tanques afundavam. Enormes navios de 150 metros de comprimento carregando munições e dinamite para o fronte foram torpedeados, destruídos em explosões tão violentas que jamais se encontraram vestígios das toneladas de metal ou das centenas de homens a bordo. Simplesmente desapareceram no ar. O que, na verdade, não deixa de ser apropriado. A marinha mercante sempre foi considerada a força invisível — os caras que levaram os tanques para a Normandia, as munições para Okinawa —, mas as pessoas nunca se lembram de nós. O que o general Douglas MacArthur disse era verdade: "Eles ajudaram a salvar nossas vidas e pagaram com as suas por isso."

Porém, quando os rapazes dos cargueiros voltaram para casa, não foram recebidos com desfiles sob chuva de papel picado, nem com uma lei que lhes desse uma vaga na faculdade, como aconteceu com os do exército; nada disso. Eles ainda estão tentando obter o reconhecimento para que possam desfrutar do restante de suas vidas com dignidade. Há uma lei para ser votada no Congresso americano conferindo-lhes uma pequena pensão e o status de veteranos da Segunda Guerra, mas o processo corre tão lentamente que a maioria deles já terá morrido quando a lei afinal for aprovada. É uma vergonha.

Quando eu estava começando na profissão, conheci sujeitos que tinham servido durante a Segunda Guerra em navios que afundaram. E me lembro do que um deles contou:

— Estava na marinha mercante quando a guerra estourou e vi à minha volta navios afundando por toda parte. Fiquei tão apavorado que me alistei na marinha de guerra.

Ele estava apenas jogando com as probabilidades. Naquela época, servir na marinha mercante era uma boa maneira de ir para o outro mundo.

Muitos de nós carregamos essa mágoa. Somos patriotas. Fazemos parte de uma longa tradição e nos orgulhamos disso. Somos obstinados, e entre nós há algumas figuras excêntricas, só para dar um colorido.

Mas as manchetes nunca falam de nós.

———

Naquela viagem a caminho do *Maersk Alabama*, eu tinha um desses livros de história na bagagem de mão, mas, sentado no avião, pensava no que faria assim que embarcasse no navio. Meu voo partiu às três da tarde, em direção a Salalah, em Omã, na costa leste da península Arábica, onde os porões do navio estavam recebendo a carga. Já encarei voos de 42 horas, e dessa vez a viagem não tinha nada de incomum: de Burlington para Washington D.C., de lá para Zurique, de Zurique para Muscat, em Omã, onde desabei num hotel por dez horas. Na manhã seguinte, voltei ao aeroporto para pegar o voo rumo a Salalah. Saí de Vermont em 28 de março e cheguei ao meu destino no dia 30. Seja lá onde houver trabalho para um cara da marinha mercante, a gente estará lá. Shane, meu oficial imediato e experiente marinheiro, viajou comigo a caminho do *Maersk Alabama*.

Levantei-me da cama em 30 de março com o cérebro ainda embotado pelas muitas horas de voo e pulei num carro que me levou até o navio. O *Maersk Alabama* estava atracado no cais, seus dois guindastes içando contêineres para bordo. Subi no navio e, na minha sala, reuni-me com o comandante a quem iria substituir e recebi o *briefing*. Assim que ele foi embora, deixei minha bagagem no camarote, que era ligado à minha sala de trabalho, um andar abaixo do passadiço, a boreste. Para chegar ao passadiço, só precisava caminhar pelo corredor até a porta central. Ao abri-la, eu me encontrava diante da escada central. Bastava subir um andar e eu estava no passadiço, o centro de comando do navio inteiro.

Camarim é como chamamos a superestrutura de sete andares na popa (a parte de trás) do navio. Semelhante a um pequeno edifício, a estrutura abrigava alojamentos, refeitório e enfermaria. Na parte de cima ficava o passadiço, onde amplas janelas desciam do teto até mais ou menos um metro do pavimento. Um painel de aço ia dali até o convés, forrado com um material antiestática feito de borracha. (Os turnos de serviço são realizados no passadiço, no qual um oficial de náutica e um marinheiro de convés estão sempre examinando o horizonte e — é o que se espera — mantendo-se alertas.) Lá dentro, a impressão é de que se está num aquário, com amplo campo de visão para milhares de milhas em todas as direções. No meio do passadiço fica a estação de comando — onde se encontra o timão do navio — e um console de instrumentos eletrônicos para auxiliar a navegação. É ali que está o radar, e ele não se parece em nada com os tubos de raio catódico que vemos nos filmes. Hoje em dia está mais para uma TV, e os navios piscam como pequenas manchas na tela, agora com dados adicionais no lado direito: a velocidade da embarcação, o PMA (Ponto de Maior Aproximação, que nos dá o local em que nosso trajeto cruza com o do outro navio), e o tempo para atingir o PMA. A bombordo (ou seja, do lado esquerdo) ficava a mesa com as cartas náuticas, onde o primeiro oficial de náutica faz seu trabalho. Havia um GMDSS (Sistema Marítimo Global de Socorro e Segurança), que nos garantia informes contínuos e atualizados sobre as condições atmosféricas, além de uma pequena estação eletrônica (substituta do tradicional operador de rádio) e um computador.

A boreste (à direita) havia um equipamento fundamental: a máquina de fazer café, minha primeira parada todas as manhãs.

A bombordo e boreste, portas conduziam às asas do passadiço, passagens laterais com cinco metros de comprimento que usávamos ao manobrar ou atracar. Essas passagens nos permitem ver de cima os costados do navio, para evitar colisões com o cais ou outra embarcação. Acima do passadiço está o tijupá, uma plataforma aberta que marca um dos pontos mais altos do navio.

Cada convés abaixo do passadiço era designado por uma letra. Meu camarote ficava no convés E. O do chefe de máquinas também. Oficiais de máquinas e subalternos dormiam em camarotes no convés D. A tripulação, no C. O convés B tinha mais espaço para os marinheiros de convés e as áreas de lazer do navio. Um convés abrigava o refeitório e a enfermaria. No convés principal ficava o escritório. Descendo para o interior do navio, ficava a praça de máquinas. Em frente a ela estavam os enormes porões destinados a receber a carga, com tanques de lastro, combustível e água na parte inferior. Atrás, ou à ré, da praça de máquinas, debaixo do convés principal, ficava o compartimento da máquina do leme.

Passei as horas seguintes examinando o *Maersk Alabama* com olhos de capitão. A primeira coisa que percebi foi que o navio parecia ter relaxado um pouco na segurança. Vi portas abertas em toda a sua extensão. A porta da praça de máquinas, a que dava para o passadiço, a escotilha que conduzia aos porões de carga — todas serviam de pontos de entrada para qualquer intruso e encontravam-se completamente abertas. Mesmo que estivéssemos no porto, elas deveriam permanecer fechadas, por segurança. As jaulas de piratas também estavam abertas. Jaulas de pirata são barras de aço dispostas sobre as escadas do navio que conduzem do convés principal ao camarim pela parte externa do navio. Depois de subir por uma escada, o tripulante deve abaixar essa grade e fechar a passagem. Essas grades foram projetadas para impedir quaisquer invasores de subirem até o passadiço.

Eu já havia assumido o comando do *Maersk Alabama* em outra ocasião e conhecia bem o navio. Era um porta-contêineres, um dos burros de carga que transportam o Toyota que você dirige, a TV com tela de plasma da sua sala ou os tênis Reebok que está calçando. (Sem a marinha mercante não existiria o Walmart.) Os homens da marinha mercante não navegam nas belas embarcações deste mundo, em iates ou chalupas. Não ficamos a postos com uma das mãos no timão e outra segurando um copo de gim--tônica. Trabalhamos com traineiras, barcaças, graneleiros, navios-tanques. O *Maersk Alabama* fora construído na China dez anos antes; tinha

150 metros de comprimento por 25 de través, com o costado pintado de azul e a superestrutura em bege, como todos os navios da Maersk. Dois guindastes de doze metros, cada um com uma altura equivalente a seis andares, estavam instalados na proa e na popa, o que nos permitia carregar e descarregar depressa os contêineres empilhados na parte de cima do convés a cada viagem. Sua velocidade máxima era de dezoito nós, impulsionada por um único motor a diesel, e a capacidade de carga era de 1.902 TEU (*Twenty-foot Equivalent Unit*, ou unidade equivalente de seis metros, tamanho de um contêiner padrão), o que significava que era capaz de levar aproximadamente 1.092 dos contêineres que costumamos ver nos portos ou sendo transportados em caminhões pelas estradas. Esse navio era igual a mil outros, mas pelos três meses seguintes ele seria meu lar, meu trabalho e minha responsabilidade.

———

Estávamos na rota EAF4 (África Oriental 4), que ia de Salalah, em Omã, para Djibuti, na República de Djibuti, e Mombaça, no Quênia, no oceano Índico. Às vezes incluíamos Dar es Salam na viagem, mas naquela faríamos apenas três paradas. Sempre considerei a África Oriental uma boa rota, até relaxante, comparada aos carregamentos de carros de Yokohama, no Japão, para os Estados Unidos, seguindo um cronograma apertado e estressante. A viagem prometia tempo bom e ensolarado, portos interessantes, um navio sólido. Era uma das melhores rotas que eu já havia navegado, e eu me considerava um sujeito de sorte por isso.

Levávamos uma carga de dezessete toneladas, incluindo cinco toneladas de suprimentos do Programa Mundial de Alimentos, da ONU, com o que chamávamos de "comida para fazer amigos": grãos, trigo, ervilhas, o essencial para a subsistência. Desses portos, a comida seria levada em caminhões por centenas de quilômetros até países como Ruanda, Congo e Uganda, lugares isolados que não conseguiriam ter acesso àqueles alimentos. Cada item — cada lâmpada, par de sapatos e bujão de gás — precisa passar por dois portos, Mombaça ou Dar es Salam. Mais tarde, descobri que havia a bordo do *Maersk Alabama* uma remessa de 23 contêineres com donativos de uma entidade católica destinada a Ruanda. Isso equivalia a um suprimento suficiente para seis meses de subsistência para refugiados sob os cuidados da organização. Se a carga atrasasse ou fosse sequestrada, homens, mulheres e crianças morreriam de fome.

———

Quando embarcamos num navio, nossa vontade é logo levantar âncoras, mas não podemos fazer isso. Há mil e uma coisas para aprontar antes de zarpar, a começar pelo básico: a que horas comemos? Os guindastes estão funcionando? Tem alguma tubulação vazando? O segundo oficial de náutica está trancado no camarote em crise existencial? Costumo dizer que todos os navios são diferentes, mas o trabalho neles é sempre igual. Primeiro é preciso se familiarizar com o navio e manter ali as pessoas que estão se preparando para desembarcar. Os tripulantes estão loucos para deixar o navio e voltar para suas famílias ou para a namorada e um suprimento de três meses de cerveja, mas você precisa, antes de liberá-los, descobrir o que andou acontecendo — senão, você está perdido.

Conheci minha tripulação. Já havia trabalhado antes com meu imediato, Shane Murphy. Ele era jovem, estava em boa forma e era muito ativo. Era um cara objetivo com a aparência de um escoteiro e a mente de um capitão. Tínhamos nos conhecido em circunstâncias curiosas na nossa primeira viagem juntos. Ele estava de passagem pelo aeroporto de Omã a caminho do navio quando funcionários da alfândega decidiram "confiscar temporariamente" seus CDs. Isso acontece o tempo todo, e os CDs muitas vezes vão parar na coleção pessoal do próprio funcionário da alfândega. Shane perdeu a paciência e foi preso por "desacato a um funcionário público". Depois de passar três dias de calor infernal trancado numa cela, conseguimos tirá-lo de lá e o embarcamos no navio. Ele era um bom companheiro, e eu sabia que poderia contar com ele numa emergência.

Mike Perry era o chefe de máquinas, um cristão evangélico na casa dos cinquenta anos com jeitão de cantor de música country. Ele sabia manter uma praça de máquinas em ordem. Eu havia trabalhado com ele cerca de três meses antes na mesma rota EAF4. Mike servira na marinha de guerra e nunca tinha medo de discutir comigo se acreditava que estava com a razão — uma qualidade que sempre respeitei e até encorajei em qualquer integrante da tripulação. Num navio as coisas acontecem tão rápido que é preciso saber automaticamente qual é o nosso dever; quando um tufão ameaça partir seu navio ao meio ou um pirata se aproxima a uma velocidade de 25 nós, ou você cumpre com a sua obrigação ou está perdido. Por isso, nós dois levávamos a sério a questão do treinamento. Havia apenas uma diferença: Mike acreditava que todos podiam ser treinados até atingir o mais alto nível, o que é uma atitude típica da marinha. Eu achava que algumas pessoas eram incapazes de absorver até mesmo os princípios básicos, e tínhamos então de contornar esse problema. Podíamos treinar alguns caras apenas até determinado ponto; não era possível alcançar a perfeição.

Fiquei aliviado ao saber que Mike e Shane navegariam comigo. Ambos tinham espírito de liderança e mostravam-se empenhados em treinar a tripulação e fazer com que as tarefas fossem executadas corretamente, qualidades raras em marinheiros hoje em dia.

Conheci o restante da tripulação. O segundo oficial de náutica, Colin Wright, era um cara do Sul dos Estados Unidos que eu nunca vira antes. Havia também um marinheiro de convés na casa dos sessenta anos que na verdade já deveria estar cuidando de um jardim de gardênias em alguma casa de repouso. Seus melhores anos como marinheiro estavam bem distantes no passado. Com frequência precisávamos explicar a ele as coisas mais elementares, e mesmo assim às vezes ele não conseguia entender. Outro marinheiro de convés se apresentou como ATM. Pedi que me mostrasse seu passaporte para provar que não estava zombando de mim. E realmente lá estava: "ATM Mohammed". Era um paquistanês que tinha ganhado o visto de permanência nos Estados Unidos em um sorteio realizado pelo Departamento de Estado americano. ATM era jovem, entusiasmado e aparentava ser uma pessoa capaz. O restante do pessoal fui conhecendo ao longo do dia. Uma vez a bordo, preparando-nos para zarpar, não sobra tempo para muito mais. A essa altura, a maior parte dos comandantes já é capaz de fazer uma primeira avaliação da tripulação. Aquela parecia ser boa, com exceção de um dos marinheiros mais velhos.

A estrutura organizacional num navio da marinha mercante se parece muito com a dos militares. O comandante é responsável pela tripulação, pelo navio e por tudo o que se encontra nele. Ponto. Abaixo dele há três seções: a seção do convés, dirigida pelo imediato; a seção de máquinas, dirigida pelo chefe de máquinas (conhecido a bordo simplesmente como chefe); e a seção de câmara, dirigida pelo taifeiro-chefe. O imediato é responsável por armazenamento, carga, segurança, parte médica, manutenção, operações de segurança e tudo o mais, incluindo a queda de um meteorito no convés do navio. Abaixo dele está o primeiro oficial de náutica, que cuida da navegação, das cartas náuticas e dos instrumentos eletrônicos do passadiço. Ele é o cara que planeja a viagem, traça as rotas, dá nome a elas e se certifica de que a lista de todos os faróis que encontraremos e os avisos aos navegantes estão devidamente atualizados. O segundo oficial de náutica faz de tudo. Cuida do equipamento de segurança e obedece às ordens do imediato. Abaixo dele está o contramestre, o líder dos marinheiros de convés — é quem na verdade providencia para que as ordens do imediato sejam executadas. O chefe de máquinas e seus homens (primeiro, segundo e terceiro oficiais de máquina) permanecem concentrados naquilo que faz o navio avançar: a praça de máquinas e os sistemas e equipamentos a ela associados (compressores, bombas e motores), assim como a manutenção de todos os equipamentos a bordo.

Mark Twain disse que ir para o mar é como ir para a cadeia, só que com a possibilidade de se afogar, e ele acertou em cheio. Ao embarcarmos, abrimos mão de qualquer noção de vida confortável e normal. Os homens da marinha mercante não são guerreiros de fim de semana; estamos ali para trabalhar 24 horas por dia, sete dias por semana. Na água, todo dia é segunda-feira — um dia de trabalho com mais trabalho a perder de vista.

———

Tenho a reputação de ser durão. Todos me consideram exigente — e sou mesmo. Cada marinheiro tem nas mãos as vidas de seus companheiros, e eu jamais permitiria que elas fossem jogadas fora só porque alguém não estava preparado. O irmão de Andrea, que também é marinheiro, certa vez disse a ela: "Quando está embarcado, Richard é uma pessoa diferente do cara divertido que você conhece. Você não o reconheceria." Realmente gosto de me divertir onde quer que seja, mas não negligenciando as necessidades do navio. Isso jamais acontecerá numa embarcação sob o meu comando.

Minha primeira providência foi deixar bem claro para a tripulação que precisávamos atender às exigências relativas à proteção do navio. As notícias que chegavam da Somália não eram nada boas. Todos sabiam que os piratas estavam atacando as rotas frequentadas pelos cargueiros. O trajeto habitual em torno do Chifre da África nos coloca a uma distância de vinte milhas da costa da Somália; porém, desde 2005, quando os piratas começaram a aterrorizar os navios da marinha mercante na região, os comandantes optaram por se afastar, primeiro a uma distância de cinquenta milhas, depois cem milhas e, por fim, duzentas milhas, num esforço para escapar dos bandidos. Uma viagem que levava cinco dias agora demorava dez. Navios não dobram seu tempo de viagem a não ser que exista gente muito perigosa à espera. Porém, não importava quão longe os navios fossem, os piratas continuavam a encontrá-los e a sequestrá-los.

Assim que pus os pés a bordo do *Maersk Alabama*, comecei a receber e-mails com os informes da Agência de Inteligência Naval dos Estados Unidos e de várias outras empresas de segurança a respeito das atividades dos piratas: misteriosas manchas aparecendo no radar e seguindo navios, trocas de tiros, o diabo. Por todo lado navios pesqueiros e iates estavam sendo levados. Grande parte da ação se desenrolava ao largo do litoral da Somália e no golfo de Áden, uma faixa de águas profundas com 920 milhas de comprimento e trezentas de largura entre o Iêmen e a Somália, no Chifre da África. Algo em torno de 10% do fornecimento mundial de petróleo passa pelo golfo de Áden, em navios-tanques que trazem petróleo dos portos da Arábia Saudita, através do mar Vermelho, e depois para o mar da Arábia, seguindo para a Europa e as Américas. Bens no valor de um trilhão de dólares passam todos os anos ao largo da costa da Somália. Os marinheiros levam os recursos mais vitais para a civilização através da região mais instável do mundo, o que transformou a área em torno do golfo de Áden e do litoral da Somália numa galeria de tiro ao alvo. Qualquer um que navegasse por ali estaria sob constante ameaça de um ataque dos piratas, que vinham se tornando mais engenhosos e violentos a cada mês. O total dos resgates pagos já subia a dezenas de milhões de dólares por ano, atraindo para o golfo jovens fora da lei como abelhas em torno do mel.

Era exatamente para lá que estávamos nos dirigindo. Nosso próximo destino era Djibuti, no extremo oeste do golfo de Áden. Tínhamos de entrar no porto, descarregar e voltar antes que os vilões percebessem nossa presença.

Enviei um e-mail para Andrea dizendo que havia chegado ao navio em segurança e que estávamos nos preparando para partir. Telefonar não é muito do meu feitio. É caro demais. Mas avisei-a de que eu havia embarcado e que pensava nela.

Andrea tem saudades do tempo em que eu escrevia longas cartas ou mandava cartões-postais. Eu costumava enviar pelo menos uma longa carta por semana, contando qual oceano estávamos atravessando, como estava o clima, bobagens que a tripulação aprontava. No começo, assinava os cartões apenas como "Rich". Isso foi quando decidimos que estávamos "gostando muito um do outro", não "apaixonados". Levou algum tempo para irmos além disso. Andrea ainda se lembra de quando recebeu uma carta, antes de nos casarmos, que, no fim, dizia "Com amor, R.". Ela ficou muito impressionada com aquilo. Desconfio de que tenha sido a primeira vez que ela pensou: "Nossa, talvez ele esteja *mesmo* falando sério." Minha esposa guardou todas as cartas que lhe escrevi.

Também cheguei a telefonar algumas poucas vezes, ligando do outro lado do mundo. E sempre começava da mesma maneira. Andrea estaria dormindo; ela pegaria o telefone e eu então diria, numa voz grave:

— Seu marido está em casa?

E ela responderia:

— Não, na verdade ele saiu.

— Ótimo. Vou já para aí.

Não sei como isso começou, mas virou uma brincadeira nossa.

Porém, ela realmente adorava as cartas, em especial quando eu era bastante romântico. Numa delas escrevi: "Estou com saudade da dobra do lado de dentro do seu braço." Como ela podia resistir a isso? Em outra, falei: "Vou ver você na lua." Expliquei a Andrea como a lua cheia era sempre um sinal de sorte para os marinheiros e que, quando eu via uma, pensava nela dormindo a milhares de quilômetros de distância. Então a lua cheia se tornou algo nosso; uma forma de estarmos em contato um com o outro. E, quando nossos filhos eram pequenos, eles olhavam para cima, numa noite clara no céu de Vermont, e gritavam: "Olha, é a lua do papai!" E Andrea diria: "Vocês têm razão." E Mariah e Dan falavam para a lua: "Boa noite, papai. Onde quer que você esteja." Andrea fazia o possível para me manter presente no dia a dia das crianças.

Sempre adorei crianças. Um dos meus empregos antes de entrar para a marinha mercante foi cuidar de crianças esquizofrênicas, e gostei muito da experiência. "Lidar com crianças é uma boa maneira de se preparar para lidar com tripulações", contei a Andrea. E era verdade. Até instituí a "Sala do

Choro" nos meus navios, um espaço de mediação para resolver problemas entre tripulantes. Eu escrevia para Andrea contando a respeito de cada sessão e de como um sujeito entrara na Sala do Choro e gritara: "Ele me ameaçou com uma faca!" Ao que o outro marinheiro retrucara: "Só depois que ele me empurrou!" Eu escutava com toda a paciência, balançando a cabeça enquanto os caras colocavam para fora suas frustrações. No fim, eu dizia: "Vamos apertar as mãos e voltar ao trabalho." Não é todo comandante que faz isso, mas eu sentia que ajudava a criar um ambiente melhor no navio.

Quando eu partia para o mar, Andrea sempre colocava um retrato meu na geladeira com uma foto do "navio do papai". Havia ainda uma lista de perguntas que eu teria de responder quando voltasse para casa. Porém, acima de tudo, tínhamos a lua. Era muito importante para Andrea porque sempre me aproximava dela.

DOIS

– 8 dias

GOLFO DE ÁDEN: Graneleiro (TITAN) sequestrado em 19 de março de 2009 às 1430 UTC enquanto navegava na posição 12°35'N-047°21'E. Seis homens em uma lancha, armados com fuzis AK-47 e pistolas, subiram a bordo e sequestraram a embarcação. Os piratas estão no controle do barco e navegam em direção às águas litorâneas da Somália.

GOLFO DE ÁDEN: Cargueiro (DIAMOND FALCON) foi alvo de tiros em 14 de março de 2009 às 0629 UTC enquanto navegava na posição 13°42'N-049°19'E, cerca de 50MN a sudeste de Al Mullikan, no Iêmen. Homens a bordo de duas lanchas rápidas, armados com automáticas e lança-granadas, atiraram na embarcação. O comandante realizou manobras evasivas e medidas antipirataria enquanto um navio de guerra turco, nas proximidades despachava dois helicópteros para prestar assistência com um navio de guerra dinamarquês. Os homens nas lanchas fugiram depois da chegada dos navios de guerra.

Boletim da África Oriental, relatório sobre ameaças globais à navegação, Agência de Inteligência Naval, abril de 2009

Estávamos programados para deixar Salalah no dia 1º de abril. Acordei às cinco da manhã, chequei a previsão meteorológica e comecei minha rotina matinal. Ando pelo navio inteiro todos os dias para verificar a possível existência de mossas, vazamentos, qualquer coisa fora do comum. Os guindastes portuários haviam içado o último contêiner a bordo e já havíamos pagado a tripulação anterior, registrado os novos membros, carregado os suprimentos — comida, vídeos novos e combustível — e estávamos prontos para zarpar. Às 6h30, eu estava no passadiço, tomando minha primeira xícara de café e fitando o sol que já queimava a superfície da água. O navio era um frenesi de guindastes, homens e contêineres balouçantes em movimento contínuo e agitado. No entanto o mar estava calmo, com o sol enorme e esplêndido pendurado logo acima do horizonte e uma névoa que começava a se dissipar.

Quando se é marinheiro, volta-se a um ritmo ancestral. O sol informa quando acordar e quando ir para a cama. Os dias começam e terminam com nascentes e poentes incríveis. Eu mal podia esperar para estar em mar aberto. *É por isso que se vai para o mar*, pensei, olhando para além da amurada. Eu sabia que todo dia na água seria diferente. Sempre é. O mar nunca parece o mesmo, sua cor muda de preto-granito para um azul vívido e depois para um verde quase transparente. Vai-se para o mar por muitas razões — pela chance de trabalhar ao ar livre, por amor aos oceanos, porque seu pai e seu avô fizeram isso, ou porque se pensa que é um meio fácil de ganhar dinheiro (não é). Mas, se você não gosta de manhãs assim, quando tem a viagem inteira pela frente, é melhor ficar em terra e trabalhar numa fábrica montando torradeiras. Quando se é marinheiro, sair do porto sempre o faz lembrar-se da razão por que, apesar do perigo, do tédio e da solidão, você desde sempre quis ser um homem do mar.

Enquanto nos preparávamos para partir, fiquei no passadiço conversando com o prático que nos guiaria para fora do porto de Salalah. Ele gritou "Máquinas adiante, devagar", e o segundo oficial de náutica respondeu quando eu olhava as rotações do motor, querendo mantê-las bem abaixo do nível máximo. Em meia hora já havíamos deixado a zona portuária e desembarcado o prático, e deslizávamos de Salalah para o oceano Índico.

———

Toda vez que eu saía de um porto, pensava sobre como eu acabara entrando nessa profissão, como era estranho que tivesse me tornado o capitão de um navio. Se não fosse por um marinheiro que queria encontrar algumas garotas e cair na farra, é possível que eu nunca tivesse ouvido falar da marinha mercante. Na verdade, quando eu era pequeno em Winchester, Massachusetts, nos arredores de Boston, muitas pessoas duvidavam que eu fosse além do bar da esquina.

Meu maior problema era ser um pouco descontrolado. Meu apelido no ensino médio era Selva, e tenho que admitir: fiz por merecê-lo. Meus amigos e eu às vezes íamos parar em bares nas partes mais perigosas de Boston ou de Cambridge e, em algumas ocasiões, tínhamos que brigar para sair. Uma vez, no começo dos anos 1970, bebemos umas cervejas e saímos perambulando por Boston até encontrarmos uma multidão. "Um festival", pensamos em nosso estupor. Abrimos caminho pela multidão até chegarmos à frente e percebermos que estávamos no meio de uma passeata dos De Mau Mau (um grupo radical de soldados afro-americanos que lutava contra a discriminação racial nos Estados Unidos), na qual um militante pirado pregava a revolução. Quando o orador nos viu, ficou paralisado. Tivemos sorte de escapar com vida — apenas uma noite como outra qualquer para os garotos de Winchester.

Você tinha que ser bem durão para sobreviver em Boston nos anos 1960 e 1970. Cresci em um bairro com muitos tímidos e nerds estudiosos. Mas também era cheio de caras retrógrados que não achavam nada de mais dar um soco na sua cara para ver que tipo de pessoa você era. E eu não recuava. Era conhecido por não fugir de uma briga. Se você era fraco, era melhor ficar em seu quarto até a hora de sair da casa dos pais.

Tenho certeza de que herdei parte da minha determinação de meus avós paternos. Eles moravam no conjunto habitacional Fidelis Ways em Brighton, uma área em que era difícil viver na época — e ainda é. Eles vieram do condado de Cork, na Irlanda, e chegaram aos Estados Unidos no final dos anos 1920, logo antes da Depressão. Aquela época tenebrosa os afetou bastante. Meus avós provavelmente não tiveram muito durante a juventude, mas o que me impressionava era que eles faziam tudo o que usavam e não desperdiçavam nada. Fabricavam o próprio sabão, o pão e as cortinas, e provavelmente tentaram fazer as próprias roupas em algum momento. Eu era um entre oito filhos (quatro meninos e quatro meninas), e todos nós odiávamos ir à casa de vovô e vovó Phillips. Ninguém podia repetir no jantar, então era melhor limpar o prato, porque não haveria nada mais. Raramente vi minha avó sorrir.

Curioso. Não pensei nisso na época, mas ver o tanto que meus avós tiveram que trabalhar só para sobreviver me marcou muito. Eles criaram uma vida com os restos que o mundo lhes deu. Uma coisa que nunca faltou na minha família foi vontade de trabalhar, e eu via neles a origem disso.

Minha mãe era de West Roxbury, na época um bairro muito abastado de Boston. Seus pais eram professores, e ela trouxe à família a crença de que você devia obter uma educação formal a qualquer custo. Nunca fui um grande aluno, mas ela, pelo menos, fez de mim um leitor, alguém constantemente interessado em se aperfeiçoar. Além de enfiar meu nariz em um livro sempre que possível, minha mãe era a proverbial cola que mantinha a família unida. Era uma pessoa amorosa e solidária, com uma curiosidade insaciável — se eu tivesse algum problema, contava para ela. Andrea diz que meu pai era o vento que soprava nas velas, e minha mãe, a quilha do barco. Com ela, éramos uma família equilibrada. Sem ela, definitivamente teríamos sido jogados aos tubarões.

Meu pai era um típico norte-americano de ascendência irlandesa daquela época: ele fazia coisas para você, mas não o sufocava com afeto. Era duro na queda: tinha 1,88 metro de altura, um peito forte, as pernas curtas e o tronco alongado típico dos Phillips. Gostava de esportes — jogou futebol americano e basquete quando estudava na Universidade Northeastern, onde conheceu minha mãe. Ele dava provas de seu amor saindo e trabalhando como um burro de carga. Você quer isso *e* um abraço todas as noites também? Vá falar com sua mãe.

Papai não era bom em se comunicar. Eu o amava, mas ele era difícil de agradar. "Faça certo e faça de uma só vez, ou não faça nada" era o lema dele, seguido rapidamente por "babaca". Parecia que, o que quer que eu fizesse, a resposta dele era: "Você sempre pode fazer melhor." Isso às vezes me enfurecia. Sim, mas que tal um pouco de reconhecimento pelo que eu fazia certo? Aprendi como fazer as coisas do jeito certo com meu pai. Queria mostrar para ele que era capaz, mas queria fazer isso do meu jeito.

Meu pai acreditava que, quando se tratava de nós, seus filhos, a melhor defesa era um bom ataque. De manhã, ele gritava para que saíssemos do único banheiro da casa.

— Vocês vão se atrasar para a escola! — berrava com sua voz grave e retumbante. Ficávamos tão apavorados que reduzíamos nosso tempo no banheiro ao mínimo possível. Em seguida, pegávamos os livros, corríamos para a rua e encontrávamos nossos amigos para começar a longa caminhada até o colégio. Dois minutos depois, víamos meu pai passar de carro por nós. Ele trabalhava na nossa escola, mas nem sequer virava a cabeça ao passar.

Meus amigos diziam: "Ei, aquele não é o seu pai? Por que ele não dá uma carona para a gente?"

E minha resposta: "Nem queiram saber."

Era como crescer com um técnico de futebol mal-humorado.

Meus valores sempre foram uma mistura da força de meu pai e do carinho de minha mãe. Ela aparava as arestas, mas em vários aspectos sou tão determinado quanto ele. Você sempre *pode* fazer melhor. Detesto admitir, mas meu velho deixou marcas em mim. Com algumas exceções. Meu pai nunca me disse que me amava ou que tinha orgulho de mim (embora eu soubesse que ele sentia isso). O tempo todo digo aos meus filhos que os amo. Você aprende o que deve herdar e o que deve descartar.

———

Eu era um garoto metido a esperto. Tive professores que, no primeiro dia, apertaram minha mão e disseram: "Você tem muito potencial!" *Vocês nem me conhecem*, eu pensava. E, embora todos soubessem que meus pais eram professores, eu não me dedicava muito aos estudos. Meu pai dava aulas de administração e matemática e era o técnico-assistente de futebol americano e o técnico principal de basquete na escola perto de nossa casa. Minha mãe lecionava para alunos de quarto e sexto ano em Massachusetts e New Hampshire. Mesmo assim, minhas notas ficavam entre as mais baixas em todas as matérias. Eu fazia apenas o suficiente para passar de ano. Para mim, a escola era um lugar para olhar garotas, jogar futebol e ver os amigos. Tipo uma igreja, só que com esportes.

Rebeldia era uma segunda natureza para mim. Eu não conseguia fingir me importar com o que não me interessava. Além disso, sabia que tinha outras habilidades: era durão, trabalhava com afinco e aprendia com facilidade.

Mas sempre achei que era um cara sortudo e que a vida me levaria a lugares interessantes. Até mesmo meus professores acreditavam nisso. Um dia, o professor de francês, Doc Copeland, andando pela sala, disse:

— Joey, você será um ótimo pedreiro. Mary, você vai ser dona de casa. Joanie, talvez uma arquiteta. — Quando chegou a minha vez, ele parou e anunciou: — Você vai viajar muito.

Fiquei feliz com aquilo.

Praticar esportes sempre foi a coisa mais importante da minha vida. Eu tinha três irmãos e queria vencê-los em campo tanto quanto eles queriam me vencer. Competia com os amigos em Bogues Court, a quadra de basquete do bairro. Enfrentávamos os representantes da rua vizinha em jogos onde só se considerava a falta quando saía sangue. E o que mais importava era quem vencia o grande jogo de futebol americano contra a escola rival.

Essa atmosfera gerava um tipo de resistência mental. Aprendi sobre a vida, sobre líderes e seguidores, praticando esportes. Diabos, aprendi *tudo* praticando esportes. Um dos meus atletas favoritos era Larry Bird, que nasceu sem quaisquer qualidades excepcionais e se tornou um superastro dos esportes simplesmente por causa de sua força mental. Isso era algo que eu respeitava.

Joguei futebol americano, basquete e lacrosse no ensino médio e era medíocre em todos. No meu ano de calouro, Manny Marshall, o técnico de futebol americano, se interessou por mim. Ele me via nos corredores do colégio e me tratava como se eu estivesse prestes a levar o time ao campeonato estadual.

— Ei, como você se sente hoje? Tome bastante milkshakes, você tem que ganhar mais peso. Ei, não precisa fazer ginástica, não se preocupe com isso. Como está se sentindo? Forte?

No meu penúltimo ano, peguei mononucleose e fiquei em casa. Depois de anos obcecado por esportes, percebi que havia outras maneiras de me divertir — mais especificamente, caindo na farra. Mas o técnico Marshall ainda concentrava sua atenção em mim sempre que me via.

— Não diga a ninguém — falava ele —, mas você talvez seja capitão do time ano que vem.

Eu não jogava bem o suficiente para ser capitão. Não jogara o ano inteiro. Não merecia a posição.

O técnico esperava que eu me encaixasse em seu esquema, o qual exigia que os jogadores considerassem que o mais importante era o placar. Ele não entendia que eu me divertia ganhando ou perdendo.

— Por que está sorrindo? — perguntava ele.

— Porque estou me divertindo.

Para ele, o futebol americano era uma religião, e, se eu estava rindo com os meus amigos enquanto o time perdia, devia ser o Anticristo. De jogador com potencial para craque, passei ao banco de reservas. Cheguei a desistir do time antes do último jogo da temporada, contra nossos arquirrivais de Woburn, só porque o jogo deixara de ser divertido. Assisti à partida na condição de integrante da banda, na qual eu tocava saxofone. Deixei o líder da banda extremamente feliz:

— Essa foi a primeira vez que alguém disse ao técnico de futebol americano "Desculpe, mas não posso jogar porque preciso fazer parte da banda".

O técnico Marshall passou a me odiar depois daquilo.

Acho que eu tinha algo a aprender sobre como fazer parte de uma equipe.

Amava os esportes, mas me rebelava contra as restrições. Depois de uma sessão de treino no começo da temporada, o técnico da equipe reserva chamou a mim e a um cara chamado Gunk Johnson:

— Phillips, não vou botar você em campo porque seu pai não me colocava para jogar quando eu era aluno. E Gunk, não vou botar você em campo porque não gosto de você.

Pensamos que ele nos enxotaria de lá. Quando o técnico nos perguntou o que íamos fazer, eu e Gunk olhamos um para o outro e dissemos: "Técnico, nós vamos ficar."

Esse era o meu lema: vou ficar. Principalmente se você tentar me intimidar.

Acho que naquele momento qualquer um veria que fui talhado para a marinha mercante. Todos os caras que conheci na marinha mercante tinham histórias parecidas com a minha. Não éramos os primeiros da turma. Éramos aqueles que chegavam ao colégio em motocicletas caindo aos pedaços, jogavam na linha ofensiva e bebiam no Fells, o bosque das proximidades, onde a garotada se reunia. Fazíamos o que queríamos. Éramos os rebeldes que se recusavam a seguir as ordens dos outros.

Em 1975, eu estava perto de realizar a previsão de meus detratores de que eu não iria muito longe na vida. Tivera alguns empregos, como segurança em uma empresa de tecnologia aeroespacial, transportador de cheques de bancos locais para o Federal Reserve, motorista de táxi. Fui taxista em

Arlington, uma cidadezinha ao norte de Boston. Não havia um grande futuro naquilo, mas era animado. Uma vez, um sujeito que eu nunca vira antes entrou no táxi, deu um endereço e disse que estava indo pegar o dinheiro. Estacionei no endereço temendo que ele tentasse me dar um golpe, mas um minuto depois uma mulher saiu da casa gritando, seguida por aquele maníaco, e entrou em um carro. Ele entrou no táxi e gritou: "Dou vinte pratas se você conseguir alcançá-la."

Era óbvio que o homem e a mulher estavam envolvidos em algum tipo de drama doméstico — o qual nunca entendi muito bem —, e caí de paraquedas bem no meio. Meti o pé no acelerador e voamos pelas ruas de Arlington como na cena de perseguição do filme *Bullitt*. Enfim alcancei a mulher e vi pela janela do carro o rosto amedrontado dela. Foi aí que meu cliente gritou:

— Dá uma fechada nela!

Aparentemente, ele achava que eu era um assassino profissional, não um taxista. Parei, botei no bolso os vinte dólares por tê-la alcançado e depois arranquei o sujeito do táxi.

Aprendi muito. É um trabalho difícil, e você não pode seguir as regras; precisa usar a imaginação. Mas eu não tinha um rumo ou plano para a minha vida. Estudara no campus de Amherst da Universidade de Massachusetts, principalmente porque meus pais eram professores e queriam que eu tentasse fazer faculdade. Fiz zoologia, porque queria ser veterinário. Mas uma matéria em que era preciso usar régua de cálculo mostrou-me que eu não era talhado para o ensino superior. Larguei a faculdade depois de um semestre — eram festas demais, garotas demais e estudos de menos. Se havia alguma loucura acontecendo naquele campus no outono de 1974, eu provavelmente estava metido nela.

Então, virei taxista. Um dia, eu saía pelos fundos do aeroporto Logan quando peguei um sujeito elegante, com jeans apertados e uma jaqueta de couro que parecia custar mil pratas. Fiquei impressionado.

— Para onde quer ir? — perguntei ao cara.

— Quero uma noitada de arromba — respondeu.

Não era um pedido incomum na Boston dos anos 1970.

— Que tipo de noitada você está procurando?

— Quero birita e umas gatas.

— Ok, sei onde encontrar isso.

Liguei o taxímetro e saímos em direção à zona de combate, que naquela época era uma única rua, cheia de espetáculos com garotas universitárias e letreiros de neon que brilhavam até mesmo durante o dia. Era possível conseguir de tudo naquele lugar — tudo mesmo. Quer uma garota romena toda atlética que toca Beethoven e é craque em hóquei no gelo? É pra já. Prefere um lança-granadas e um uísque? Você manda. Quero dizer, o lugar nunca decepcionava. Era uma Disney para adultos.

Quando chegamos à zona, vi os olhos do sujeito se esbugalharem no retrovisor.

— Isso serve? — perguntei.

Ele assentiu:

— Está ótimo.

A corrida ficara em cinco dólares, e ele me deu mais cinco de gorjeta. Eu já subira dez lances de escada com vinte malas para uma velhinha e recebera uma gorjeta de 25 centavos, então cinco dólares me chamaram a atenção. Enquanto o sujeito saía do táxi, perguntei o que ele fazia. Essa era minha forma de conseguir aconselhamento profissional. Se um cara entrava no meu táxi distribuindo dinheiro feito confete, eu perguntava qual era o emprego dele.

— Sou da marinha mercante — respondeu.

— O que é isso?

— Bem, a gente transporta carga em navios.

— Parece emocionante.

Mentira. O que parecia emocionante era chegar a um porto às dez e meia da manhã e ir a um lugar como a zona de combate com o bolso cheio de dinheiro, a jaqueta de couro mais bonita de Boston e querendo farrear sozinho.

Enquanto ele entrava em uma boate de striptease, gritei para ele:

— Ei, como faço para conseguir um emprego desses?

O cara provavelmente estivera em alto-mar por três meses e não queria passar mais tempo falando com alguém que largara a faculdade.

— Toma.

Ele me entregou um cartão com o endereço de uma escola de formação de marinheiros em Baltimore. Depois, desapareceu.

Escrevi uma carta para a escola, mas não recebi resposta. Esqueci-me daquilo até que o meu irmão Michael voltou para Boston e apareceu com um barril de cerveja em uma festa em meu apartamento. Ele estava na Academia Marítima de Massachusetts (MMA, na sigla em inglês), em Buzzard's Bay, e elogiou muito a escola.

— Não é nada mau — disse, bebendo uma cerveja estupidamente gelada em um copo de plástico. — Eles não raspam sua cabeça. Não é uma academia militar, não tem uniforme, não há muita disciplina e, quando você termina, pode ficar em casa seis meses por ano.

Eu tinha dois empregos, ganhava 220 dólares por semana e estava pronto para fazer algo novo. Sempre gostara dos livros de Jack Kerouac, e a ideia de viajar mundo afora parecia mais e mais atraente depois de cada turno levando prostitutas e empresários para todos os cantos de Boston. Meus vizinhos, Sra. Paulson e Sr. Muracco, deram duro e desempenharam um papel fundamental para que eu fosse aceito na academia, e o técnico de basquete da equipe principal do colégio escreveu uma carta de recomendação para o técnico de lá. Alguns meses depois, fui aceito. Eu mal podia esperar para partir.

Dirigi-me ao campus na minha Kombi, quase vesgo por causa de uma baita ressaca após uma última festa de arromba com meus amigos. Entrei sentindo-me como um calouro depois de varar a noite em uma choppada. O campus da MMA era minúsculo, com uns seis alojamentos, um navio-escola, alguns prédios com salas de aula, um centro administrativo e uma biblioteca. Quando vi aquilo pela primeira vez, pensei: *Não parece tão ruim*. O almirante que nos cumprimentou foi muito cortês, sobretudo com os pais dos alunos.

— Hoje vocês perderam seu filho — falou ele, em algum momento. — Quando voltarem a vê-lo, ele será um homem.

Assim que os últimos pais foram embora, os instrutores começaram a gritar conosco. Não éramos mais os jovens espertos que deveriam ser tratados a pão de ló. Éramos os "calouros", e calouros valiam o mesmo que cuspe no asfalto. Os instrutores gritavam conosco enquanto nos tocavam como gado até a barbearia para que nossas cabeças fossem raspadas; gritavam conosco e nos forçavam a marchar a passo acelerado por todo o campus; e terminavam o dia gritando conosco por motivo algum. Acabou que a MMA era uma academia militar tradicional onde você era desmontado antes de ser remontado como membro da marinha mercante. Eu tinha de tirar o chapéu para meu irmão. Ele me fizera cair como um patinho.

Passamos por um ano de trotes constantes. Havia um almirante chamado Shakey que, teoricamente, era o diretor da academia, mas os alunos veteranos controlavam a escola. Encontrar um veterano no corredor podia significar ter que listar os 25 itens encontrados em todos os botes salva-vidas, em ordem alfabética. Se você não soubesse, ele mandava fazer vinte flexões. No cruzeiro de verão para as Bermudas, nos forçavam a usar quatro camadas de roupas, incluindo um casaco de inverno, luvas, chapéu e óculos de natação, e nos levavam à praça de máquinas do navio-escola, onde a temperatura alcança setenta graus, nos fazendo trabalhar até cairmos de desidratação. E você ainda tinha de chupar um pirulito o tempo inteiro, não me pergunte por quê. Se alguém delatasse um colega, eles cortavam uma mangueira de incêndio, enfiavam a ponta por baixo da porta do camarote da pessoa e a ligavam na potência máxima. Diga adeus ao seu aparelho de som e à sua máquina fotográfica, meu chapa. Se você mexesse com um veterano, os rapazes faziam o que eles chamavam de "festa do cobertor". Quando você estivesse dormindo, de repente alguém jogava um cobertor em cima de sua cabeça e dez veteranos o espancavam quase até a morte. Ou o emboscavam em um lugar chamado "Quatro Esquinas". Tínhamos pesadelos com aquele lugar. Você virava a esquina e havia uma gangue de veteranos de tocaia. Eles começavam imediatamente a gritar "Imita um motor a vapor!". Um cara era o pistão vertical; outro, a hélice, o eixo e o tambor a vapor, o que significava que você tinha que correr em círculos, se agachar e se esticar para cima e para baixo, ou fazer alguma outra coisa ridícula. Por horas.

Tudo isso seria ilegal hoje em dia. Naquela época, os trotes eram considerados formadores de caráter, mas agora não são politicamente corretos. Com certeza, hoje fazem treinamento de sensibilidade na primeira semana lá e é possível receber uma reprimenda apenas por sugerir que um calouro seria capaz de fazer um nó melhor. Mas, na minha época, alguns dos oficiais que moravam no campus tinham medo de andar pelos dormitórios.

Um veterano do quarto ano resolveu me dedicar atenção especial. Não gostávamos um do outro, sobretudo porque ele era exigente quanto às regras e ao respeito, e eu não respeitava ninguém sem antes ser respeitado também. Era como uma reação química. Odiamos um ao outro de imediato. A missão dele era me forçar a desistir da academia.

Toda vez que me via no campus, ele infernizava minha vida.

— Qual é, você é virgem? — gritava ele. — Qual é seu problema, nunca transou?

Eu não ia aceitar aquilo de um pirralho mais jovem que eu.

— Muito antes de você, seu idiota! — respondi.

E, desde esse dia, ele passou a me detestar.

Uma vez, logo antes das festas natalinas, eu e alguns colegas saímos do refeitório em direção ao dormitório. E, claro, ele estava esperando por mim nas Quatro Esquinas.

— Porra, Phillips, por que você ainda está por aqui? — gritou.

Alguns de seus amigos deram risadinhas. Todos sabiam que aquele franzino maldito não gostava de mim.

— Que tal você simplesmente fazer as malas? Porque nunca vai se formar aqui. Garanto isso agora mesmo.

Se alguma vez tive dúvidas de que me formaria, elas acabaram ali mesmo. Meus ancestrais eram do condado de Cork, conhecido como o Condado Rebelde por sua oposição ao domínio britânico. Tenho genes de lá.

— Juro por Deus — sussurrei baixinho. — Você nunca vai me forçar a sair daqui.

Sorri para ele, um sorriso grande e entusiástico. Ele não gostou.

— Agache-se e pague vinte flexões! — gritou.

Sim, eles realmente falavam esse tipo de coisa.

Fiz que não com a cabeça.

— Senhor, nem vale a pena me agachar por isso — retruquei.

Ele pareceu... Bem, eu diria "chocado".

— O que você disse, calouro?

— Eu disse "Senhor, nem vale a pena me agachar por isso". Mande eu pagar quarenta.

Duas horas depois, eu estava encharcado de suor, fazendo flexões e abdominais. Sujo e suado, e meus braços pareciam macarrão molhado. Ele olhava o suor escorrendo pelo meu rosto e se divertia. Todos os meus colegas já haviam voltado para o dormitório.

Finalmente, ele ficou com fome. Anunciou a todos que ia sair para jantar.

— Quero voltar e encontrá-lo aqui, senão são duas semanas de deméritos — ameaçou.

Deméritos eram piores que qualquer coisa — você passava a semana inteira trabalhando para compensá-los.

Quando ele saiu, um de seus colegas veio correndo do refeitório. Era um dos veteranos mais simpáticos do quarto ano.

— Chega, Phillips. Está dispensado.

Olhei para cima. E depois fiz mais vinte flexões.

— Não, obrigado, senhor, estou bem — respondi, meu rosto a poucos centímetros de suas botas bem-lustradas.

Sentia que ia desmaiar, mas estava fulo da vida. Não ia ser eu a desistir. Ouvi um suspiro enquanto contava até vinte.

— Não seja idiota, Phillips, estou querendo ajudar. Dispensado.

Levantei-me ofegante e encarei-o.

— Preciso ouvir isso dele, senhor.

— Ele é um babaca. Isso não vai acontecer.

Pensei por um minuto, com a respiração arfante. Não queria deixar o maldito vencer. Mas o fato de um veterano admitir que aquele babaca estava fazendo algo errado era suficiente para mim. Além disso, tinha certeza de que mais vinte flexões quase me matariam.

— Muito bem, senhor.

E fui embora. Pensar que, ao voltar, meu algoz encontraria o corredor vazio me fez rir. Em parte, consegui me formar por causa daquele pateta.

A melhor fonte de motivação no mundo são idiotices impostas por um valentão.

Nem todos estavam tão determinados a aguentar tudo aquilo. Dos 350 caras que se matricularam no começo do primeiro ano, 180 se formaram. Acredite, nenhum era fracote.

Mas eu gostava da academia. Primeiro de tudo, não havia garotas, o que fora um de meus problemas na faculdade. Elas haviam sido uma distração com a qual eu não soubera lidar; na época, por mais estranho que pareça, eu achava que isso era um ponto positivo (mas não por muito tempo). E a academia era cheia de caras que vinham de milhões de lugares diferentes, mas com desejos semelhantes: queriam aventura, liberdade, trabalho braçal e independência. Eles eram, na maioria, caras que tinham um senso de humor aloprado e imaginação demais para trabalhar em um escritório. Eu valorizava aquilo.

A academia me ensinou a ter disciplina, algo que faltava em minha vida. Aprendi a não ficar à toa: quando algo precisa ser feito na marinha mercante, é feito na hora. Não era trabalho inventado; cada tarefa tinha um valor genuíno. Tudo servia para que navegássemos em segurança e chegássemos ao porto seguinte. A bordo de um navio, ninguém fica desocupado; todo mundo tem uma tarefa a cumprir. O que você faz afeta todos os outros a bordo.

Porém a prova decisiva foi o que ocorreu no verão de 1976, durante meu primeiro cruzeiro de treinamento. Os veleiros antigos estavam em Boston para a comemoração do bicentenário da independência dos Estados Unidos e faziam da entrada no porto um espetáculo único. Meus colegas e eu tivemos o privilégio de tripular o veleiro-escola *Patriot State*. Pintamos, passamos cabos de um lado para o outro, fizemos exercícios, tudo isso ao ar livre durante o verão. Adorei cada momento. Era trabalho braçal e você se atirava no beliche sabendo que realizara algo de valor.

Foi a primeira vez desde o ensino médio que realmente me senti parte de um grupo. Mas, dessa vez, era algo diferente. Não senti tanta necessidade de fazer as coisas do meu jeito. Existiam uma tradição e um estilo de vida na academia. Até mesmo certa liberdade se eu conseguisse aguentar. Eu queria fazer parte daquilo.

Foi na academia que comecei a ouvir histórias sobre a marinha mercante: durante a Guerra da Independência, marinheiros norte-americanos agindo como corsários capturaram ou destruíram três vezes mais navios do que a marinha de guerra; e apenas uma cidadezinha de Massachusetts perdeu mil marinheiros lutando contra os britânicos. Eu soube dos piratas do Norte da África que sequestravam marujos e os vendiam para o "destino terrível da escravidão moura"; dos piratas do Caribe, na época do império espanhol, que capturavam marinheiros, roubavam-nos, prendiam a tripulação no porão de carga, incendiavam o navio e o deixavam à deriva; da prosperidade dos Estados Unidos, construída por marinheiros em navios de madeira que saíram de portos como Salem em direção a cantos longínquos do mundo, de Cádiz à Antártida, levando produtos como melaço, pólvora, ouro em pó, seda chinesa e, claro, escravos africanos. A marinha mercante sempre foi a primeira a chegar — Java, Sumatra, Fiji. Exploramos os oceanos. A marinha de guerra nos seguia. Era isso o que se aprendia na MMA.

Mas nem tudo era história. Os veteranos do último ano viajavam em embarcações comerciais e voltavam com os bolsos cheios de dinheiro, contando histórias sobre as mulheres maravilhosas da Venezuela, ou sobre uma briga em Tóquio que arrasou um bar inteiro. Piratas estavam sempre à espreita nessas histórias, quando comandantes recém-promovidos tagarelavam sobre como o estreito de Malaca piorara, ou sobre a melhor forma de rechaçar os bandidos na Colômbia. Esses sujeitos faziam cada viagem parecer uma grande aventura típica de Robert Louis Stevenson.

Eu estava doido para começar a navegar e ver tudo aquilo com meus próprios olhos.

TRÊS

– 7 dias

O setor está firmemente convencido de que não cabe às empresas treinar as tripulações no uso de armas de fogo e em seguida equipá-las (...) Se abrirmos fogo, há a possibilidade de retaliação. Tripulantes poderiam ser feridos ou mortos, sem mencionar possíveis danos aos navios.

Giles Noakes, assessor de segurança marítima do
Conselho Marítimo Internacional do Báltico (Bimco, na sigla
em inglês), associação internacional de armadores
Christian Science Monitor, *8 de abril*

O primeiro dia depois da partida de Salalah correu sem maiores problemas. Estávamos avançando num bom ritmo pela costa leste da península Arábica a caminho do golfo de Áden. Até aquele ponto, tinha sido uma viagem normal. Eu esperava que continuasse assim.

Nas ordens daquela noite, redigi o procedimento padrão para o caso de ataque por piratas, o qual foi lido e colocado em prática pelos oficiais. Mas eram apenas ordens num papel. Eu precisava ver como o pessoal reagiria no caso de ameaça real. O trecho entre Salalah e Djibuti corresponde a uma viagem de três ou quatro dias, mas naquele primeiro todos estavam exaustos. Um navio é como um útero: há água por toda a volta, movendo-se em um murmúrio, há o ritmo dos motores, a vibração de cada parafuso do navio. É por isso que os marinheiros adoram o primeiro dia no mar. Deixamos todos os problemas para trás e entramos nesse mundo reconfortante que conhecemos tão bem. Contudo, o lado ruim é que nos deixamos embalar por essa sensação de segurança. Eu não queria tratar disso até que estivéssemos em alto-mar. Estávamos nos dirigindo às águas mais perigosas do mundo e precisávamos estar preparados.

Na manhã de 2 de abril, fui ao passadiço e peguei minha xícara de café. O radar não tinha contatos. Voltei-me para Shane, o imediato, que estava de pé desde as quatro da manhã. Conversamos sobre nossos planos para o dia, as horas extras que seriam necessárias, os projetos em que ele vinha trabalhando. Rapidamente a conversa se descontraiu, passando para generalidades, esportes e as últimas notícias. Eu avisara a ele antes de partirmos:

— Vou começar a ficar em segundo plano a partir desta viagem. Você será promovido e estará à frente da programação das horas extras, da manutenção, da segurança e dos equipamentos de emergência. Já provou que é capaz.

Ele ia se tornar um capitão, e eu sabia que chegara a hora de ele assumir mais responsabilidades.

Depois de alguns minutos, eu disse:

— Vamos promover um treinamento-surpresa de segurança hoje.

Um imediato é, de longe, o sujeito que mais trabalha num navio. São catorze horas todos os dias, sete dias por semana. Um treinamento de segurança só deixa sua vida ainda mais complicada.

A maioria dos imediatos diria: "Que diabo, capitão. Temos mesmo de fazer isso?" Mas Shane era diferente.

— Ótimo. Adoro treinamentos-surpresa!

Aquilo era como música para os meus ouvidos.

— Tome seu café e começaremos às nove da manhã — completei. — Você não vai conseguir terminar nenhum trabalho hoje, mas precisamos fazer isso.

— Estamos prontos — afirmou ele. — Só não me conte o que vai fazer. Vamos ver como nos sairemos.

Quando faltavam dois minutos para as nove horas, subi para o passadiço. Meu segundo oficial de náutica, Colin, estava lá com um marinheiro de convés. Caminhei até ele e disse:

— Tem um barco se aproximando a boreste. Quatro homens, com armas, atitude hostil.

Era o início do treinamento de segurança.

Ele olhou para mïm.

— Tudo bem — respondeu.

Esperei. Ele continuou me encarando.

— Bem, você tem de fazer alguma coisa — falei, afinal.

— Ah! Certo!

E então ele fez soar o alarme geral, que era ouvido em todo o navio.

— Não. Não queremos acionar o alarme geral primeiro — expliquei —, e sim o apito.

O alarme geral só é ouvido no interior da embarcação enquanto o som do apito espalha-se por um raio de cinco milhas. Queremos que os piratas saibam que já os vimos e que estamos nos preparando para nos defender.

Colin fez soar o apito. Observei a tripulação entrar em ação. Cada homem tinha uma posição predeterminada, para onde deveria se dirigir. Mais ou menos metade deles ia na direção errada. Aquilo não era nada bom.

— Acionar as bombas contra incêndio — ordenei.

— Certo — respondeu Colin.

Num navio como o *Maersk Alabama*, dispomos de aproximadamente 35 pontos de combate a incêndios, com mangueiras e esguichos. Por sua vez, as mangueiras antipiratas estão em posições específicas para repelir um ataque. São cinco — três na parte lateral, à ré, e outras duas na popa —, instaladas em posições seguras e sempre com o fluxo de água aberto, mas em espera, de modo que, acionando um interruptor no passadiço — *boom* —, disparamos um jato d'água. Durante um ataque de piratas é importante controlar, a partir do passadiço, as mangueiras de incêndio. Não apenas é impossível para os piratas subirem por uma escada sob um jato d'água em plena potência, como o fato de as mangueiras estarem ligadas com força total revela aos intrusos que estamos prontos para enfrentá-los, mesmo que eles se encontrem ainda a milhas de distância.

No entanto, quando Colin apertou o botão, nada aconteceu. Descobriu-se que uma válvula da bomba de incêndio tinha ficado aberta, o que significava que não havia água fluindo pelas mangueiras.

Um marinheiro de convés com ar distraído estava no passadiço, ali, parado, como se tivesse perdido um cachorro. Ele também precisava conhecer os procedimentos corretos a adotar, de modo que comecei a repassar as coisas com ele.

— Estamos sob ataque de piratas — falei. — O que você deve fazer?

Ele olhou para mim.

— Tenho... que... — respondeu ele, lentamente.

— Primeiro você tem que dar o sinal de segurança!

Fazer o sinal soar adequadamente exige um toque preciso, caso contrário o sinal pode ser interpretado como "abandonar o navio" ou qualquer outra coisa. E aquele sujeito nunca fazia do jeito certo. O sinal sempre parecia o hino dos Estados Unidos. Outro fiasco. Mandei que ele ligasse a bomba das mangueiras de incêndio — um botão vermelho para o *off* e um botão verde para o *on*. É claro que ele apertou o vermelho e foi embora.

— Não! Você tem que apertar o botão verde e depois se certificar de que está saindo água das mangueiras.

— Entendi.

Não, não entendeu, tive vontade de responder.

Depois mandei o marinheiro trancar as três portas que davam para o passadiço. Se os piratas embarcassem, todos os pontos-chave — como a praça de máquinas e o passadiço — deveriam estar bloqueados. Queremos evitar que os piratas assumam o controle do navio. Porque, uma vez que consigam, podem alterar o rumo para a costa da Somália, onde não existe polícia, e nos enfiar num esconderijo onde nem Jack Bauer seria capaz de nos encontrar. E depois poderiam nos vender a quem desse o lance mais alto, como a al-Qaeda.

Esse era o meu maior medo, e eu sabia que essa possibilidade aterrorizava minha tripulação inteira. Acabar em algum buraco fétido com uma venda nos olhos, amarrado a uma estaca como um animal, nas mãos de militantes fundamentalistas, é o pior destino imaginável. Todos temiam ser a próxima vítima.

O marinheiro deixou o passadiço. Colin estava fazendo tudo certo. Tinha passado o rádio do navio para VHF, acendido as luzes, ligado as bombas das mangueiras de incêndio e começado a simular algumas manobras evasivas.

— Qual é a senha para o caso de você não ter sido rendido? — perguntei.

Com aquela senha, quem estivesse trancado em um compartimento poderia saber se o companheiro do outro lado da porta estava sob a mira de uma arma.

— Sr. Jones — respondeu ele.

Errado. Na verdade, "Sr. Jones" era o código para SSAS (sigla em inglês para o Sistema de Alerta de Segurança do navio), que vem a ser o botão que o comandante aciona em caso de emergência, entrando em contato via satélite automaticamente com um centro de salvamento 24 horas. O operador de lá faz a pergunta: "O Sr. Jones está aí?" A resposta "Não" significa que o interlocutor não se encontra sob ameaça direta, e o agente então fará perguntas para avaliar a situação. Se você responder "Sim", ele vai saber que o cano de um AK-47 está nas suas costas; o contato será interrompido, já que você não está em condições de responder livremente.

É como o código nuclear do presidente. O segundo oficial de náutica não deveria sequer conhecer a senha.

— Passou longe — respondi. — É "hora do jantar".

Colin estremeceu. Estava claro que tínhamos muito trabalho pela frente.

Enquanto isso, o marinheiro de convés voltara ao passadiço. Sua tarefa era fechar as três portas de acesso àquele espaço, o que deveria ter levado uns vinte segundos. Ele tinha saído havia cinco minutos.

— Onde você esteve?

Eu já sabia a resposta.

— Fui fechar as portas.

— Quais?

— Todas, em todos os níveis.

— Elas têm trancas?

— Ahn... Não.

O único propósito de trancar as portas é isolar os conveses da superestrutura, evitando a invasão e criando áreas seguras onde a tripulação possa se refugiar. Portas destrancadas não são de grande ajuda para quem quer criar uma zona de segurança.

— Então você esteve fechando as portas; não trancando, não é?

— É — admitiu ele. — Só estava fechando as portas.

— O que não ajuda muito, certo?

— Não. Acho que não.

Colin balançou a cabeça.

— Repassei isso com ele umas seis, sete vezes — disse ele.

Assenti com a cabeça.

— Estamos em busca de excelência — falei. — Mas teremos que aceitar muito menos do que isso.

Alguns dos caras riram. Eles sabiam que essa era uma de minhas frases típicas.

O treinamento terminara. Reuni toda a tripulação, exceto o segundo oficial de náutica, no escritório do navio e passei em revista o que funcionara e o que saíra errado. O resultado estava longe de ser perfeito. Não quero passar a ideia de que aquela era a nau dos insensatos. A maior parte da tripulação era composta de bons marinheiros, mas cada comandante tem sua própria maneira de agir, e é preciso ensinar aos oficiais seu jeito de encarar as coisas. O primeiro treinamento foi um exercício para acordar o pessoal. Eu sabia que a tripulação reagiria e as coisas acabariam por melhorar drasticamente.

Durante os meus comentários, Mike, o chefe de máquinas, sugeriu:

— Que tal um segundo local seguro no compartimento da máquina do leme?

Se os piratas atacassem, o chefe de máquinas iria imediatamente para a praça de máquinas. O primeiro e terceiro oficiais de máquina seguiriam para o compartimento do leme e o restante da tripulação correria para o escritório do navio. Porém, se os piratas passassem por aquela porta, a tripulação precisaria de um segundo local seguro, e o compartimento da máquina do leme era perfeito. Ficava no final de um corredor estreito e encontrá-lo seria quase impossível para os piratas.

— Ótima ideia — disse. — Vamos cuidar disso, então.

— E se eles estiverem ouvindo o rádio? — perguntou um marinheiro.

— Pouco provável — respondi —, mas foi bem lembrado. Então não vamos mencionar locais. Se eu ouvir a voz do imediato, vou partir do princípio de que ele está no convés. Se ouvir o primeiro oficial de náutica, vou supor que ele esteja em sua posição. Os oficiais de máquinas, na praça de máquinas. Quem não tiver uma posição predeterminada deve seguir para o local seguro. Todos entenderam?

Os homens assentiram.

— Com o que mais podemos contar em caso de ataque de piratas? — perguntei.

— Temos as travas dos contêineres e os foguetes luminosos — respondeu alguém.

Essas travas são pesadas trancas de metal usadas para manter os contêineres presos ao convés. Eram ótimas para rachar a cabeça dos piratas, mas não ofereciam nenhuma precisão. Tínhamos dez delas no passadiço, prontas para serem usadas.

— Ok, todo mundo sabe o que é necessário para usá-las?

Mais acenos de cabeça.

Quando reunimos um punhado de marinheiros para treinamento contra ataques de piratas, em geral há um sujeito que viu filmes demais e quer enfrentar os filhos da mãe de igual para igual. Normalmente ele tem uns 65 anos, pesa 130 quilos e fica sem fôlego ao correr para chegar primeiro à fila do jantar. É claro que, quando já estávamos encerrando os trabalhos, aquele marinheiro já bastante curtido se manifestou:

— Capitão, precisamos de armas. Quero lutar.

Afinal, o lema da Academia da Marinha Mercante dos Estados Unidos era *Acta non verba*, ou "Atos, não palavras".

Mas aquilo não ia acontecer. Aquele sujeito mal conseguia subir uma escada e agora queria enfrentar um bando de piratas jovens e atléticos, que num piscar de olhos podiam estripá-lo e jogá-lo por cima da amurada.

— Escutem, precisamos estar preparados. Lutar é uma opção, mas teremos que ver isso na hora. Primeiro assumimos nossas posições. Depois, preparamos as mangueiras e as luzes. Em seguida procuramos ficar em segurança. Todo mundo entendeu?

Por todos os lados vi acenos de cabeça.

— Então, se descobrirmos que eles só têm facas e porretes, podemos usar nossas machadinhas, machados e canos de chumbo. Podemos usar as travas dos contêineres como lanças.

A ideia de enfrentar os piratas como cavaleiros medievais pode parecer ridícula, porém já houve casos em que os tripulantes saíram do local seguro brandindo estacas e machados e os piratas entraram em pânico e pularam pela amurada do navio. Era uma atitude perigosa, mas a perspectiva de passar quatro meses como prisioneiros à espera do pagamento de um resgate era desesperadora para os marinheiros.

Também decidimos que, caso os piratas subissem a bordo, ninguém andaria com as chaves. Se eles capturassem um sujeito que estivesse com elas no cinto, poderiam ter acesso ao navio inteiro. Também ordenei que todo marinheiro trancasse quaisquer portas pelas quais passasse. Numa viagem anterior que fizera com Mike, eu tinha reclamado das barras das jaulas de pirata na praça de máquinas. A tripulação gostava delas porque permitiam a entrada de ar naquele interior abafado. Porém, isso significava que a pesada porta à prova d'água era deixada aberta, e eu queria que ela permanecesse fechada em todas as ocasiões, já que a praça de máquinas conduzia diretamente à superestrutura, e os invasores poderiam subir dali até o passadiço. Mike tinha concordado em tirar as barras e manter a grande porta de aço fechada o tempo todo. E já havíamos acertado que as linguetas das maçanetas deveriam ser instaladas pelo lado de dentro das portas à prova d'água, para evitar que os piratas estourassem os trincos a tiros. Já havíamos feito isso na superestrutura, mas algumas outras portas ainda precisavam de linguetas. Mike deu ordens ao seu pessoal para providenciá-las.

— Ótimo — disse. — Sei que essas precauções são uma chateação, mas elas podem salvar nossas vidas. Precisamos fazer melhor na próxima vez.

Com isso, deixei que todos voltassem aos seus afazeres. O exercício tinha demorado quinze minutos; a crítica aos procedimentos, trinta.

Outro capitão poderia ter escolhido aquele momento para chamar alguns caras de lado e distribuir broncas. Porém, ao longo dos anos, eu tinha aprendido uma maneira diferente de comandar. Não queria ser do tipo que berra, como fora o meu pai e como eram alguns comandantes com quem eu havia navegado. Eu sabia até que ponto aquilo tinha me impedido de compreender o que meu pai tentara me ensinar. Não queria visar à perfeição quando alguns sujeitos eram incapazes de alcançá-la. Tínhamos de engatinhar antes de começar a andar. E aí então poderíamos pensar em correr.

Esse instinto também remontava ao período da minha iniciação na marinha mercante — minha primeira viagem a serviço.

Ao sair da academia, dispunha de um certificado de segundo oficial de náutica que me permitia trabalhar no nível mais baixo da cadeia de comando de qualquer navio. Mas é preciso esperar pela oportunidade. Fui para casa e comecei a trabalhar como pintor de paredes, à espera da proposta certa de emprego. Tinha recusado rotas na Flórida e nas Bahamas — tediosas demais para o meu gosto. Estava na piscina de uma namorada quando o encarregado de arrumar pessoal para uma empresa de navegação me ligou:

— Tenho um navio e preciso de um segundo oficial de náutica.

— Para onde é?

— Alasca.

Alasca soava como algo diferente, até tentador. Três horas depois eu estava num avião rumo a Seattle.

Depois de passar quase metade de um dia voando, peguei um táxi até o cais. O motorista parou diante do que me pareceu uma pilha de ferro-velho flutuante.

— Lugar errado, meu irmão — falei. — Estou trabalhando num navio. Isso aí é uma barcaça.

Ele me olhou como se eu fosse deficiente mental ou algo assim:

— Você é o terceiro cara que trago aqui hoje. Isso aí é o seu navio.

Quando embarquei, o primeiro oficial de náutica disse:

— Você nunca mais vai subir num navio como este.

Ele tinha razão.

O *Aleut Provider* faria a rota de Seattle até o Alasca e depois voltaria. Seguiríamos a rota da Passagem Interior, passando por Charlottetown até Kodiak, pelas ilhas Aleutas, subindo então até as ilhas Pribilof, no círculo Ártico, parando num monte de vilarejos de pescadores onde se processavam o salmão e os caranguejos trazidos pelas traineiras. Atendendo a um contrato com o governo americano, também levaríamos suprimentos para as aldeias indígenas, mas tudo o que conseguíssemos trazer de volta era lucro limpo. De modo que o navio foi carregado com todos os produtos imagináveis típicos daquela região: peles de foca amontoadas no compartimento de carga, carne de salmão estocada em reservatórios refrigerados. E, empilhados no convés, bem acima do nível da amurada do navio, havia caminhões, tonéis de cerveja vazios para serem enchidos em Seattle, motocicletas, postes telefônicos, veículos para neve e hidrantes.

Parecia um cruzeiro da Família Buscapé destinado a lugar nenhum.

Eu era um segundo oficial de náutica de primeira viagem. Raramente falava com o capitão, e isso mostra quão baixo eu me encontrava na cadeia de comando. Meus aposentos resumiam-se a um minúsculo camarote com uma porta de madeira, que mais tarde viria a ser arrancada das dobradiças por uma tempestade e substituída por um cobertor de lã — minha única proteção contra os ventos do Ártico. Eu costumava acordar de manhã para encontrar o piso sob os meus pés coberto de água. E pensava na roubada em que havia me enfiado.

Na minha terceira semana no mar, meti-me em encrenca. O comandante havia registrado uma pequena infração supostamente minha e do primeiro oficial de náutica — teríamos deixado de redigir um relatório sobre as marés do porto seguinte. Na verdade, havíamos deixado por escrito o informe, só que o imediato, por engano, achara que os papéis eram rascunhos sem valor e os jogara fora. O imediato procurou o comandante para argumentar em nossa defesa, mas o sujeito se recusou a ouvi-lo. Então o imediato pediu demissão. O primeiro oficial de náutica, em solidariedade, também pediu, seguido por sua mulher, que trabalhava na cozinha do navio. O contramestre se demitiu. O marinheiro de convés também.

Todos se demitiram e abandonaram o navio. De repente, eu, um taxista, fui alçado à condição de imediato num navio rumando para o círculo Ártico. Tínhamos tão pouco pessoal que foi preciso contratar dois adolescentes, um de catorze anos e outro de dezesseis, como marinheiros de convés. O comandante não se incomodou. Ele só se importava com uma coisa: queria ter certeza de que todo mundo a bordo estava sóbrio. O capitão era um ex-alcoólatra que proibia todo tipo de bebida alcóolica no navio. Porém, de madrugada, alguns tripulantes se embebedavam com álcool 70%. É um negócio muito, muito forte, e alguma coisa nele deixava os homens meio malucos. Então o comandante saía do camarote uma vez por dia e gritava para mim: "Aqueles caras estão bebendo, Phillips? Acho que estou sentindo cheiro de álcool no navio!" E eu dizia: "Vou dar uma dura neles, capitão!" E passava várias noites bebendo com o pessoal.

Consegui convencer todo mundo a voltar para o navio. Mas, depois de algumas semanas, chegamos a Pelican Cove, no Alasca, onde só havia uma fábrica para processamento de pescado, seis ou sete casas e um bar. O comandante ordenou um pouco mais de trabalho, e a tripulação inteira deixou o barco novamente. Todos desceram pela prancha até o cais e foram direto para o Rosie's Bottomless Bar.

Quando entramos, o barman disse:

— Ei, alguém de vocês viu um urso?

— Não, por quê?

— Bem, dois caras que desembarcaram do último navio que esteve aqui foram comidos por ursos.

Como se não bastasse eu precisar convencer os caras a voltar a bordo, também tive que ficar de olho para ver se não aparecia nenhum urso. Foi só de madrugada que finalmente consegui levar todos os desertores ao *Provider*.

O comandante estava na asa do passadiço quando retornei.

— Eu os trouxe de volta, capitão.

Ele se limitou a sorrir para nós. Todos foram para a cama, inclusive o comandante. Acordamos no dia seguinte, tomamos o café da manhã e voltamos ao trabalho. Ninguém disse uma palavra. Parecia que o caos criativo era a norma na marinha mercante.

Porém, a viagem também teve alguns momentos gloriosos. Dos conveses externos do navio, enquanto deslizávamos por aquelas águas maravilhosas, tínhamos visto alces, ursos, raposas. Orcas vinham à superfície a uma distância de cerca de vinte metros e nadavam lado a lado conosco durante milhas. Resgatamos dois pescadores, pai e filho, que estavam à deriva num barco a remo no meio do golfo do Alasca. O barco dos dois pegara fogo, e, mesmo com agasalhos especiais, o frio era tão intenso que ambos se encontravam à beira da morte por hipotermia. Estavam debatendo sobre quem atiraria em quem quando os encontramos. Sentiam tanto frio que não conseguiram sequer falar durante horas; permaneceram sentados, tremendo. Eles haviam ficado um dia inteiro vendo navios passarem ao largo, tão perto que dava para ler os nomes nos cascos, rente à água, mas ninguém escutara os gritos de socorro. Algum tempo depois, vi uma ilha coberta de árvores e neve no meio do mar, num ponto onde as cartas náuticas diziam não existir nada. Ao nascer do sol, a parte de baixo da ilha derreteu lentamente e a coisa toda desapareceu. Acabamos por descobrir que se tratava de um fenômeno chamado super-refração, graças ao qual, em altas latitudes, era possível ver para além da curvatura da Terra. Na realidade eu estava olhando para o topo de uma montanha a trezentas milhas de distância, mas a impressão era que passaríamos bem perto.

Aquele era um mundo que poucas pessoas tinham a chance de ver. Personagens estranhos, paisagens de tirar o fôlego, comportamentos escandalosos. Eu tinha ingressado na marinha mercante na esperança de me tornar parte de tudo aquilo.

Já me considerava fisgado.

Com aquela viagem, fui introduzido na arte de comandar homens. (Lição número um: aprenda como falar com os caras.) Também aprendi que, no mar, nada sai como a gente espera. É preciso estar preparado para uma variedade infinita de possibilidades, incluindo motins, ursos famintos e ilusões de óptica em alto-mar. E é preciso improvisar. Comandantes preocupados com uma única coisa — saber se a tripulação bebeu uma ou duas cervejas — logo perdem a confiança de seus homens.

Certamente isso era mais válido ainda nas águas do litoral da Somália. Para sobreviver em território apache, era preciso pensar como um apache.

———

O dia seguinte nasceu ensolarado e quente. A Agência de Inteligência Naval dos Estados Unidos, em Maryland, nos enviou um e-mail com seu mais recente boletim sobre Ameaças Mundiais à Navegação. Eu o abri imediatamente. Ataques piratas e outras ameaças estavam discriminados por região. Para o Atlântico Norte, o Mediterrâneo e todo o oceano Atlântico, não havia um único incidente registrado.

Pulei para o setor da África Oriental. Havia 39 ataques registrados. *Numa única semana.* Respirei fundo. Era como ler um relatório de registros policiais para marinheiros, e ele me dizia que a África Oriental era o último lugar do mundo em que eu gostaria de estar naquele momento.

Passei os olhos pela lista:

1. *Navio registrou aproximação de uma embarcação suspeita em 20 de março à hora 0600 UTC, Bab-el-Mandelb.*
2. *Cinco homens armados em duas lanchas de alta velocidade se aproximaram de navio por bombordo, Bab-el-Mandelb.*
3. *Navio-tanque levando produtos químicos registrou tentativa de abordagem em 29 de março, golfo de Áden.*

4. *Navio-tanque alemão (FGS SPESSART) alvo de tiros em 29 de março de 2009. Sete piratas numa lancha abriram fogo contra um navio de guerra achando que fosse da marinha mercante, golfo de Áden.*

5. *Navio alvo de disparos, por pequena embarcação com sete homens armados com AK-47, golfo de Áden.*

6. *Graneleiro (TITAN) sequestrado em 19 de março. Seis homens em lancha armados com AK-47 e pistolas abordaram e sequestraram o navio, golfo de Áden.*

7. *Cargueiro (DIAMOND FALCON) alvo de tiros em 14 de março de 2009. Homens com armas automáticas e lança-granadas a bordo de duas lanchas rápidas dispararam contra o navio.*

8. *Navio registrou tentativa de sequestro em 1º de janeiro de 2009 à hora 1730, horário local, golfo de Áden.*

9. *Graneleiro alvo de disparos em 30 de março de 2009. Uma lancha se aproximou do navio enquanto um navio-mãe foi avistado mais além, oceano Índico.*

10. *Navio porta-contêineres registrou aproximação de embarcação suspeita em 28 de março de 2009, Tanzânia.*

Os piratas estavam abordando e atacando qualquer tipo de embarcação que se aproximasse do Chifre da África: petroleiros, escunas de pesca e até luxuosos navios de cruzeiro. Nada estava seguro naquela área. Tantos navios desciam pela costa oriental da África que só nos restava torcer para que não tivéssemos o azar de ver algumas embarcações piratas pipocando no radar. Se os detectássemos, havia poucas maneiras de evitar um ataque: podíamos contar apenas com velocidade, mangueiras de incêndio e a capacidade de enganá-los. Os somalis dispunham de armas automáticas, lanchas, lança-granadas e a reputação de serem impiedosos.

Era como um leão e uma manada de gnus numa planície africana. Tínhamos a esperança de que nossos números nos protegessem, porque, se o leão pegasse alguém, seria muito, muito ruim. E, da mesma forma que o leão busca algum sinal de fraqueza — o mais lento, o manco, o jovem —, os piratas miravam em navios aparentemente indefesos.

No entanto, os americanos pareciam estar fora do alcance dos piratas. Fazia duzentos anos desde a última vez que marinheiros de um navio americano tinham sido capturados por piratas, na época dos corsários berberes, bandidos muçulmanos que atuavam a partir de portos do Norte da África, como Trípoli e Argel, do outro lado do continente. Naquele tempo, a pirataria estava no alto da lista de prioridades do presidente Thomas Jefferson. Em 1801, 20% do orçamento federal dos Estados Unidos foi gasto no pagamento de resgates a bucaneiros africanos. Os tripulantes capturados trabalhavam como escravos nas residências luxuosas dos chefes piratas argelinos. Os Estados Unidos chegaram a travar duas guerras sangrentas com esses estados berberes, inspirando o segundo verso do hino dos fuzileiros navais — "à costa de Trípoli".

Isso acontecera havia muito tempo. A pirataria se apagara da memória americana. E, se você tivesse problemas, estava por sua própria conta e risco. A marinha dos Estados Unidos não atuava mais no ramo da caça aos piratas havia pelo menos dois séculos. Porém, ao fim do segundo dia, senti que a tripulação estava pronta para enfrentar um ataque. É claro que sempre podíamos fazer algo melhor, mas tivéramos um bom começo. Mal sabia eu que os homens que iriam pôr à prova nossos limites já estavam no mar.

QUATRO

– 6 dias

A situação na região é extremamente alarmante. Nunca vimos um aumento semelhante na atividade de piratas nessa área. Esses piratas não hesitam em usar grande poder de fogo em suas tentativas de tomar o controle de embarcações. Mais de 260 marinheiros foram feitos reféns na Somália este ano. A não ser que novas medidas sejam tomadas, marinheiros continuarão a enfrentar graves perigos.

Declaração de Pottengal Mukundan, diretor do
Departamento Marítimo Internacional, 21 de agosto de 2008

Eu nunca havia sido abordado por um navio pirata em toda a minha carreira, mas houve uma ocasião em que isso quase aconteceu. Durante uma passagem pelo golfo de Áden, em setembro de 2008, eu estava no passadiço quando Shane, meu imediato, me chamou.

— Capitão, sabe aquele navio que mencionei, pelo qual passamos mais cedo?

Fiz que sim com a cabeça. Nas rotas mais trafegadas do mundo, é possível encontrar os mesmos navios várias vezes, percorrendo as mesmas etapas da viagem e fazendo escala nos mesmos portos. Os nomes deles apareciam no Sistema Automático de Identificação (AIS, na sigla em inglês).

Passáramos por um navio porta-contêineres na noite anterior. Shane estava monitorando o rádio e ouvira o nome do navio.

— Seis horas atrás ele foi sequestrado por piratas.

— Onde?

— Logo ao norte da fronteira entre Quênia e Somália.

Foi pura sorte. Os piratas viraram para o norte e os capturaram em vez de virarem para o sul e nos atacar.

A pirataria tem estações, como o clima. Em geral, o oceano Índico é liso feito vidro, com um tom azul tropical estonteante, aquilo que os marinheiros chamam de "água bonita". Mas, do final de junho até o começo de setembro, chega a estação do *khareef*, trazendo monções que atravessam o oceano a partir do sudoeste, o que torna aquela extensão de água perigosa para embarcações pequenas. Isso significa que a estação de pirataria se estende de outubro até maio. Quando chega abril, os bandidos querem fazer ganhos substanciais antes que a estação das tempestades os deixe temporariamente desempregados.

A maioria dos piratas vinha da região nordeste da Somália, conhecida como Puntlândia. O nome é uma homenagem à mítica Terra de Punt, conhecida pelos egípcios durante a antiguidade como fonte de ouro, ébano e jacarandá. Contudo, de um local que exportava riquezas aos faraós, a região virara um lugar onde a fome, os bandidos e o caos estavam na ordem do dia. O colapso do governo em 1991 causou inanição em massa e a intervenção de uma força de paz da ONU, liderada pelo exército dos Estados Unidos. Isso acabou nos dias 3 e 4 de outubro de 1993, quando ocorreu a infame Batalha de Mogadíscio e dezoito soldados americanos e um malásio perderam a vida em um tiroteio terrível.

Os piratas alegavam ser ex-pescadores obrigados a virar bandidos quando seu meio de sustento desapareceu. De acordo com eles, traineiras estrangeiras chegavam perto da costa e retiravam centenas de milhões de dólares em atuns, sardinhas, cavalas e peixes-espada. Outros navios despejavam lixo tóxico na água para ganhar dinheiro fácil. Os pescadores locais não tinham a menor chance de competir com as frotas espanholas e japonesas equipadas com tecnologia avançada e descobriram que os intrusos atiravam neles quando tentavam trabalhar na mesma área. Em pouco tempo, eles foram reduzidos à condição de mendigos e até passaram fome.

Mas eu via cardumes de cavalas, atum e de outros peixes todas as vezes que descia pelo litoral da Somália. Dava para viver com o que havia lá. Acreditava que os somalis simplesmente tinham encontrado um trabalho mais fácil: a pirataria.

Nos anos 1990, jovens armados começaram a zarpar de portos somalis como Eyl para capturar tripulações estrangeiras e pedir pequenos resgates. Eram bandidos profissionais e impiedosos que viram uma chance de ganhar muito dinheiro e se aproveitaram dela. Em 2008, eles acumularam 120 milhões de dólares em um país onde a maioria das pessoas ganha seiscentos dólares por ano. Com esses caras, meus pensamentos sobre sardinhas e peixes-espada ficaram para trás. Para mim, não havia diferença entre eles e um bando de escroques da máfia ou ladrões armados que roubam um posto de gasolina. Tudo bem, eles são pobres, mas roubo é roubo.

Quando os piratas surgiram, no começo da década de 1990, eles saíam de seus portos em pequenas embarcações de madeira deterioradas com somente um motor de popa, alcançando apenas as imediações do litoral e cobrindo alguns milhares de milhas quadradas do oceano. Seus barcos não estavam equipados para ir mais longe. Mas os navios fizeram o que sempre fazem quando confrontados com uma ameaça pirata ao longo de rotas de navegação conhecidas: alteraram suas rotas. Os navios grandes começaram a navegar mais e mais longe do litoral, e os bandidos descobriram que sua sorte acabara.

Foi aí que os somalis viraram o jogo. Em vez de sequestrarem traineiras e cargueiros, eles roubavam as embarcações e as usavam como navios-mãe. Essas traineiras podem viajar a centenas de milhas de distância do litoral em tempo ruim, e os somalis simplesmente amarravam suas pequenas lanchas à popa e saíam em busca de presas maiores. Quando encontravam um navio, equipes de três ou quatro piratas embarcavam nas lanchas e iam à caça. Não importava se falhassem. Com o navio-mãe, eles podiam permanecer em alto-mar por semanas enquanto procuravam a vítima certa. Em 2005, não havia onde se esconder nas imediações do litoral da África Oriental. Por onde se navegasse, os piratas estavam lá.

O procedimento-padrão para um ataque pirata é o seguinte: logo antes do anoitecer ou após a alvorada, três ou mais barcos rápidos se aproximam em alta velocidade de um navio. Um navio-mãe fica à espreita, seguindo o alvo pouco além do horizonte. Os piratas se aproximam do costado do navio-alvo, prendem croques na amurada do convés e sobem a bordo. A partir desse ponto, vira um jogo de ameaças e resgates.

Se você é atacado, não pode ligar para a polícia. Não existe guarda costeira somali, e os europeus e os americanos não podem garantir a segurança de ninguém. Uma força-tarefa de navios de guerra de vinte países da região combate a pirataria, porém ela está concentrada em um corredor no golfo de Áden, ao longo da costa meridional do Iêmen, o que deixa a costa da Somália praticamente desguarnecida. E a área total abrange milhões de milhas quadradas de oceano. Os piratas podem tomar o controle de seu navio e de sua tripulação em minutos. O melhor é chamar rapidamente o Controle de Comércio Marítimo do Reino Unido (UKMTO, na sigla em inglês), uma central de informações sobre segurança para membros da marinha mercante no golfo Pérsico e no oceano Índico. Ela repassa a notícia.

Os donos dos navios, desesperados para fazer a carga chegar ao destino — sejamos francos, esse é o verdadeiro motivo porque eles querem acabar com essas situações com reféns —, contratavam helicópteros para jogar o dinheiro do resgate em sacos de estopa nos conveses. Ou colocavam o dinheiro em maletas à prova d'água em pequenas lanchas motorizadas. Uma empresa chegou a usar um paraquedas ao estilo James Bond para pagar os bandidos, jogando três milhões de dólares no convés do MV *Sirius Star*. Todo mundo ganhava dinheiro. As empresas de segurança profissionais eram pagas regiamente para negociar os resgates com os somalis. Os sujeitos que entregavam os resgates recebiam um milhão de dólares para arriscar a vida. As empresas de navegação recebiam as embarcações de volta e as seguradoras as ressarciam pelo tempo perdido e dobravam o prêmio para todos os outros. Os estatísticos dessas seguradoras diziam: "Bem, apenas 0,4% dos navios que passam pelo golfo de Áden são tomados por piratas." Assim, as embarcações continuavam a passar por lá. E os piratas recebiam uma soma vultosa.

Mas e os tripulantes? Em geral, voltavam para casa, ganhavam uma refeição quente e algumas lágrimas da família e em pouco tempo já estavam embarcados de novo. Um membro da marinha mercante não recebe adicional por periculosidade.

———

Os piratas sempre alegavam tratar bem seus prisioneiros, e, segundo os boatos que ouvi, isso costumava ser verdade. Mas eu sabia que eles eram capazes de matar quando acuados. Quando um grupo de somalis sequestrou um barco de pesca taiwanês, o *Ching Fong Hwa 168*, em abril de 2007, um membro da tripulação levou um tiro nas costas durante o ataque. Quando o dono se recusou a pagar o resgate de 1,5 milhão de dólares exigido pelos somalis, eles escolheram a esmo outro marinheiro chinês e o executaram a sangue-frio com seis tiros. Os piratas queriam atirar o cadáver aos tubarões que infestam o oceano Índico, mas o comandante os convenceu a guardá-lo na câmara frigorífica da embarcação. Depois os piratas apontaram uma arma para a cabeça do filho de 22 anos do comandante e ameaçaram apertar o gatilho caso ele não ligasse para Taiwan e retornasse as negociações. Por sete meses, a vida da tripulação foi um inferno: eles eram arrancados da cama para execuções simuladas e espancados quando não conseguiam entender os somalis, e foram vítimas do assassino mais antigo do oceano — o escorbuto — quando os legumes e as verduras acabaram. Os somalis chegaram a forçá-los a ligar para a própria família e suplicar por suas vidas.

Quando não recebem o dinheiro, os piratas começam a ficar violentos. Chicotearam marinheiros russos cujo graneleiro era objeto de um pedido de resgate de dez milhões de dólares e os obrigaram a deitar nos conveses escaldantes quando a temperatura passava de 38°C. Uma tripulação nigeriana permaneceu trancada em seus camarotes por três meses, sem poder ver o sol ou respirar ar fresco. Marinheiros indianos foram torturados e ameaçados de execução. Quando o *Maersk Alabama* entrou no golfo de Áden, mais de duzentos marinheiros de diversas nacionalidades encontravam-se na condição de reféns em vinte navios diferentes, a maioria capturada no oceano Índico, ou perto dele.

Havia quatro grupos principais responsáveis pela maior parte desses incidentes: a Guarda Costeira Voluntária Nacional, que se concentrava em atacar barcos comerciais pequenos e navios de pesca; o Grupo de Marka, que operava da cidade do mesmo nome; o Grupo da Puntlândia, constituído por ex-pescadores agora fora da lei; e o dos fuzileiros navais da Somália, que se consideravam um tipo de marinha de guerra nacional, com um almirante de esquadra, um vice-almirante e um diretor de finanças. Estes lançavam lanchas velozes a partir dos navios-mãe e depois orientavam seus tripulantes até os alvos usando telefones por satélite. Especializavam-se em alvos grandes, como petroleiros e porta-contêineres.

Nós.

A notícia mais perturbadora sobre os piratas veio, na verdade, de meu irmão, que é um analista especializado no Oriente Médio e trabalha em um grupo de pesquisa interdisciplinar em Washington. Ele me disse que lera relatos de que havia combatentes da al-Qaeda saindo do Paquistão para a Somália e o Iêmen. Isso me preocupava até a enésima potência. A al-Qaeda são outros quinhentos. Eu tinha ouvido falar de um incidente bizarro em que um grupo de piratas abordara um navio no estreito de Malaca, a oeste da Malásia, enganchara seus croques e subira a bordo. Eles reuniram a tripulação e a prenderam em um compartimento. O passo seguinte, obviamente, seria pedir um resgate, porém eles não o fizeram. Queriam aprender a manejar o navio. Foram até a praça de máquinas e a examinaram. Foram ao passadiço e treinaram como manobrar a embarcação. Usaram o rádio e treinaram com o VTS (sigla em inglês para Sistema de Controle de Tráfego Marítimo), utilizando os pontos de chamada que monitoram as rotas dos navios. Depois de aprender tudo o que podiam, foram embora, levando consigo os manuais da praça de máquinas e do passadiço e uma lista de pontos de controle que os comandantes usam quando estão manobrando em áreas congestionadas.

Parecia um treinamento para uma operação da al-Qaeda, uma versão marítima do 11 de Setembro.

———

Depois de ler os relatórios de segurança, escrevi um e-mail curto para Andrea. Acho que me sentia um pouco só, porque comecei a mensagem com uma referência à nossa busca contínua por um cão para substituir nossa amada Frannie.

> Oi, Anjo,
> Alguma novidade quanto aos cachorros? Fiquei pensando em Frannie ontem à noite; senti os olhos rasos d'água. Aquela cadela danada ainda mexe comigo! Preciso de um cachorro!
> Estou a caminho de Mombaça, vou ligar por volta do dia 11 ou 12 de abril. O clima está ótimo, vai ficar assim até a chegada da monção. Os pira-

tas andam mais ativos ultimamente. Estão atacando até navios de guerra. Acho que não conseguiram identificá-los.

    Beijos, R.

Eu não queria que ela se preocupasse, mas não podia fingir que os somalis não existiam. Andrea e eu estávamos nesse negócio juntos. Sempre estivemos. Antes de partir, eu havia falado que minha profissão estava ficando mais perigosa devido aos piratas.

— Em algum momento eles sequestrarão um navio americano.

— Eles não são tão burros — respondera Andrea. — Nunca atacariam um dos nossos.

Porém, no fundo, ela sabia que havia essa possibilidade. Faz parte da vida de uma esposa de marinheiro mercante. Mas, de alguma forma, ela contava com que a bandeira dos Estados Unidos servisse de proteção para mim e minha tripulação. Quem ousaria atacar a bandeira americana?

Andrea nunca perdeu o sono por eu estar tão longe. Talvez fosse puro otimismo, mas ela conseguia manter a cabeça livre de pensamentos ruins. Sempre tivemos sorte. Trabalhamos duro para conseguir o que temos e nos consideramos abençoados. Acho que ela acreditava que isso perduraria.

Suas amigas admiravam-se:

— Não sei como você consegue ser esposa de um marinheiro mercante.

A resposta jocosa dela era sempre igual:

— Está brincando? Um marido que passa um monte de tempo fora de casa e um cheque que entra a cada duas semanas, quem não gostaria disso?

Essa resposta sempre provocava muitas risadas. Mas é verdade que a maior parte das mulheres de marinheiros é independente e forte, capaz de levantar uma pá ou um martelo, ou consertar o aquecedor de água. Quando saía em viagem, sempre entregava a Andrea algo que ela chamava de lista "querida, faça": "Querida, não se esqueça de trocar o óleo do carro, pagar os impostos, mandar consertar o secador de roupa etc." No começo do nosso casamento, quando ela ficou em casa com dois bebês em pleno inverno de Vermont, Andrea realmente precisou ser forte.

— Houve muitos momentos em que me senti como aquele estereótipo de mulher que fica parada no acostamento da estrada com um pneu furado

— dizia ela. — Ou você aprende a sobreviver sozinha ou se divorcia e volta a levar uma vida normal.

Graças a Deus, temos vizinhos e parentes maravilhosos que sempre ajudam quando Andrea precisa de algo. Se uma árvore caía na nossa propriedade, os vizinhos apareciam com uma motosserra e um trator.

Talvez sua força esteja no DNA. A mãe dela sempre carregou um fardo pesado. Andrea era adolescente quando seu pai saiu de casa e deixou a mulher com seis filhos para criar. A mãe de Andrea trabalhava em tempo integral e, ao voltar para casa, tinha que lidar com um monte de crianças bagunceiras. Andrea sabia como isso era difícil porque era responsável por grande parte da criação dos irmãos. Ela aprendeu a ser bastante prendada: cozinhar, consertar roupas e manter a casa limpa. Quando o caçula Tommy era pequeno e ralou o joelho, ele correu para Andrea. A mãe ficou magoada por causa daquilo, mas logo percebeu que criara uma mulher muito capaz. Um momento que significou muito para Andrea foi quando a mãe lhe disse: "Nunca terei que me preocupar com você ou qualquer uma das minhas filhas." Muitas vezes pensei a mesma coisa. Andrea pode lidar com quase tudo.

Toda esposa de um marinheiro mercante sabe que não é uma questão de "se", mas de "quando" o marido vai enfrentar uma situação perigosa. Nós dois só esperávamos que a situação *mais* perigosa — um ataque de piratas — não acontecesse conosco.

No dia 5 de abril, Andrea me mandou um e-mail sobre a morte de sua madrasta, Tina, e o viúvo dela, Frank.

    Ei, você aí,

        São sete da manhã, Mariah me acordou para dizer que estava nevando e foi para o celeiro... O velório de Tina foi muito bonito, apesar do frio e da chuva... Quem sabe devêssemos apresentar minha mãe a Frank? Eu ri.

        Saudades de você. Tenho acordado no seu lado da cama. Espero que as coisas estejam bem por aí. Sinto falta de sua voz.

    BEIJOS

    Andrea

CINCO

– 3 dias

A gente só morre uma vez.

Pirata somali a bordo de um navio ucraniano sequestrado
em entrevista por telefone ao **New York Times**
30 de setembro de 2008

A viagem até Djibuti tinha decorrido sem problemas. Captamos comunicações sobre barcos piratas no rádio, mas não detectamos nada no nosso radar nem ao fazermos buscas visuais. Navegamos na direção sudoeste ao longo do litoral do Iêmen e chegamos em 5 de abril. Tivemos um dia exaustivo desembarcando nossa carga no porto de lá e no dia seguinte, 6 de abril, partimos na direção nordeste. Estávamos a meio caminho na nossa rota. Havíamos entrado no golfo de Áden. Agora teríamos de sair dali vivos e contornar o Chifre da África.

Todo porto tem uma reputação. Marinheiros avaliam os portos segundo um conjunto bastante rígido de critérios que não mudou muito nos últimos trezentos anos. É barato? Tem garotas por perto? Cerveja? E há alguma coisa para fazer? É isso. Se a resposta para todas essas perguntas for sim, haverá marinheiros brigando por uma oportunidade nos postos de recrutamento. Alexandria, no Egito, é um ótimo porto por ser barato e por estar a uma hora de trem de uma olhada nas pirâmides. Subic Bay, nas Filipinas, tem cerveja para lá de barata e montes de mulheres bonitas com padrões morais um tanto flexíveis. Por outro lado, Chongjin, na Coreia do Norte, é um porto terrível, porque somos obrigados a ficar no navio e, mesmo se conseguirmos descer, o povo é miserável e vive aterrorizado. Em alguns portos da Colômbia e do Equador é possível escutar tiros de metralhadoras à noite e ver gente se balançando nas espias do navio para tentar embarcar clandestinamente, e há uma boa chance de virarmos picadinho nos bares à beira do cais. Mas qualquer marinheiro ainda preferirá isso ao buraco infernal do falecido camarada Kim Jong-il.

Os portos africanos gozam de uma reputação variada. Mombaça, nosso destino seguinte, era bastante seguro, vigiado por guardas armados e regido por algumas normas de segurança básicas. A gente do lugar costumava se esgueirar na escuridão da noite e surrupiar trancas de contêineres, para depois revendê-las aos antigos proprietários a 25 dólares cada. Nenhum porto do Terceiro Mundo é totalmente seguro.

Eu havia passado em Serra Leoa durante a guerra civil no país, nos anos 1990, e vira as pessoas acenarem da costa. Dava para ver que as mãos direitas tinham sido decepadas pelos rebeldes, como castigo por terem votado na eleição. Estive em Monróvia, na Libéria, uma semana antes de estourar a revolução que deu a Charles Taylor o domínio sobre o país. Era outro mundo: enquanto deslizávamos nas águas do porto, podíamos ver que não havia eletricidade em parte alguma, a não ser nos lugares que contavam com geradores. Os soldados da força de paz da África Ocidental subiram a bordo e imediatamente exigiram propinas. Não havia segurança alguma, apenas centenas de pessoas no cais esperando para nos entregar cartas, algumas escritas no verso de caixas de fósforos. Elas diziam: *Pode me deixar aqui, mas leve minha família para a América.* Um sujeito me falou: "Sou professor universitário, não consigo trabalho, minha família está passando fome. Não pode arrumar alguma coisa para eu fazer?" Eu me sentia muito mal sabendo que havia tão pouco que pudesse oferecer a pessoas como ele.

Certo dia, um sujeito que precisava desesperadamente de trabalho veio a mim, e eu lhe disse:

— Tudo bem, preciso de quatro trabalhadores. Você escolhe os quatro e será o chefe deles; e eu cuido de você. Se eles não fizerem o trabalho direito, você está fora.

O salário padrão no porto era de um dólar por dia, o que até era um bom ordenado em Monróvia. E esse sujeito fez por merecê-lo, trabalhando muito por uma semana direto, sem criar confusão, o que me agradou muito. No dia do pagamento, ele pediu:

— Não quero em dinheiro vivo; quero tábuas de compensado.

O país havia sido devastado a tal ponto que não havia mais nenhum material de construção por lá, e aquelas tábuas valiam mais do que ouro. Tentei convencê-lo a mudar de ideia, dizendo que dinheiro era mais seguro, mas ele insistiu. Dei-lhe madeira suficiente para encher a caçamba de um caminhão e ele ficou eufórico. No dia seguinte ele voltou a me procurar. Havia sido moído de pancada. O homem mal conseguia andar. Ao deixar o porto no dia anterior, os soldados da força de paz o fizeram parar e começaram a roubar as tábuas. Ele tentara impedi-los e salvar pelo menos um terço da madeira, mas levara uma tremenda surra. Dei-lhe algum dinheiro e roupas, e cuidamos dele. O homem quase morrera por causa de umas poucas tábuas.

Em Monróvia, todos os dias à uma da tarde acontecia algo inusitado. Descarregávamos o primeiro palete de ervilhas e trigo e, então, bastava a carga tocar o chão do cais para uma enorme multidão convergir para lá. Centenas de pessoas lançavam-se para cima daquilo enquanto os policiais batiam nelas com porretes imensos. Os caras pegavam aqueles sacos de trigo de quase trinta quilos e jogavam na água pelos buracos do píer, e depois mergulhavam também. E as forças de segurança iam atrás, enfiando os canos das armas nos buracos e disparando contra o saqueador.

Qualquer comandante que navegasse pela África Ocidental ou Oriental podia ver o desespero daquela gente.

———

Por volta de uma da tarde, já nos encontrávamos longe de Djibuti, em segurança, sem quaisquer incidentes. Enquanto contornávamos o Chifre da África e passávamos ao largo da costa da Somália, eu sabia que ainda estávamos no meio do trecho mais perigoso da nossa viagem.

Eu havia marcado um exercício de combate a incêndio e para o uso de botes salva-vidas. Estávamos treinando os novos integrantes da tripulação, checando a embarcação de salvamento e repassando os procedimentos para lançá-la na água. Em seguida, fomos até o bote de resgate rápido instalado a boreste, que é usado em caso de queda de homem ao mar, e mostramos aos novos tripulantes como ajustar as cintas de segurança. Cada homem tem um lugar predeterminado nos botes salva-vidas, de modo que também treinamos nosso posicionamento no seu interior. Shane conduzia o exercício, perguntando a cada um o que deveria fazer em determinada situação e então corrigindo as respostas. Era um dia terrivelmente quente, e o mar jogava um pouco nos primeiros ventos da monção. Aquele passadiço estava um forno, com um calor de 35°C e visibilidade de cerca de sete milhas.

Eu estava sozinho no passadiço, examinando o horizonte e de olho no radar. Por volta de 13h40, três sinais piscaram na tela a sete milhas atrás do navio, pela popa. Deslocavam-se rapidamente, a uma velocidade de pelo menos 21 nós. Ergui os olhos e percebi uma ondulação no mar provocada por uma embarcação. A uma distância de sete milhas é impossível distinguir o barco, apenas a esteira de espuma que ele produz ao cortar as águas.

Conforme fui treinado, firmei meu binóculo na direção da minúscula mancha branca. Girei o ajuste do foco e vi a esteira de espuma na água novamente. Outra olhada no radar. Agora havia duas outras embarcações velozes, além de uma mancha maior, entre oito e nove milhas na nossa popa, longe no horizonte e fora do alcance visual, porém visível na tela. O navio-mãe. Chequei os vetores; ele estava no nosso encalço. A cada movimento nosso, ele também corrigia o rumo.

Numa ocasião anterior na minha carreira julguei ter avistado um navio-mãe, mas essa agora era uma expedição pirata completa e pronta para o ataque. Meu coração bateu mais forte.

Falei pelo rádio com Shane:

— Possíveis barcos piratas se aproximando, a sete milhas, pela popa.

— Quer que interrompamos o exercício? — perguntou ele.

Refleti um pouco.

— Não, ainda não. Talvez precisemos interromper, mas por enquanto estou apenas mantendo você a par.

Eu ainda não estava convencido de que eram piratas. Eles costumavam atacar ao amanhecer (às cinco da manhã) ou pouco antes do pôr do sol (às 19h45). Nesses momentos, havia uma névoa no golfo de Áden, fazendo com que a visibilidade caísse quase pela metade. À uma da tarde, tínhamos visibilidade máxima. Era uma hora incomum para os somalis empreenderem um ataque contra um navio.

Mas eles se aproximavam depressa. Entrei em contato com Shane e pedi que ele me mandasse um marinheiro de convés chamado Andy. Era um marinheiro experiente que dispunha dos melhores olhos a bordo. Em outra ocasião, quando estava comigo no passadiço, ele avisara: "Tem um navio vindo a bombordo." Examinei o horizonte e não vi nada, e então olhei de novo com o binóculo e não havia dúvida: lá estava um navio a uma distância de quinze milhas. Não dava para acreditar que ele tinha enxergado tão longe. Agora eu queria seus olhos auxiliando na vigilância.

Acionei o telégrafo da máquina para enviar a nova velocidade para a praça de máquinas. As rotações do eixo começaram a aumentar e o navio avançou com maior velocidade. Eu estava forçando a potência até 122 RPM.

Enquanto o indicador de velocidade subia, entrei em contato com o chefe de máquinas.

— Preciso de você na praça de máquinas agora; estou aumentando a velocidade.

Na verdade, eu estava acelerando o navio como nunca fizera antes. Queria Mike lá embaixo, de olho no computador do motor, para me informar se algum dos indicadores — carga do motor, temperatura de exaustão, temperatura dos cilindros — estava entrando no vermelho. Quando pessoas mal intencionadas estão na sua cola, a última coisa que se quer é uma pane na praça de máquinas. Se algo estivesse ameaçando explodir, o chefe me diria.

Peguei o telefone por satélite e liguei para a Operação de Comércio Marítimo do Reino Unido, a UKMTO. Uma voz com sotaque britânico atendeu.

— Aqui é o *Maersk Alabama* — falei, acrescentando minhas coordenadas: posição, curso, velocidade. — Temos três embarcações se aproximando a cinco ou seis milhas, com um possível navio-mãe logo atrás a uma milha de distância. Possível situação de pirataria.

A voz do outro lado não pareceu impressionada. Com certeza, todos os navios na costa da Somália ligavam para eles se vissem um barco pesqueiro ou um barril boiando.

— Temos um bocado de comandantes nervosos aqui — respondeu ele.

Tive vontade de responder: *Não sou do tipo nervoso.*

— Provavelmente são apenas pescadores — prosseguiu ele. — Mas você deveria reunir sua tripulação, preparar as mangueiras e talvez trancar o navio.

Não dava para acreditar no que eu estava ouvindo. Primeiro, ele disse que devia ser apenas um punhado de habitantes locais correndo atrás de algumas cavalinhas, e agora me dizia para ficar em alerta máximo.

— Se a situação já tivesse chegado a esse ponto, eu não estaria aqui agora falando com você — respondi, um pouco irritado. — Só estou informando a situação.

— Fique em contato — disse ele.

— Vou ficar.

O telefone já tinha sido desligado antes que ele pudesse responder.

Existe uma linha telefônica de emergência mantida pelos Estados Unidos para casos de pirataria, e esse foi o número que disquei em seguida. Se você vai ser sequestrado, é melhor avisar ao governo do seu país. No radar, eu via as manchas chegando cada vez mais perto. O telefone estava chamando.

Depois de dez toques, bati o telefone no gancho. Ninguém para atender. Inacreditável. Os britânicos podiam não levar você muito a sério, mas pelo menos atendiam a droga do telefone.

Os barcos continuavam a se aproximar. Eu os via pelo binóculo. A tripulação deveria estar ocupada com os exercícios, mas todo mundo mantinha os olhos fixamente voltados para a popa. Eles tinham visto as esteiras de espuma, e qualquer pensamento sobre incêndios a bordo havia se evaporado de suas cabeças. Senti que estavam ficando nervosos.

Cinco milhas de distância. Depois quatro. Eu agora via o barco que liderava o grupo, não apenas a espuma. Era uma típica lancha pirata somali: branca, afilada na proa e veloz.

O mar começou a ficar agitado. À medida que nos afastávamos, deixando para trás a entrada do golfo, as ondas cresciam, aumentando para meio metro, depois um metro, e então um metro e meio. Dava para ver que aquelas lanchas velozes estavam enfrentando dificuldades. Iam para baixo por um momento, depois subiam depressa e batiam de lado contra uma onda, reduzindo a velocidade. Toda hora precisavam parar e acelerar o motor para retomar o impulso. O oceano estava nos ajudando. Se pudéssemos entrar num mar realmente agitado, conseguiríamos deixá-los para trás.

Os minutos passavam. Eles ganhavam e perdiam terreno; avançavam e recuavam.

Por volta das três da tarde, o exercício contra incêndio tinha terminado. Surpreso, percebi que vínhamos tentando escapar deles já havia uma hora. Agora as embarcações se encontravam a três milhas e ganhavam terreno de novo. Distingui quatro homens no barco à frente, cada um empunhando objetos negros e compridos — com certeza metralhadoras.

Olhei à minha volta e constatei que havia cinco ou seis tripulantes no passadiço. Eles tinham se materializado ali de repente, sem que eu percebesse, e estavam olhando na direção dos barcos em completo silêncio. Normalmente eu os teria mandado embora, porém, numa situação como aquela, quanto mais olhos melhor. Ainda não estavam em pânico, mas o clima no passadiço parecia tenso.

Uma ideia me ocorreu.

— Ei! — gritei para o primeiro oficial de náutica. — Fale no rádio comigo. Vamos fingir que somos um navio da marinha dos Estados Unidos.

Se os piratas estivessem monitorando nossas frequências, o que acontecia muito, eu queria que eles pensassem que estávamos em contato com um contratorpedeiro.

— Como assim, capitão?

Eu não tinha tempo para explicar.

— Esqueça — respondi. — Pode deixar comigo.

Fui até o rádio e peguei o comunicador.

— Contratorpedeiro 237, Contratorpedeiro da Coalizão 237, 237, aqui é *Maersk Alabama*.

Fiz uma voz mais grave e me esforcei para mudar o sotaque:

— *Maersk Alabama*, fale, aqui é o Contratorpedeiro da Coalizão 237.

Eu estava fingindo ser um navio de guerra ao alcance das ondas de rádio.

Voltei a adotar minha voz normal.

— Aqui é o *Maersk Alabama*. Estamos sob ataque de piratas. Nossa posição é 2°20'N e 049°19L. Rumo 180 com velocidade a dezoito nós. Solicitando ajuda imediata.

— Entendido, *Maersk Alabama*. Quantos tripulantes a bordo?

— Vinte a bordo. Ninguém ferido até o momento.

— Entendido. Estamos com um helicóptero no ar. Repito, temos um helicóptero a caminho, e ele estará acima de você aproximadamente às quinze horas. Repito, tempo estimado de chegada do helicóptero à sua posição é de cinco minutos.

Eu estava quase rindo. Provavelmente estávamos fazendo algo ilegal, e o pessoal da marinha de guerra teria ficado de cabelo em pé. Eles tinham seus próprios códigos, mas qualquer pirata somali ficaria impressionado ao saber que um helicóptero armado estava a caminho para fazê-lo em pedacinhos.

Então percebi que o navio-mãe saíra da área de alcance do nosso radar. O que estava acontecendo? Tinham desistido do ataque?

Uma das lanchas velozes mudara de rumo e agora se afastava de nós. Senti uma pontada de adrenalina. *Estava dando certo.* Então outra ficou para trás. As ondas estavam grandes demais para elas, estavam sendo sacudidas como sapatos numa máquina de lavar. Agora restava apenas uma lancha pirata. Mas vinha com tudo.

Li os dados no canto da tela do radar. Estava a 0,9 milha. *Merda, ela é rápida.* O filho da mãe não ia mesmo desistir. E eu sabia que bastava uma lancha daquelas para tomar um navio.

Vi a embarcação se chocar contra uma grande onda, fazendo espirrar um jato de espuma. Aquilo a obrigou a parar. As ondas ficavam cada vez maiores, chegando a dois metros de altura. E até o *Maersk Alabama* estava caturrando entre as ondas. Eu sentia um ligeiro baque sob os pés quando caíamos de volta na água, mas, depois de trinta anos no mar, para mim aquilo era quase imperceptível.

A última lancha religou o motor e firmou seu rumo na direção da nossa popa.

Finalmente, quando estava a 0,9 milha, ele desviou. Então ficou a 1,1 milha, depois a 1,5, a 1,7. Era como ser perseguido por um carro cheio de bandidos que, de repente, ficava sem gasolina.

Os que estavam reunidos no convés soltaram um suspiro coletivo de alívio. "É isso aí, cara!", alguém gritou, e as risadas explodiram das janelas do passadiço. Também sorri. Nosso procedimento de detecção havia funcionado. Tínhamos evitado o perigo. Mas os piratas continuavam lá fora.

Diminuí a potência para 120 RPM. O chefe de máquinas me chamou para dizer que não havia problema algum em forçar o navio àquela velocidade. Agora eu sabia que podíamos chegar a 124 sem explodir o motor. E o chefe e eu concordamos que, uma vez que passássemos de 122, ele deveria descer até a praça de máquinas. Estabelecemos um procedimento a respeito da velocidade em caso de mais ataques de piratas.

Os piratas haviam cometido um erro clássico. O navio-mãe tinha lançado as lanchas menores na água num ponto distante demais, e as pequenas e frágeis embarcações não suportaram as condições do mar. Eu nem queria pensar no que teria acontecido se as águas estivessem calmas.

Por mais que tivéssemos nos saído bem, a sorte jogara a nosso favor. Não existia outra maneira de avaliar o que havia acontecido.

SEIS

– 2 dias

É aquele velho ditado: os criminosos vão aonde a polícia não está. Patrulhamos uma área de mais de um milhão de milhas quadradas. Simplesmente não podemos estar em todos os lugares ao mesmo tempo.

Tenente Nathan Christensen, porta-voz da
Quinta Frota, The New York Times, 8 de abril de 2009

Não foi Winston Churchill quem disse algo sobre não haver nada mais revigorante do que ser alvo de tiros e escapar ileso? O mesmo vale para repelir um ataque de piratas.

Eu me sentia exultante. Sabia que cumprira meu dever como comandante. Estávamos alertas, os piratas foram observados até onde a vista alcançava e aceleramos a tempo de escapar. A parte mais difícil de derrotar um bando de piratas é detectá-los, descobri-los quando ainda há tempo para reagir. Passáramos por esse teste importante.

É um grande desafio comandar um navio com dezenove outros sujeitos, a maioria dos quais você mal conhece. A marinha mercante é diferente da marinha de guerra ou do exército ou ainda dos fuzileiros navais, no sentido de que não existe uma tripulação ou um batalhão que vai conhecendo o comandante aos poucos, ao longo de meses ou até mesmo anos. Você entra em um navio e precisa ganhar logo o respeito dos tripulantes, a fé súbita em sua liderança, ou tudo vai por água abaixo. Você precisa avaliar instantaneamente o que cada homem é capaz e trabalhar para que todos alcancem seu potencial em questão de horas.

A seguir, apresento um estudo de caso sobre como isso deve ser feito. E como não deve ser.

A primeira lição que aprendi foi com Dewey Boland, uma lenda da marinha mercante. Primeiro exemplo de como não se deve comandar um navio.

Dewey era um sujeito alto e magro, na casa dos sessenta anos, um criador de cavalos do Idaho que decidira ir ao mar sabe Deus por que razão. Era bem conhecido e temido na marinha mercante. Certa vez, na sede do sindicato dos marinheiros, um posto maravilhoso surgiu e um cara logo apresentou seu cartão sindical para se candidatar.

— Parece legal. Quem é o capitão?

— Dewey Boland.

O cara pegou o cartão de volta.

— Não, obrigado.

Dewey nunca chamava as pessoas pelo nome, apenas pela sua função no navio.

— Ei, segundo! — gritava ele, querendo chamar o "segundo oficial de náutica".

Era uma forma de rebaixar todos sob seu comando. Fui o segundo oficial de náutica em um de seus navios. Dewey não gostava nada de mim porque eu me formara na Academia Marítima de Massachusetts, e o filho dele acabara de ser expulso da academia federal, provavelmente por ser idêntico ao pai.

Todos os dias, ao meio-dia em ponto, preparávamos o que chamávamos de "ficha do meio-dia", em que registrávamos a posição, a velocidade média e o consumo de combustível do navio. Dependendo de como os cálculos eram feitos, poderia haver uma diferença de algumas milhas no resultado. Assim, eu pegava meus livros, as tabelas e uma calculadora e chegava a um número. Dewey aparecia uma hora mais tarde e subia ao passadiço para comparar os resultados. Ele fazia os cálculos com um compasso de ponta seca (parecido com aqueles usados em aulas de geometria), abrindo-o de um lado ao outro da carta náutica. Em três segundos, chegava a um número. E daí que estivesse completamente errado?

— E aí, segundo, o que você acha? Que número calculou?

— Capitão, calculei 394. — O que significava que estávamos a 394 milhas náuticas de nossa posição anterior.

Invariavelmente Dewey ficava fulo. *Invariavelmente.*

— Pelo amor de Deus, que diabos você está dizendo? Eu calculei 396!

Uma diferença de duas milhas náuticas não significa nada em alto-mar. Mas Dewey se especializara em ficar irritado por nada. O objetivo dele era infernizar a vida de outras pessoas; não pelo receio de colocar o navio em risco ou colidir com o atracadouro, mas pelas coisas mais triviais. Eu estava prestes a voltar a ser taxista. Na marinha de guerra, você pode até ser um tirano sem sofrer as consequências, mas isso não acontece em um navio mercante.

Dewey me ensinou a não desperdiçar energia gritando. Um imediato chegou até a me dizer que eu falava manso demais.

— Você precisa gritar mais — aconselhou.

Disse a ele o que falo a todos:

— É quando fico quieto que você deve se preocupar.

E é verdade.

Aprendi tanto com os maus quanto com os bons comandantes. Tive um que passava o dia inteiro no camarote assistindo a *O reencontro* repetidamente. Outro se escondeu nas entranhas do navio, em lágrimas, porque achou que a tripulação não gostava dele. Já tive comandantes que quase afundaram o navio porque decidiram encarar um tufão para não chegar ao porto um dia depois do previsto e acabar tendo problemas com a empresa.

Um episódio assim aconteceu quando eu estava saindo de Yokohama em um navio a vapor. Deparamos com ondas de dez metros de altura que se deslocavam a sessenta quilômetros por hora e causavam um jogo sincrônico, ou seja, quando o balanço natural do navio é acentuado pelo mar. Essa é uma ótima maneira de virar uma embarcação. A reação do capitão? Ele se aproximou de mim e, mastigando nervosamente um cigarro, murmurou:

— É melhor eu ligar para Nova York para saber como está o tempo.

— Nós sabemos como está o tempo, capitão — afirmei. — Temos um *tufão*.

Contudo esse comandante era tão dedicado à empresa que não estava apavorado com a ideia de afundar, mas de enfurecer algum burocrata na sede. Ele estava disposto a arriscar a vida de vinte homens para cumprir o cronograma. Enquanto isso, eu me agarrava desesperadamente à antepara, ouvia correntes se rompendo nos conveses inferiores e via equipamentos sendo lançados por cima de uma antepara e voando pelo navio até se estatelar em outra a doze metros de distância, sem sequer tocar o convés.

Isso é o que chamamos "jogo do navio". E é o que chamamos de péssima liderança.

Em outra ocasião, eu estava em um petroleiro que transportava óleo de calefação das refinarias do golfo do México à costa leste dos Estados Unidos. Demos de cara com um furacão. Em três dias, retrocedemos doze milhas. Tudo que podíamos fazer era tentar manter a proa do navio direcionada ao vento enquanto o mar explodia ao nosso redor. Eu estava no passadiço, olhando as ondas negras gigantescas se aproximarem da proa e virem em minha direção até se arrebentarem nas janelas a três metros do meu rosto. O passadiço ficava escuro, como se estivéssemos debaixo d'água por alguns segundos (o que de fato acontecia), e depois tudo passava e víamos a onda seguinte se elevar por cima da proa. Pensei: "Meu Deus, estou sete andares acima do mar e fui coberto por uma onda. Ela devia ter uns trinta metros." Essas são as ondas que engolem petroleiros.

O comandante era um cara de estatura baixa, descendente de gregos, chamado Jimmy Kosturas. Ele permaneceu feito estátua no passadiço. Enquanto a tempestade tentava destroçar o petroleiro, ele ficava lá, acendia uma daquelas cigarrilhas de que tanto gostava e assistia calmamente às ondas vindo em sua direção. Jimmy personificava a elegância sob pressão.

— Rumo? — perguntava ele.

Eu informava o rumo.

— Velocidade?

Eu informava a velocidade.

Ele assentia e dava uma tragada na cigarrilha.

E então *SPLAAAAASSSHHH*! Uma onda batia e a água deslizava pela janela do passadiço, a cor preta contrastando com a janela verde.

Jimmy mantinha a calma enquanto uma espiral de fumaça subia de sua cigarrilha.

Vi o comandante ficar praticamente sem comer ou dormir, e ainda assim ele manteve toda a tripulação concentrada em suas responsabilidades.

Não demonstrou medo algum. Se o furacão tivesse emborcado o navio, ele teria se partido em pedaços. Mas o capitão estava calmo e composto, como se navegasse um pequeno escaler no porto de Boston em um dia calmo de verão. Mal dizia uma palavra, mas inspirava tanta confiança que nunca duvidei de que sobreviveríamos.

Atos, não palavras. Sempre me lembrarei de Jimmy, em pé no passadiço, como se fosse Gary Cooper, enquanto o oceano tentava matá-lo. Gostei daquilo.

———

Até receber a patente de capitao em 1990, vi o bom, o ruim e o péssimo. Eu queria ser o tipo de comandante com quem eu adoraria trabalhar.

Ainda me lembro de quando assumi meu primeiro navio, o *Green Wave*, um porta-contêineres com base em Tacoma, no estado de Washington. Eu havia servido nele como imediato, sob o comando de um grande amigo meu, Peter. Transportávamos cargas militares — aviões, helicópteros, munição de M16, entre outras coisas — de base militar a base militar, por toda a extensão da costa oeste dos Estados Unidos. Chegara a hora de o comandante deixar o navio e eu assumir seu posto. Fizemos a passagem de função ao longo do dia e depois saímos para jantar. Voltamos ao porto por volta das dez da noite, e Peter estacionou na frente da escada de portaló. Saímos do carro, e fiquei lá olhando para o navio imenso na escuridão. Ele então se virou para mim e disse:

— Ok, ele é todo seu.

Apertamos as mãos, ele riu e acrescentou:

— Boa sorte, capitão.

Foi a primeira vez que alguém me chamou assim.

Eu estava nervoso. Não me *sentia* pronto. Mas tinha que fazer meu trabalho, então não importava como eu me sentia.

Tenho certeza de que cometi milhares de erros na primeira viagem. Mal consegui dar conta de tudo, tentando aprender com a prática. Não tentei obrigar meus subordinados a se conformarem com minha ideia de tripulação perfeita. Eu não queria ser tipo um técnico de futebol gritando com todo mundo em alto-mar. Achava que, se fizesse meu trabalho direito, se deixasse as pessoas serem elas mesmas e as repreendesse somente quando cometessem erros, então a questão do moral da tripulação estaria resolvida. Você precisa mostrar aos tripulantes que merece o respeito associado à patente. Não pode obrigá-los a respeitá-lo.

Meu lema se tornou: "Todos estamos aqui pelo navio. O navio não está aqui por nós." Esse lema é bom porque é verdadeiro. Em alto-mar, o navio é a sua mãe, seu país temporário, sua tribo. E uma parte desse ditado eu guardava para mim mesmo: "O capitão está aqui por causa da tripulação."

No início da carreira, conquistei a reputação de ser um cara para quem era difícil trabalhar. Quando estou trabalhando, estou trabalhando. Fiquei um pouco obcecado com a necessidade de garantir que as coisas fossem feitas do jeito certo. Assim, se você é preguiçoso ou simplesmente um profissional ruim, sou seu pior pesadelo. Porém, se você cumprir com suas responsabilidades, eu o deixarei em paz. Nunca darei trabalho desnecessário a um bom marinheiro apenas para me sentir superior. Minha atitude é: "Você espera pelo melhor, mas treina para o pior." Pois, algum dia, o pior vai acontecer.

Um contramestre, um dos melhores subordinados com quem já trabalhei (estivemos juntos em vários navios), me fez o maior elogio que já recebi de um tripulante:

— Sabe de uma coisa, você é muito chato, mas sei o que vai dizer antes que abra a boca.

Ou seja: "Você é coerente." E sou.

Ao deixar o comando de um navio, eu sempre me fazia a mesma pergunta: "O navio está em melhores condições do que quando entrei? Ele funciona melhor, está mais seguro, a tripulação está mais motivada ou sabe mais sobre o que faz?" Era assim que eu me avaliava como comandante. Fiz alguma diferença? Houve momentos em que a resposta não era a que eu buscava, então eu analisava as razões do insucesso.

De certa forma, virei um líder por acaso. Eu era apenas um joão-ninguém que queria uma vida mais digna para a própria família. Nunca me senti impelido a vestir o uniforme com aqueles galões na manga e ter controle sobre um bando de gente. Quando você assume o comando de um navio, tem o melhor camarote, o melhor horário e o melhor salário. Mas tem que aceitar tudo que acompanha esses benefícios. E isso inclui colocar a vida da tripulação à frente da sua.

"O capitão é sempre o último a deixar o navio" não é apenas uma frase de efeito ouvida no cinema. É seu dever.

———

Ao ingressar na marinha mercante, você entra em um mundo diferente. O perigo é um companheiro constante. Existe uma infinidade de formas de morrer: há quem queira roubar sua carga, ou o próprio navio. Não é raro perder um tripulante. Contêineres caem, cabos se rompem, um item pesado da carga sai da posição e se torna mortífero. Um incêndio a bordo vira uma sentença de morte, porque não existe lugar para onde correr e não há ninguém para socorrê-lo. E a solidão pode ser fatal. Alguns simplesmente perdem a vontade de voltar à vida em terra firme e desaparecem no meio da noite.

Já esbarrei com a morte algumas vezes. Em 1988, eu descarregava um caminhão de bombeiro na Groenlândia, tentando levá-lo do convés para uma barcaça, e precisei fazer isso com uma equipe de soldados do exército que nunca havia pisado em um navio antes. Estávamos ancorados, e eu me encontrava entre uma barra de içamento e a braçola metálica de uma escotilha. O navio começou a jogar um pouco e, de repente, quatro toneladas de metal se lançaram em minha direção. Fiz que ia segurar tudo, mas aquilo continuou vindo para cima de mim, e então pensei: *Posso me agachar, e essa barra talvez esmague minha cabeça, ou posso aguentar o baque.* Então a barra de içamento girou, bateu em mim e depois retrocedeu quando o navio corrigiu a inclinação. Acabei com fraturas duplas em quatro costelas, uma clavícula quebrada, um pulmão perfurado e uma luxação no ombro. Sete centímetros a mais e a carga teria esmagado meu peito e eu estaria morto.

Os soldados e a tripulação do navio acharam que eu tinha sido esmagado. Quando nos recuperamos do choque, eles me colocaram em uma maca metálica, amarraram meus braços para que eu não me machucasse ainda mais e me içaram até a barcaça, a cerca de oito metros de distância, para que eu pudesse ser acomodado em uma lancha menor e levado para a clínica da base. Eu sabia que, se me deixassem cair, eu morreria — iria direto para o fundo do fiorde. Os soldados fizeram ligação direta em um ônibus e me transportaram até uma clínica local, dirigindo por uma estrada irregular e cheia de pedras, causando-me dores lancinantes a cada solavanco.

A primeira coisa que passou pela minha cabeça, apesar de eu estar em agonia constante, foi: "Andrea vai me matar por eu ter me machucado." Simplesmente do nada. Chegar tão perto da morte talvez tenha sido necessário para que eu me desse conta do que eu mais sentiria falta na vida.

E aí, pensei: "Por que diabo me importar com o que *ela* pensa? Sou eu que estou sentindo dor!"

Se eu não sabia antes, naquele momento tive certeza de que a amava. O que eu mais queria na vida era vê-la de novo.

Andrea estava em Boston quando recebeu a ligação da Groenlândia. Era o comandante do navio. Mesmo naquela época, ela sabia que uma ligação dessas jamais significava boas notícias.

— O que aconteceu? — perguntou ela. — Diga que ele está vivo!

O comandante descreveu o acidente e disse que me levariam de avião para Fort Dix. Andrea pegou um voo para lá imediatamente. Logo depois que cheguei, lá estava ela sentada em um canto no meu leito. A empresa que havia me contratado, a Central Gulf Lines, pagara a passagem e até reservara um quarto em um hotel próximo.

Ela me acompanhou de perto. Um dos médicos de Fort Dix ficava inserindo tubos no meu peito — causando dores excruciantes — sem qualquer analgésico. Por ser enfermeira, Andrea sabia que todo hospital tem procedimentos diferentes, mas eu estava sofrendo tanto que ela não aguentou. Ela deu uma dura no sujeito e acabou com ele. Até hoje, quando tenho um problema com um mecânico ou algo do tipo, digo:

— Olha aqui, preciso chamar minha mulher para resolver isto?

E não é só brincadeira.

Andrea queria que eu fosse transferido para o hospital onde ela trabalhava, e minha empresa pagou o transporte em um avião-ambulância, uma vez que eu precisava de cuidados especiais. Após ser colocado no leito, falei para todo mundo, debochando, que Andrea era minha esposa:

— Ah, não se preocupem em limpar isso, minha mulher vem aí e vai dar conta de tudo.

No intervalo dela para o jantar, Andrea vinha até meu quarto e se sentava no leito. Durante um desses momentos, falei que só conseguia pensar nela enquanto estava deitado naquela maca. Finalmente, eu disse:

— Bem, acho que preciso pedir você em casamento.

— É — respondeu ela. — Acho que sim.

Então pedi.

Mas nunca me ajoelhei.

Apesar de nossas diferenças, tínhamos muito em comum. Somos de famílias grandes e ficamos muito à vontade nesse tipo de atmosfera agitada. Sou bem irlandês e calmo, e Andrea é italiana e emotiva. Quando entra em desespero por causa de algo, como não achar as chaves, eu me sento e digo: "Ok, avisa quando tiver terminado."

— Rich me dá estabilidade — diz ela. — Ele ri de mim quando preciso que alguém ria de mim. E presta atenção em mim quando preciso que ele preste atenção.

Andrea gosta de dizer que sou seu porto seguro.

— Sei que parece coisa de cinema, mas ele me completa.

———

Os marinheiros são naturalmente supersticiosos. Quando você vê um golfinho ao alvorecer, significa que vai ter um bom dia. Ruivos, padres, flores frescas e subir em um navio colocando o pé esquerdo primeiro significam azar. Sua vida é controlada pelo tempo, pelas fases da lua, por tempestades se formando em algum canto da África. E todo marinheiro tem alguns lugares de mau agouro. Até começar a navegar pelo golfo de Áden, o meu sempre havia sido a baía da Biscaia, um golfo horripilante entre a França e a Espanha. A plataforma continental se estende por baixo dela, o que significa que o mar é todo raso. Água rasa significa só uma coisa: mares difíceis de navegar. Nunca tive sorte naquele maldito pedaço de oceano. Praticamente todas as vezes que naveguei por lá bati de frente com uma tempestade inesquecível.

Uma vez, estava indo de Nordheim, na Alemanha, para Sunny Point, nos Estados Unidos, com um carregamento de munição para o exército norte-americano. Nós tínhamos milhões de cartuchos e toneladas de bombas de 225 quilogramas e caixotes de munições e só Deus sabe que outros explosivos. O navio em si era uma ruína: o revestimento que protege o costado de aço de ser atingido pela carga durante uma tempestade estava rasgado e era inútil; a âncora de boreste jazia inoperante; e tudo mais naquele maldito navio estava caindo aos pedaços ou quebrado. O armador cortara radicalmente os salários, e a tripulação estava amargurada e se sentia mal remunerada. Era uma situação ruim, mas são essas situações que nos ensinam a lidar com desastres.

Saímos da baía quando uma tempestade apareceu e, de repente, ficamos sem energia. O motor de propulsão parou. Eu não conseguia manobrar o navio. Estávamos sendo jogados de um lado para o outro como uma rolha, e eu ouvia uns estrondos fortes. Sentia as vibrações mesmo no passadiço. Havia algo solto no porão.

A tempestade se intensificava a cada minuto. O navio jogava tanto que, ao verificar o inclinômetro — um pêndulo que marca quantos graus a embarcação inclinou em relação à linha d'água —, vi que estávamos a quarenta graus. Eu nunca chegara a esse número antes. Nunca. O navio estava quase emborcando e afundando na baía. Alguma carga solta mudara o centro de gravidade. Mais alguns graus de inclinação e a carga inteira poderia acabar se deslocando para bombordo ou boreste e nos enviar para o descanso eterno.

Fui para a praça de máquinas. Disparando pelo corredor central, vi algo estranho à minha direita. Parei, virei-me e voltei. Era parte da tripulação, sete caras vestindo coletes salva-vidas e apinhados em um canto, como se fossem os últimos homens a bordo do *Titanic*. Eles me olhavam de dentro da escuridão, os lábios tremendo, todos paralisados de medo.

Eu também estava com medo, mas não podia demonstrar.

— O que estão fazendo aí? — perguntei, incrédulo.

Os marinheiros olharam uns para os outros. O barulho era ainda mais alto lá.

— Bem, capitão — respondeu, enfim, um marinheiro —, estamos nos preparando para abandonar o navio.

Encarei-os com firmeza.

— Vocês estão me dizendo que estão se preparando para abandonar esta embarcação grande para entrar em um bote minúsculo, com esse tempo lá fora? É isso o que estão me dizendo?

Eles tornaram a olhar uns para os outros. Acho que aquilo não lhes ocorrera.

— Não me parece uma ideia muito inteligente — afirmei. — Vamos fazer o seguinte: quem pode trabalhar, venha comigo. Quem não pode, volte para o seu camarote. Vocês estão apavorando o restante da tripulação.

Quatro deles me acompanharam e os outros foram para os seus respectivos camarotes.

Corri até a praça de máquinas. O chefe de máquinas trabalhava freneticamente para consertar o motor.

— Informe a situação — pedi.

Ele assentiu. Parecia ligado em "modo multitarefa". Em outras palavras, trabalhava feito louco em seis coisas diferentes que precisavam ser resolvidas imediatamente.

Corri para a área dos porões. Abri uma porta, e o facho da minha lanterna iluminou aquela enorme escuridão. O que vi não era muito encorajador. Quinze centímetros de óleo de motor viscoso cobriam o chão. Tonéis de óleo de duzentos litros haviam sido reduzidos ao tamanho de uma bola de futebol de tanto bater contra o costado. Bombas de 225 quilogramas, dispostas em paletes de vinte em vinte, balançavam de um lado para o outro e batiam umas contra as outras e contra o costado.

Chamei o imediato.

— Você precisa mandar uns caras para o porão para amarrar a carga! — gritei.

Se uma das bombas explodisse, ia chover pedaços do navio do tamanho de uma moeda na costa espanhola durante meia hora. Ele encontrou dois marinheiros — os únicos entre os vinte tripulantes que não estavam enjoados ou apavorados demais —, que conseguiram, com muito esforço, colocar as bombas e os tonéis em seus respectivos lugares.

Doze horas depois, o motor voltou a funcionar e quase todas as bombas estavam amarradas. Desastre evitado.

Existem milhares de maneiras de se morrer em um navio. No entanto, quando você passa por uma dessas situações e sobrevive, aprende a enfrentar a seguinte.

SETE

– 1 dia

Daqui até Mombaça é grande a possibilidade de ocorrer um incidente com piratas. Mantenham os olhos abertos.

Ordem noturna do comandante
Maersk Alabama, 7 de abril, hora 2000

Naquela noite a tripulação se reuniu à mesa de jantar. Dava para sentir a eletricidade no ar.

— Esse foi o primeiro episódio de pirataria que o senhor teve de enfrentar, capitão?

— Com certeza — respondi, ao me sentar para comer. — E espero que tenha sido o último.

Aquela não era a primeira vez que o assunto era mencionado. Dias antes, Colin, o segundo oficial de náutica, tinha perguntado:

— Sabe o que eu estava pensando?

— O quê?

— E se formos capturados?

Eu o encarei.

— Você está preocupado com isso?

Colin assentiu. Parecia nervoso.

— Se está assustado, não devia ter embarcado neste navio — respondi.

— Não sabia para onde estávamos indo?

Eu não queria um tripulante disseminando o vírus do pânico. Precisava que a tripulação sentisse e irradiasse confiança. Se Colin estava aterrorizado com a perspectiva de acabar dentro de um barco somali, devia ter discutido o assunto comigo antes de zarparmos.

Ser refém de piratas era um tabu entre os marinheiros. Qualquer coisa — até mesmo naufrágio — era melhor do que aquilo.

— Olha, temos de engatinhar antes de podermos andar — falei, enfim.

— Antes quero me certificar de que estamos nos saindo bem nos exercícios antipirataria.

Contudo, dava para sentir a aflição dele. De repente, o problema da pirataria deixara de ser uma questão abstrata, não era uma manchete ou um rumor ouvido na sala do sindicato. A tripulação tinha visto barcos somalis com os próprios olhos e se sentira completamente indefesa diante deles.

— Bem, posso dar um apanhado geral agora — falei.

Colin concordou.

— Isso seria bom.

— É muito simples — comecei. — Antes de mais nada, jamais mencione religião. É criptonita. Não os enfrente tentando falar sobre Alá ou Jesus e, haja o que houver, não tente convencê-los de que a sua fé é melhor do que a deles. Política também, nem pensar, especialmente a do Oriente Médio. Pode ser que eles tentem provocar você, dizendo que os Estados Unidos são o pior país do mundo. Você não está aqui para defender a honra da sua nação. Está tentando sobreviver. Então, deixe isso para lá.

Naquele momento, só tive tempo para aqueles pontos. Mais tarde, Colin me procurou, parecendo ainda nervoso com a possibilidade de ser capturado pelos somalis. Havia alguns outros membros da tripulação à nossa volta, de modo que continuei com minhas instruções.

— Façam tudo o que eles mandarem — disse. — Deem o mínimo de informação possível. Temos informações que não são vitais, coisas irrelevantes que podemos revelar para estabelecer uma relação, e outras que devemos preservar, coisas que guardamos para nós, a menos que estejamos sob séria ameaça.

— Do que poderíamos abrir mão? — alguém perguntou.

Dei de ombros.

— Contar como obter água potável. Mostrar a eles os equipamentos de salvamento. Temos de fazer com que se sintam no comando enquanto, por outro lado, os afastamos do que é realmente importante, como o radar e o controle das máquinas. Sem falar no restante da tripulação.

— Entendi — disse Colin.

— E, por último, um pouco de humor ajuda.

Olhei para um marinheiro.

— Infelizmente, nenhum de vocês é muito engraçado. Então, regra número um: não sejam pegos pelos piratas.

Sempre tive a impressão de que, se os piratas embarcassem, tudo estaria perdido. Tínhamos de detê-los antes que entrassem no navio.

Àquela altura, avançávamos numa linha paralela à costa da Somália. Voltei ao meu camarote e escrevi minhas ordens para a noite. Todo comandante emite ordens permanentes para a tripulação inteira. Elas são postadas no primeiro dia e nunca mudam. Porém, as ordens noturnas abrangem quaisquer mensagens especiais ou tarefas que precisem ser transmitidas a cada mudança de turno. "Ainda estamos em território apache", escrevi naquela noite. "Estamos aqui por nossa conta e risco, então é importante manter os olhos abertos. Só podemos contar uns com os outros." É preciso encontrar novas maneiras de despertar o interesse dos tripulantes. Eu sabia que agora eles estavam prestando atenção por causa dos piratas, então fui breve.

Fui para o meu camarote. Por volta de 3h30, eu estava dormindo quando o telefone tocou.

Era o primeiro oficial de náutica, Ken, que cobria o turno entre meia-noite e quatro da manhã, o pior de todos.

— Capitão, acho melhor o senhor subir até aqui.

— O que é?

— Piratas somalis.

— Onde?

— No rádio. Eles estão falando no rádio.

— Já vou para aí.

Saí às pressas para o corredor e subi a escada interna que levava ao passadiço. Quando saí ao ar livre, vi as nuvens deslizando diante da lua cheia.

Abri a porta do passadiço e encontrei Ken e um marinheiro de vigília. Antes que eu falasse, escutei uma voz.

— Aqui pirata somali — dizia. — Pirata somali.

Encarei Ken. Seus olhos abertos estavam completamente arregalados. Voltei-me para o rádio. Estava sintonizado no canal 16, a frequência internacional utilizada para chamados de emergência entre embarcações.

— Pirata somali, pirata somali. Estou indo pegar vocês.

Era meio fantasmagórico. A voz tinha um sotaque claramente africano. Eu não passara tempo suficiente no continente para distinguir um sotaque somali de um queniano, mas aquilo parecia autêntico. Pior, ele parecia falar sério.

— O que aconteceu?

— Vi um barco passar a uma distância de umas sete milhas. Estava todo iluminado.

Assenti com a cabeça. Pesqueiros sempre ficam iluminados como uma árvore de Natal. Precisam de luz para o trabalho com as redes e para evitar ser atropelados por algum petroleiro navegando a quinze nós. Dificilmente um navio pirata viajaria com todas as luzes acesas. Queimava muito do precioso combustível e permitia que fossem vistos no horizonte, coisa que os piratas nunca queriam.

— E então, minutos depois, ouvi isso — disse Ken, apontando para o rádio.

Apanhei o binóculo. Havia um barco a uma distância de sete milhas à ré e a boreste, as luzes brilhando como um típico barco pesqueiro. Porém, olhando melhor, vi um segundo barco amarrado à sua popa.

— Pirata somali, pirata somali — a voz se manifestou de novo, em meio ao silêncio absoluto que imperava no passadiço.

O sujeito estava quase cantando. *Que diabo ele pretendia?* Os somalis eram conhecidos pela furtividade; a última coisa que fazem é avisar que estão a caminho. Não fazia sentido.

Talvez fossem apenas alguns pescadores se divertindo à nossa custa. Ou poderiam ser piratas de passagem sondando nosso esquema de segurança. Poderiam estar lá na frente, nos observando, tentando nos amedrontar antes de ligarem os motores para interceptarem nosso navio. Como disse, aqueles caras viviam inventando coisa nova, sempre à procura de pontos fracos.

Examinei o navio com o binóculo. Não se movia, estava apenas à deriva, o que é uma atitude típica de um barco de pesca.

— Vamos acelerar para 120 RPM — ordenei.

Estávamos na nossa velocidade normal de 118 RPM.

— Cento e vinte RPM — confirmou o primeiro oficial de náutica. Ele estava no telégrafo da máquina, controlando nossa velocidade.

— Qual o nosso rumo? — perguntei.

— Dois três zero — respondeu o timoneiro, referindo-se a um curso de 230 graus.

— Passe para um oito zero — falei.

Eu queria executar uma mudança drástica que fosse percebida pelo pirata — se é que se tratava de um. E queria que ele se mantivesse, na medida do possível, à nossa ré.

— Cinco graus do leme a bombordo... Governar em um oito zero — confirmou Ken.

O timoneiro repetiu a ordem recebida e em seguida girou o timão.

O navio começou a guinar, e trinta segundos depois estávamos no novo rumo. Quando se está indo rápido, basta um toque no leme para virar cinquenta graus.

Fiquei observando a embarcação misteriosa pelo binóculo. Ela ainda estava à deriva, atrás de nós. E o barco menor junto a ela não se mexeu. Se iam empreender um ataque, seria com aquela lancha veloz. Enquanto a lancha não abandonasse o pesqueiro, tudo estaria bem.

Vasculhei todas as outras direções do horizonte com o binóculo: norte, sul, leste, oeste. Às vezes os grupos de piratas deixam uma embarcação em plena vista de modo a atrair toda a atenção. Enquanto estamos concentrados em um barco, eles atacam com três outras lanchas rápidas vindas da direção contrária, aproveitando-se do ponto cego. Mas a água estava limpa. Nenhuma outra embarcação ao alcance do *Maersk Alabama*.

Durante trinta minutos fiquei de olho naquela embarcação misteriosa. Ela não tentou nos seguir e não lançou uma lancha em nossa perseguição. Era estranho. Porém, sem nenhum outro comparsa num raio de sete milhas, ele não tentaria um ataque.

— Acho que estamos bem — falei para Ken. — Se acontecer alguma outra coisa, me chame imediatamente. Não deixe de informar tudo o que ocorreu ao responsável pelo próximo turno. E mantenha a velocidade de 120 RPM até eu voltar aqui de manhã.

Pelo que eu sabia, os piratas jamais haviam atacado durante a noite. (Desde aquela época, houve pelo menos um ataque pirata sob a escuridão da noite.) Porém, se eu fosse um bandido somali, era exatamente isso o que eu faria. Trataria de me esgueirar na escuridão e tomar o navio antes que a tripulação tivesse tempo de reagir. Eu não fazia a menor ideia de por que eles ainda não tinham tentado fazer isso — subir a bordo não seria fácil, inclusive atirar aqueles croques, mas o prêmio seria imenso.

Eu não queria ser o primeiro.

Voltei ao meu camarote e desabei na cama. Eu nunca havia enfrentado qualquer incidente relacionado a piratas antes, e nas últimas 24 horas precisara lidar com duas possíveis ameaças. Aquilo mostrava que o mar à nossa volta estava coalhado daqueles caras e que agora nos encontrávamos num mundo completamente diferente. Esqueça aquele 0,4% anunciado pelos estatísticos. A impressão era de que qualquer navio que entrasse no golfo seria um alvo.

Enquanto eu estava deitado, sem conseguir dormir, pensei numa antiga expressão usada na marinha mercante. Durante a Segunda Guerra, comboios formados por cem navios ou mais costumavam cruzar o Atlântico levando suprimentos dos quais os soldados americanos na Europa precisavam desesperadamente. O oceano estava infestado de submarinos alemães, e aqueles cargueiros eram como patinhos de madeira numa galeria de tiro.

Mas nem todos. Se você está no meio da formação, raramente é atacado. Porém, se estiver num dos quatro cantos, permanece exposto. Vulnerável. Uma isca.

Aquelas posições eram chamadas de "cantos do caixão". Minha sensação era a de que o *Maersk Alabama* estava num desses cantos bem naquele momento. E não havia nenhum contratorpedeiro à vista para manter o inimigo a distância.

OITO

Dia 1, hora 0600

Depois que capturamos um navio, só temos a ganhar. Atacamos vários todos os dias, mas poucos são lucrativos. Ninguém vai resgatar o navio de uma nação do Terceiro Mundo com uma tripulação indiana ou africana, então nós o libertamos imediatamente. Mas se o navio é de um país ocidental... Aí é como ganhar na loteria.

Pirata somali, Wired.com,
28 de julho de 2009

Na marinha mercante, temos uma expressão: "dormir rápido". Os marinheiros conseguem adormecer em dez segundos e estar prontos para trabalhar em duas horas. Você precisa aprender a fazer isso para sobreviver.

Dormi como uma pedra e acordei às seis horas da manhã seguinte quando o sol apareceu pela fresta embaixo da bainha das cortinas. Era 8 de abril, quarta-feira. Sobrevivêramos por mais um dia.

Tomei uma chuveirada com a água bombeada dos tanques do navio. Sequei-me, vesti-me e examinei o boletim meteorológico. Ensolarado de novo. Clima perfeito para navegação. Verifiquei as mensagens que haviam entrado — mais conversas sobre piratas. *Conta uma novidade*, pensei.

Subi até o passadiço. O sol parecia um atiçador incandescente queimando o meu rosto. Peguei uma xícara de café e juntei-me a Shane, que estava de serviço naquele turno. Começamos logo a planejar o que precisávamos fazer naquele dia. Estávamos nos preparando para chegar a Mombaça, e nossa estada lá seria muito atarefada. Com ou sem piratas, tínhamos carga para desembarcar, mantimentos para carregar e um milhão de outras tarefas que a tripulação de um navio mercante tem que realizar ao se aproximar de um porto: lavar roupas, fazer pagamentos, contratar novos tripulantes. Além disso, existem imprevistos que sempre acabam acontecendo: um fiscal do governo decide inspecionar o navio (quer dizer, até você pagar uma propina) ou um passageiro clandestino sobe por uma espia.

Eu estava lidando com essas tarefas rotineiras quando ATM, o marinheiro de ascendência paquistanesa, nos interrompeu.

— Barco se aproximando, 3,1 milhas, pela popa.

Shane e eu nos viramos para olhar. Era uma pequena lancha que se aproximava de nós a pelo menos vinte nós. Parecia um daqueles barcos que haviam nos perseguido na véspera, com uns vinte metros de comprimento e um motor de popa poderoso. Eu conseguia ver sua esteira branca sobre a água azul-turquesa. Com o nevoeiro, a visibilidade ficara limitada a quatro milhas, então ATM não demorara muito para notar sua presença.

Olhei para a água. O vento diminuíra desde o dia anterior, e o mar estava calmo. Não daríamos sorte agora. Estávamos apostando corrida com uma embarcação muito mais rápida, e as ondas não iam segurá-los.

— Imediato, descubra onde o contramestre colocou o pessoal dele.

A maior parte da tripulação estaria na cama, ou acordando e começando suas rotinas matinais. Mas eu sabia que o contramestre estava em alguma parte do navio, trabalhando com uma equipe, e queria ter certeza de onde estava cada tripulante.

— Ele está na proa — respondeu Shane.

— Verifique se que ele sabe o que está acontecendo, caso ele tenha que mandar o pessoal para dentro — ordenei.

— Entendido.

— Rumo? — perguntei.

— Dois três zero.

— Governar em um oito zero.

— Um oito zero.

O timoneiro girou o timão, e eu espiei pelas janelas. A lancha veloz estava a 2,5 milhas de distância. Ela acompanhou nosso novo rumo.

Não havia dúvida. Aqueles caras não estavam lá para pescar atum. Eles estavam atrás de nós.

— Ligue para a UKMTO imediatamente — ordenei.

Eu não tinha tempo para lidar com os britânicos. Shane fez a ligação.

Eu o ouvi responder a uma saraivada de perguntas: quantas pessoas estão no barco? Quantas armas eles têm? Qual é a cor do barco? Qual é a cor do *interior* do barco?

Finalmente, ele desligou.

— O que eles falaram?

— Para ligar de novo quando estiverem a menos de uma milha de distância.

Não havia tempo para perguntar sobre a razão daquilo. Peguei um rádio portátil — ele ficaria na minha mão durante as próximas horas — e conferi o radar.

— Onde está o maldito navio-mãe?

Estávamos a mais de trezentas milhas da costa da Somália. Não havia a menor chance de esses sujeitos terem chegado até ali sozinhos. Tinha que haver uma traineira, e um líder dando ordens. Mas eu não conseguia vê-la, e nada aparecia no radar. Pensei: *E se esses caras estiverem nos empurrando na direção do navio-mãe?*

Shane havia ido até o armário de pirotécnicos e retirado dezoito sinais luminosos assim que os somalis foram avistados. Ele começou a distribuí--los antes de ir ao convés principal para ficar de olho na tripulação.

— Estou descendo para aprontar tudo, vou mandar o segundo oficial de náutica subir — disse ele antes de sair correndo do passadiço.

Eu sabia que o chefe estava acordado. Mike se levantava cedo e, naquele momento, estaria em sua cama lendo a Bíblia. Liguei para seu camarote e ele atendeu.

— Estamos sob ataque de piratas, preciso que você vá para a praça de máquinas — falei e desliguei o telefone.

Eu precisava dos olhos dele no painel de controle enquanto aumentávamos a velocidade.

O barco estava a duas milhas de distância. Navegávamos a 16,8 nós e eles, a 21. Eles estavam chegando mais perto.

Quando estavam a uma milha, falei para Colin:

— Toque o alarme de intrusos.

Ele tocou o apito do navio, comprido e curto, comprido e curto, comprido e curto. Depois, correu até a antepara e tocou o alarme geral, na mesma sequência. Isso era um aviso para que todos os homens no navio fossem imediatamente ao seu local designado de concentração em casos de emergência. Olhei e vi os jatos d'água das mangueiras antipirata. Com cem libras de pressão por polegada quadrada, aquele jato podia derrubar uma pessoa. Chamei pelo rádio:

— Mude para o canal 1.

Era nossa faixa de emergência.

Colin começou a emitir uma série de ordens.

— Liguem a bomba de incêndio, acendam as luzes, digam para o contramestre trazer o pessoal dele para cá.

Apontei para o armário de pirotécnicos.

— Prepare-se para disparar esses sinais luminosos — falei para Colin.

— Quando os piratas estiverem a menos de uma milha de distância, dispare. Mire diretamente neles.

Ele assentiu.

Eram sete da manhã, e ATM, Colin e eu estávamos no passadiço. A tripulação se reuniu no local seguro. Os maquinistas estavam trancados na praça de máquinas. O primeiro e terceiro oficiais de máquinas se encaminharam até o compartimento da máquina do leme. O chefe já estava na praça de máquinas. Lá, ele poderia desligar os motores caso necessário, e o primeiro oficial de máquinas assumiria o governo do navio se o passadiço fosse invadido. Eles poderiam assumir o controle de todos os sistemas de bordo, uma maneira de contornar o passadiço.

Naquele momento, eu conseguia ver o torso dos homens que estavam de pé na embarcação pirata. Eles estavam inclinados para a frente, balançando por causa das batidas da lancha na água.

— Ligue de novo para a UKMTO — ordenei a Colin. — Diga que a ameaça é real. E não encerre a ligação, para que eles possam acompanhar o que está acontecendo. Entendido?

— Feito — respondeu ele.

Colin fez a ligação, depois pegou meia dúzia de sinais luminosos e foi para a asa do passadiço a boreste.

Corri para o SSAS, o sistema de alerta de segurança, e o apertei. Isso alertaria o centro de salvamento a respeito de nosso sequestro. Colin também apertou o SSAS.

De repente, ouvi disparos de armas automáticas. Vi os clarões dos tiros do barco pirata. Eles estavam atirando no navio a menos de quinhentos metros de distância. Ouvi o barulho das balas atingindo o metal da superestrutura e ricocheteando na chaminé.

Mandei ATM se sentar no convés junto ao timão e governar o navio de acordo com as minhas ordens.

— Entre, Colin! — gritei.

Ele estava na asa do passadiço, escondido atrás do armário de pirotécnicos.

— Já, já! — respondeu. — Assim que eles pararem de atirar.

Estamos perdidos, pensei. Foi tudo muito rápido. *Mas onde está o maldito navio-mãe?* Se a embarcação maior conseguisse emparelhar, eles poderiam colocar 25 homens armados a bordo. Fim de jogo.

Eu queria que meus tripulantes continuassem sentados no passadiço. Os piratas estavam atirando de baixo para cima, a um determinado ângulo. O único jeito de ser atingido por uma bala ricocheteada seria ficar de pé. Quando houve um intervalo nos tiros, Colin correu para dentro do passadiço.

— Quinhentos metros — falei pelo rádio portátil. — Tiros disparados, tiros disparados.

As balas faziam um barulho enorme quando ricocheteavam em partes diferentes da superestrutura, *spati*, *iuum*, *pati*. Olhei para a lancha pirata. Eles estavam a cerca de cinquenta metros de distância. De repente, aceleraram e fizeram uma curva para se aproximarem por bombordo. Ainda atiravam, com armas semiautomáticas e automáticas. O AK-47 faz um som característico, um *ta-ta-ta-ta* rápido e grave. Eu nunca ouvira um desses em ação, exceto na televisão. As balas ricocheteavam pelo navio uma fração de segundo depois de o AK-47 disparà-las.

Eu precisava agir. Peguei alguns sinais luminosos, corri para a asa a bombordo e comecei a atirar no barco pirata. Via que eles se aproximavam de nosso costado, na altura do guindaste número dois. Balas voavam para todos os lados, mas a pontaria dos somalis estava melhorando — o passadiço recebia rajadas de tiros que traçavam uma série de buracos pela asa onde eu me encontrava, *ping, ping, ping.* Abaixei-me e voltei a me levantar na mesma hora, ao ver um somali sentado de pernas cruzadas no barco atirar em minha direção. Eu via o rosto dele concentrado em mim.

Comecei a me levantar rapidamente, disparar um sinal luminoso e depois me abaixar atrás do quebra-vento, uma cobertura de metal que desvia o vento para passar por cima do passadiço. Eu parecia um boneco preso numa mola, aparecendo para disparar e então me escondendo. Esses sinais luminosos eram nossa única esperança naquele momento — lançar um rojão no barco, atingir um galão de gasolina... Um tiro muito difícil de acertar, mas era a melhor maneira de desviar os tiros para longe dos tripulantes no passadiço.

Esgotados os sinais luminosos, corri de volta ao passadiço.

— Quinze graus de leme a bombordo — ordenei a ATM, que governava o timão.

Olhei para o GPS e vi que estávamos a 18,3 nós. Eu colocara o navio naquilo que denominamos "manobra de zigue-zague", que dificulta a aproximação de outros barcos. O convés do *Maersk Alabama* fica a apenas seis metros acima da superfície do mar. Os piratas só precisavam emparelhar a lancha, arremessar um cabo com ganchos em nosso convés e subir.

— Agora, quinze graus de leme a boreste! — gritei.

Não é bom virar bruscamente demais, perde-se velocidade. Você balança para um lado e depois para o outro.

Olhei para a água e não consegui acreditar. Os piratas estavam levantando uma linda escada branca no ar. Pensei: "Onde diabos eles conseguiram essa coisa?" Era uma escada de piscina com degraus e um gancho na ponta e parecia algo saído de uma loja de materiais de construção. Em geral, os somalis usam croques, postes ou cabos, mas aquele engenho maldito parecia ter sido projetado sob encomenda para tomar o nosso navio. A escada tinha duas peças verticais que se conectavam perfeitamente à nossa placa de junção, uma peça de metal sólido que se projeta quinze centímetros acima do convés.

Vi os ganchos se prenderem ao navio. Em cinco segundos, uma cabeça apareceu por cima da amurada, seguida por um corpo que logo saltou para o convés. Ele estava entre o guindaste número dois e a popa e a cerca de vinte metros de distância de mim. Era o cara que eu viria a conhecer como o Líder.

Que droga. Eles estão a bordo.

— Um pirata a bordo — falei pelo rádio. — Fomos invadidos.

O somali não estava armado. Inclinei-me e vi que ele puxava um balde branco atado a um cabo amarelo. Ali estava a arma. E logo atrás do balde vinha um segundo pirata.

— Um pirata a bordo, outro subindo — comuniquei pelo rádio.

Estávamos perigosamente perto do desastre. Os piratas tinham armas; nós, não. Contra eles, tínhamos apenas nossos cérebros e nossa força de vontade. A maioria das pessoas optaria pelas armas nessa disputa, mas tínhamos que usar o que estava à nossa disposição.

Corri para a asa do passadiço com mais sinais luminosos na mão. O somali no convés virou-se e levantou a mão, e ouvi *pou, pou, pou.* Ele empunhava uma arma e estava atirando. Disparei um sinal luminoso que ricocheteou no convés e foi para a água. Agachei-me justo quando o cara disparou uma rajada e *BAMMMMM*, uma bala atingiu o quebra-vento diante do meu rosto. Olhei e vi o amassado no metal.

— Ai, merda! — xinguei.

Se a bala tivesse atravessado o metal, teria atingido meu rosto em cheio.

Levantei-me. O primeiro pirata desaparecera. *Ele deve estar escondido atrás dos contêineres no convés*, pensei. Eu sabia que seu alvo mais importante era o passadiço, mas ele levaria um tempo para alcançá-lo.

O segundo pirata atingiu o topo da escada e pulou para o convés.

— Dois piratas a bordo — transmiti pelo rádio.

Eu tinha que decidir: abandonar o passadiço naquele momento, trancar tudo, recuar para o local seguro e esperar tudo passar. Ou continuar no passadiço e rezar para que os piratas não conseguissem passar pelas barreiras antipirataria e subir sete níveis.

Eu não queria abrir mão do controle do meu navio. *Nem pensar. Ninguém vai botar a mão no meu passadiço*, pensei. O passadiço tem algo de especial para o comandante: ele simboliza seu controle sobre o navio. É como a cabine de um 747 para um piloto. Essa geringonça está sob seus cuidados. Você não quer entregar aquilo a menos que seja estritamente necessário.

Acho que esse foi meu primeiro erro. Eu devia ter começado a recuar naquele momento, mas achei que ainda havia tempo. Queria manter o controle pelo máximo de tempo possível. Foi arrogância minha. *Venham tentar tirar isso de mim.* Disparei alguns sinais luminosos na direção do segundo cara. Reparei que os piratas eram muito magros e vestiam camisetas sujas, bermudas e chinelos. O segundo cara imediatamente se sentou de pernas cruzadas no convés e começou a atirar na minha direção com seu AK-47.

Ouvi três disparos vindo de baixo que pareciam ser de fuzil. Depois percebi que era o som do primeiro pirata atirando nos cadeados das correntes que prendiam a escada exterior. Mas eu ainda achava que ele estava no convés, atrás dos contêineres, esperando pelos outros. O tempo estava a favor dos piratas. Eles sabiam que não estávamos armados. Não havia nada que os impedisse, além das barreiras antipirataria. Se passassem por elas, viraríamos reféns. Mas, até o momento em que o Líder começou a se deslocar na direção da popa, eu ainda me sentia seguro ali em cima.

Corri de volta ao passadiço, pronto para trancar as entradas e começar a recuar para as profundezas do navio. ATM continuava agachado no convés, olhando preocupado para mim e esperando a próxima ordem enquanto Colin andava de um lado para o outro do passadiço. Abri a boca para falar quando pensei ter visto uma sombra pelo canto do olho. Virei-me. Era o primeiro pirata, que estava diante da porta do passadiço e apontava um AK-47 desgastado na minha direção, atrás do vidro.

NOVE

Dia 1, hora 0735

O segredo do nosso sucesso é que estamos dispostos a morrer, e as tripulações, não.

Pirata somali, Wired.com, 28 de julho de 2009

Bem na hora em que eu estava me virando, o somali deu dois tiros para o alto. *PÁ. PÁ.* De perto, o ruído daquela arma soava incrivelmente mais alto do que lá de baixo.

— Estamos fodidos — ouvi alguém da minha tripulação dizer atrás de mim.

— Relaxa, capitão, relaxa — gritou o pirata para mim. Ele era baixo, magro e anguloso. Seu rosto estava tenso. — Negócios; só negócios. Para o navio. Para o navio.

Eu estava tão chocado que não conseguia responder. Não conseguia acreditar que ele tivesse subido ali com tanta facilidade. O somali tinha passado pelas grades da jaula de pirata como se fosse um brinquedo de criança.

Eram 7h35. Os piratas tinham levado cerca de cinco minutos para abordar meu navio e tomar o passadiço.

O rádio portátil ainda estava na minha mão. Dei as costas para o pirata, apertei a tecla e, numa voz grave, disse: "Passadiço perdido, passadiço perdido. Piratas no passadiço." Com isso, o primeiro oficial de máquinas no compartimento da máquina do leme ficaria sabendo que os piratas estavam no comando.

— Assuma o leme — disse, quase sussurrando.

— Não é al-Qaeda, não é al-Qaeda, nenhum problema, nenhum problema — gritou o pirata, apontando o AK-47 para o meu peito. — Isto aqui são só negócios. Só queremos dinheiro. *Para o navio.*

Ele estava a pouco mais de três metros.

— Tudo bem, tudo bem — falei. — Isso leva tempo, calma.

Quando se para um navio, é preciso pôr em ação gradualmente uma série de procedimentos. Desacelerei o navio de uma vez só, baixando da velocidade de 124 RPM em que estávamos até a que usávamos para manobrar nos portos.

Vários alarmes dispararam à minha volta, *brrrrrrrrrtt, brrrrrrrrrtt, brrrrrrrrrtt, uuuoó, uuuoó, uuuoó*. O barulho era inacreditável. Comecei a dançar em volta do console, silenciando os alarmes um a um. Olhei para o telefone. Estava tombado de lado sobre o painel, onde Colin o largara. Rezei para que a UKMTO estivesse do outro lado da linha, ouvindo tudo.

Percebi que o centro de salvamento, que fora alertado pelo alarme de segurança, não tinha ligado para confirmar se havia perigo. Será que alguém saberia que aquilo era um sequestro e não apenas algum problema técnico?

Andei até o leme e mexi nele. Nada. O chefe de máquinas transferira o controle para a praça de máquinas. O primeiro e terceiro oficiais de máquinas conservavam o controle do leme. Eles detinham, agora, o controle sobre os rumos do navio. Estavam isolados.

Era uma pequena vitória. Não importava o que acontecesse, o *Maersk Alabama* não iria para o litoral da Somália, a não ser que os piratas capturassem minha tripulação inteira.

— Pare o navio, pare o navio — pedi pelo rádio. Segurei o botão para que todos pudessem ouvir o que o pirata dizia.

Senti o motor de propulsão sendo desligado. Estávamos agora deslizando pela água, girando em círculos.

Isso irritou o pirata.

— Para com essas voltas — disse ele, balançando o cano do AK-47. — Endireita o navio.

— Tudo bem, sem problemas — respondi.

Comecei a mexer no comando e no timão. Nada aconteceu, é claro, porque o primeiro oficial de máquinas, Matt, estava no comando do leme, no compartimento da máquina do leme. Abri a boca, como se estivesse espantado, e olhei para o pirata.

— Está quebrado, está quebrado — falei.

Mostrei a ele que mexer no timão não produzia nenhum efeito no curso do navio.

— O quê?! — gritou ele. — Endireita o navio.

Dei de ombros.

— Eu adoraria, mas você quebrou o navio. Queria que eu parasse, e fizemos isso rápido demais.

Apontei para o console e dei um tapinha no propulsor de manobra, um mecanismo na proa do navio que facilitava as operações de atracação. O mostrador indicava "0". E então apontei para o mostrador do ângulo do leme. Também estava inativo.

— O navio quebrou — falei.

O pirata não gostou de ouvir isso.

— Corta a água, corta a água, para o navio.

ATM saiu para ajudar os piratas a recolher a escada. Eu acionava teclas, desarmando os alarmes. Desliguei a bomba das mangueiras de incêndio e os jatos d'água das mangueiras antipiratas pararam.

Enquanto eu me movia para acionar os comandos, cheguei perto do radar. Dei uma olhada. O Líder estava distraído, gritando ordens para ATM. O painel do radar tem três botões. O primeiro controla a sensibilidade em relação às informações que estão entrando. Este eu abaixei até o nível mínimo. Os outros dois serviam para detectar chuva e distúrbios no mar, que captam coisas como ondas, agitações e precipitações. Aumentei esses ao máximo. Ao fazer isso, comprometi completamente o desempenho do radar. Daria para levar um encouraçado a duas milhas dali e o radar seguiria tão limpo quanto uma mesa vazia. Queria evitar que os piratas tivessem mais um par de olhos no caso de a marinha dos Estados Unidos vir em nosso socorro.

Afastei-me, caminhei até o rádio VHF e passei do canal 16 para o 72. Ninguém usava o 72. Se os piratas quisessem usar aquele rádio, seria como tentar se comunicar com alguém na superfície da lua.

Ergui os olhos. ATM apareceu no passadiço, seguido por três piratas. Um deles era o sujeito alto que tinha atirado em mim, e outro era o que eu viria a conhecer como Musso. Ele estava com um AK-47 pendurado nos ombros e uma bandoleira de munição atravessada no peito. Parecia pronto para enfrentar o Rambo. Estava mancando; aparentemente tinha machucado o pé ao subir a escada. O terceiro bandido era o que vim a chamar de Jovem, só porque dava a impressão de ser um universitário. Porém, com seu olhar de Charles Manson, ele acabaria se revelando um dos mais sádicos entre eles. E havia também um outro, Comprido, de quem nunca formei uma impressão muito forte. Não havia dúvida sobre quem estava no comando: o primeiro pirata a embarcar, o Líder, dava as ordens e os outros obedeciam.

Os três piratas mais velhos tinham provavelmente entre 22 e 28 anos. Eu diria que Jovem não tinha mais do que 22. O grupo todo tinha dois fuzis AK e várias bandoleiras carregadas de cartuchos. Eles também tinham o que parecia uma pistola 9mm com uma cordinha presa à coronha, e, ao olhar a arma, tive a impressão de ter visto uma insígnia da marinha dos Estados Unidos. *O que diabo eles estariam fazendo com uma arma da marinha?*

Mais tarde essa dúvida voltaria a me afligir.

Os piratas assumiram posições no passadiço. Dava para ver que tinham alguma experiência. O Líder permaneceu conosco. Comprido foi até a asa do passadiço a boreste, Jovem foi para o tijupá, e Musso foi para a asa do passadiço a bombordo. Mandaram ATM e o segundo oficial de náutica se sentarem no convés, a boreste. Enquanto isso, eu estava diante do painel de comando, silenciando os alarmes, porque eles continuavam a soar sem parar, *uó, uó, uó* e *ding, ding, ding, ding*. Parecia que uma guerra havia estourado, e aquilo só aumentava o estresse.

O Líder acenou para mim.

— Esses caras são malucos — disse ele. — São piratas somalis. Sou só um intérprete.

Olhei para ele como se dissesse: *Você deve estar brincando. Vai tentar dar uma de bonzinho? Sério?*

— Caras perigosos — gritou o Líder. — Vão matar você. São malucos!

Não brinca!, pensei. Eles pareciam perigosos. Meu coração estava a mil por hora, acelerado pela adrenalina e pelo medo.

Mas a abordagem do Líder era muito inteligente. Queria que confiássemos nele, e que maneira melhor havia de conseguir isso do que fazer com que ele parecesse nossa única salvação contra piratas violentos?

— Chame a tripulação — disse o Líder.

Eu sabia que esse momento chegaria. Quanto maior fosse o número de reféns, maior seria o poder de barganha dos piratas ao negociar com a Maersk. Eles queriam todos os homens no passadiço para evitar que alguém os atacasse com uma chave-inglesa ou os estrangulasse durante o sono. Mas estavam muito enganados se achavam que eu entregaria algum dos meus homens. Na realidade, meu plano era colocar Colin e ATM o quanto antes a salvo de qualquer risco.

— Tudo bem — respondi e peguei o rádio portátil e o intercomunicador do fonoclama.

— Atenção a toda a tripulação, toda a tripulação. Comparecer ao passadiço. Os piratas querem a tripulação no passadiço, repetindo, *os piratas querem a tripulação no passadiço.*

Nada. Eu rezava para que todos continuassem onde estavam.

O Líder gritava para os seus homens, então apertei a tecla do rádio portátil.

— Quatro piratas a bordo. Dois nas asas do passadiço, um no tijupá, um no interior do passadiço. Dois fuzis AK nas asas, uma pistola 9mm no passadiço.

O Líder se voltou para mim, irritado.

— Chame o pessoal de novo — gritou ele.

Repeti a mesma mensagem "tripulação no passadiço".

Nem um ruído chegava lá de baixo.

A atmosfera ficara mais tensa no passadiço. A tripulação lá embaixo ainda não havia acionado o sistema reserva de energia, de modo que um terço das luzes de emergência permanecia aceso. E, como o ar-condicionado estava desligado, começamos a cozinhar lá dentro. Um convés é como uma estufa. Ele capta todo o calor. Eu sentia o suor escorrer pelas minhas costas.

Eu queria iniciar alguma comunicação com os piratas que não se limitasse às ordens que eles gritavam e eu obedecia (ou fingia obedecer). Qualquer treinamento para casos de reféns recomenda: não afronte demais os sequestradores nem pareça submisso demais. *Mantenha sua dignidade* era uma frase que ficara na minha memória. Se você ficar gritando com o chefão ou choramingando num canto, dá um motivo, uma razão a mais para eles meterem uma bala na sua cabeça.

Resolvi que agiria simplesmente como eu mesmo. Isso vinha funcionando até aquela altura da minha vida. Decidi confiar nos meus instintos e esquecer qualquer ideia quanto ao refém perfeito.

Precisava começar a estabelecer algum tipo de relação com os piratas. Eles se mostravam muito inquietos, não queriam que nos aproximássemos. A cada vez que um de nós se aproximava, eles arregalavam os olhos e sacudiam a arma na nossa direção.

Olhei para o Líder.

— Podemos dar alguma água para esses caras?

Ele assentiu com a cabeça. Fiz um gesto, e ATM levantou-se e caminhou até o bebedouro perto da porta a bombordo, observado atentamente pelos piratas.

Enquanto eu manipulava os comandos, fui me aproximando aos poucos de onde o Líder estava.

— Ei — falei. — Vocês têm cigarros? Temos alguns aqui se estiverem sem nenhum.

Ele concordou, balançando a cabeça. Fui até a mesa do GMDSS (Sistema Marítimo Global de Socorro e Segurança) e peguei alguns maços que guardava ali para dar aos práticos e a funcionários problemáticos dos portos. Distribuí os cigarros entre os piratas. Pela minha experiência em lugares como Mombaça e Monróvia, eu sabia que o tabaco era popular na África, e de modo algum eu queria um bandido armado sofrendo tremedeiras em crise de abstinência de nicotina.

Eles acenderam os cigarros, e um pouco da tensão se dissipou. Ofereci também alguns refrigerantes.

O Líder deu uma tragada e apontou para mim.

— Qual é sua nacionalidade?

— Eu? — perguntei. — Ou o navio? O que quer dizer?

— O navio, o navio, de que país é?

— Estados Unidos.

Seus olhos brilharam. Ouvi os outros piratas emitindo ruídos de satisfação. Era óbvio que tinham tirado a sorte grande.

— E a tripulação? Qual é a nacionalidade?

— Vários países — respondi. — Americanos, canadenses, africanos.

Agora que eu tinha conseguido deixá-los de bom humor, precisava fazer com que as coisas fossem um pouco mais devagar. Precisava de tempo para pensar.

A UKMTO sabia que tínhamos sido atacados. Calculei mentalmente quanto tempo levaria até que a ajuda chegasse, e queria prolongar a situação pelo máximo de tempo possível. Qualquer demora na ação dos invasores me proporcionaria mais tempo para pensar numa estratégia. Queria planejar meus movimentos seguintes de modo a permanecer alguns passos à frente deles.

O Líder queria que eu parasse o navio e estava ficando agitado. Eu continuava a desfiar minha ladainha — "O navio está quebrado, você deve ter feito alguma coisa com ele" — quando ele finalmente gritou para mim:

— PARA AGORA!

Ergui minhas sobrancelhas e, fingindo que tentava compreender, passei o indicador pela minha garganta. *Quer dizer, quer que eu corte o motor agora?*

Ouvi uma voz atrás de mim.

— *Por favor* — disse Colin —, quer parar de fazer o sinal universal para assassinato?

Sorri.

— Tudo bem, tudo bem.

Depois eles pediram um celular.

— Queremos fazer uma ligação.

— O quê? — perguntei. — Querem fazer o quê?

— Eles estão dizendo que querem fazer uma ligação telefônica — gritou Colin.

Ele não entendia o que eu estava fazendo e achava que eu ia arrumar um jeito de alguém me dar um tiro — e nele também.

— Entendi — respondi para ele pelo canto da boca. — Calma. Sei o que estão dizendo. Deixe que eu fale com eles. Calma.

Eu estava tentando atrasar ao máximo qualquer tipo de conversa.

Finalmente o Líder apontou para o telefone por satélite no passadiço e me deu um número para discar. O código era de algum lugar na Somália.

O navio-mãe, pensei. *Querem receber novas instruções.*

O Líder me observou atentamente enquanto eu me dirigia para o telefone. Digitei o número e esperei. Os números vão aparecendo no visor à medida que apertamos os botões, de modo que eu não podia errar o número de propósito, mas não completei a chamada. Na maioria dos telefones por satélite, é preciso apertar uma última tecla para enviar a chamada depois de discar o número.

Não apertei essa tecla. Passei o telefone para o Líder.

— Não completa — falei. — Telefone quebrado.

Ele se aproximou de mim com um olhar furioso.

— Deixa ver — rosnou ele.

Mostrei a ele o visor de LED. Lá estava o número que ele tinha pedido, mas a ligação não completava.

Dei de ombros tentando parecer simpático.

— Não tem sinal — falei. — Telefone ruim.

Eles me deram outro número. Talvez fosse o chefão ou seu grupo de apoio na Somália. Era óbvio que queriam informar que tinham capturado o navio e talvez começar a pedir um resgate ou obter suprimentos ou reforços para o *Maersk Alabama*.

Isso não ia acontecer. Segui tentando e o Líder continuou a me fitar com seu olhar feroz.

— Radar — falou ele.

Recorri outra vez ao meu procedimento habitual de "O quê?" e "Desculpe?" antes de apontar para o aparelho no painel. Ele acenou com a arma para que eu fosse na frente. Avancei, e ele permaneceu ao meu lado, espiando o monitor. A tela estava vazia.

— Setenta e duas — disse ele. — Escala de 72 milhas.

Ele queria aumentar o raio de alcance do radar. Então ele entendia algo de navegação e tecnologia de bordo. Eu estava cada vez mais convencido de que o Líder era mais que um mero pescador. Aquele cara tinha algum treinamento.

Fiz ainda mais do que ele pediu. Girei o botão para 96 milhas. Ele baixou os olhos.

— Não há nada ali — falei.

Ele estava perplexo.

— Cadê? — perguntou. — O que isso está mostrando?

Pela surpresa dele, percebi que o navio-mãe não estava por lá. Ele estava espantado pelo fato de o radar não indicar uma reconfortante mancha piscando a algumas milhas de distância. Era como se o carro da fuga tivesse desaparecido da face da Terra. Àquela altura ele devia estar convencido de que havia topado com o navio mais avariado e decadente de toda a marinha mercante americana. *Nada* parecia funcionar no navio inteiro.

— Não há nada lá — falei.

Os três piratas começaram a conversar em somali. Dei as costas para eles e levantei um pouco meu rádio portátil. Por alguma razão, eles tinham deixado que eu o conservasse. Talvez achassem que eu precisava dele para convocar a tripulação ao passadiço ou para manobrar o navio. Fiz questão de segurá-lo o tempo todo perto da cintura, de modo que eles se habituassem a vê-lo ali. Mas só o usava quando eles estavam distraídos, apertando o botão e falando sem levantar o rádio aos meus lábios.

— Quatro no passadiço — falei. — Nada de navio-mãe ainda.

Repeti rapidamente as posições dos somalis no passadiço e as suas armas.

— Capitão — disse alguém.

Olhei por cima do ombro. Colin acenava para mim.

Caminhei na direção dele. Ele suava e estava pálido, de nervosismo ou calor.

— Capitão, dê logo o dinheiro para eles — falou ele.

Olhei à minha volta. Torci para que os piratas não tivessem ouvido aquilo.

Todo comandante carrega uma quantia em dinheiro vivo num cofre, para suprimentos e emergências. No meu, havia trinta mil dólares, em cédulas de pequenos e grandes valores.

— Colin, eles vão querer mais do que trinta mil.

— Dê logo tudo.

Eu queria mantê-lo calmo. Depois das perguntas que ele fizera sobre a possibilidade de virar refém, eu não queria que ele perdesse o controle e entrasse em pânico. Todos estávamos assustados, mas era crucial não demonstrar isso. Medo significava fraqueza, e fraqueza significava falta de raciocínio. Não podíamos nos dar a esse luxo.

— É uma opção — respondi. — Já lhes demos cigarros. Vamos guardar o dinheiro como uma reserva no caso de precisarmos.

Eu não dava a mínima para o dinheiro, mas queria que aquilo tudo acontecesse da forma mais lenta possível para ter chance de pensar numa estratégia.

— Acho que você devia entregar logo.

Eu me afastei.

O Líder se aproximou do rádio VHF, de frequência muito alta, que basicamente permite que falemos com qualquer um, de uma ponta do horizonte à outra, a um alcance de quinze a vinte milhas. Antes estava sintonizado no canal 16, reservado para chamadas internacionais e pedidos de ajuda em caso de emergência. Todo mundo monitorava esse canal — era a maneira de entrar em contato com outros navios e comunicar algum acidente a bordo. Mas, como eu havia mudado para o canal 72, não havia ninguém ouvindo.

Ele disse algumas palavras em somali. Estava tentando localizar o navio-mãe. Mas não obtinha resposta alguma.

Observei o Líder. Sabia que precisava acompanhar com muita atenção o estado de espírito dele. Todos os outros piratas seguiam o humor dele: quando se mostrava aborrecido, os outros ficavam aborrecidos. Quando estava calmo, eles ficavam calmos. Era como o fio ligado ao detonador de uma bomba. Eu tinha de observá-lo com muito cuidado.

Eu estava começando a imaginar até quando poderia enrolar o Líder. Queria entrar na cabeça dele. O que ele pretendia fazer? Como eu podia me antecipar?

Contudo, é uma linha muito tênue a que separa a possibilidade de enganar seus captores da chance de receber um tiro na testa.

DEZ

Dia 1, hora 0900

Somos como lobos famintos correndo atrás de carne.

Shamun Indhabur, líder de um grupo de piratas somalis, Newsweek.com

18 de dezembro de 2008

O passadiço parecia uma sauna. A temperatura do mar no golfo de Áden pode chegar a mais de 40°C. Eu sabia que logo ficaríamos desidratados naquela gaiola de vidro. Os piratas haviam fechado a porta do passadiço, que, em geral, fica entreaberta para deixar entrar uma brisa.

— Cadê a tripulação? — perguntou o Líder de novo.

— Não faço a menor ideia, eu estou aqui com...

— Chama a tripulação AGORA! — gritou ele. — Você tem dois minutos. Senão esses caras vão matar vocês.

De repente, os dois piratas nas asas do passadiço correram para dentro e apontaram seus AK-47 por cima do console na direção de ATM e Colin, que estavam agachados no chão. Miraram no rosto dos dois e gritaram:

— Vocês querem morrer?! Dois minutos, nós matamos vocês.

— Calma, calma — pedi. — Estou fazendo o máximo possível.

— Agora um minuto e meio — gritou Comprido, com olhos esbugalhados, apontando a arma para a minha barriga.

— Eles estão falando sério — disse o Líder. — Eu avisei. Caras maus, caras maus.

Voltei a chamar meus homens pelo sistema de som.

— Todos os tripulantes, todos os tripulantes — anunciei. — Compareçam ao passadiço imediatamente. Os piratas querem que venham aqui *imediatamente*.

O Líder me encarou, seus olhos gélidos.

— Você pode dar um jeito nesses caras? — perguntei. — Antes que alguém leve um tiro?

Ele simplesmente olhou para mim e deu de ombros.

— Sou só um pobre somali — respondeu. — Mas estou avisando. É melhor você fazer alguém aparecer aqui rápido.

— Um minuto! — disse Comprido. — Nós matamos todos.

Pedi com as mãos: *Calma, calma*. Meu coração estava disparado, e eu sentia como se minhas mãos estivessem cobertas de espinhos de ouriço. Será que eu acabaria tendo que assistir à morte de dois de meus tripulantes? Se os piratas matassem qualquer um, eu tinha certeza de que vasculhariam o navio inteiro e matariam todos nós.

— Os piratas estão ameaçando atirar em nós — gritei pelo sistema de som e pelo rádio. — Eles querem gente no passadiço agora.

— Trinta segundos! — berrou Musso. — VOCÊS OUVIRAM? Trinta segundos e vocês morrem.

Comprido e Musso correram para cima de Colin e ATM e deram cutucadas violentas com os AK, como se quisessem esfaqueá-los. A expressão no rosto de Colin e ATM era de puro terror. O Líder correu, colocou as mãos no peito de Comprido e o empurrou para trás.

— Piratas perigosos — disse ele para mim. — Traga alguém aqui agora!

— O que mais posso fazer? — gritei para o Líder.

Ele deu de ombros.

Liguei o botão de transmissão do rádio.

— Se não chamarmos vocês em um minuto, estaremos mortos. Eles não vão ter misericórdia.

Eu queria que a tripulação soubesse que teriam que matar aqueles caras se ouvissem tiros. Não existia outra forma de sair daquela situação. A rendição não era uma alternativa.

— Manda a tripulação subir agora — esbravejou o Líder. — Manda a tripulação para o passadiço agora ou vamos explodir o navio.

Eu o encarei. Ele realmente dissera "Vamos explodir o navio"?

— Sim, temos uma bomba. Vamos explodir o navio em trinta segundos.

Não acreditei. Eu tinha visto o balde quando ele subiu e não havia nada parecido com explosivos ali dentro. Comecei a achar que eles estavam blefando para tentar encerrar logo o confronto com a tripulação.

Jovem, que olhava para mim da asa do passadiço, sorriu. Havia algo estranho na expressão dele, como se ele estivesse se divertindo com o que os somalis estavam nos fazendo passar. Como se estivesse vendo aquilo tudo na televisão.

O prazo passou. Respirei fundo. Tinha sido o nosso primeiro obstáculo — eles ainda não queriam nos matar.

Eu corria de um lado para o outro desligando os alarmes, que logo eram reacionados e voltavam a tocar. De vez em quando, eu ligava o rádio e dava notícias rápidas do que estava acontecendo no passadiço. Ou formulava estratégias.

Eu tinha uma ideia de onde estava a tripulação — no compartimento da máquina do leme —, mas não sabia ao certo. Talvez alguns dos caras ainda estivessem dormindo ou vagando pelos corredores. Eles mantinham suas posições em segredo para que os piratas não encontrassem seus esconderijos, atacassem e os capturassem. Descobri depois que, naquele momento, Shane estava no guindaste dianteiro, nos observando, e o chefe de máquinas andava pelo navio. Os demais tripulantes estavam na sala de navegação, a sala do pânico reserva que o chefe de máquinas havia sugerido e nós aprováramos durante o exercício. Eu sabia que eles estariam sofrendo lá embaixo; a temperatura devia estar em cerca de 40°C ou mais. E alguns tripulantes tinham sessenta ou setenta anos. Se ficassem muito tempo lá, começariam a sofrer de hipertermia, ou seja, estresse causado por calor. Os sintomas da desidratação logo se manifestariam: confusão, hostilidade, dor de cabeça forte, pele cada vez mais avermelhada, queda de pressão. Em seguida, calafrios e convulsões à medida que a condição piorasse. E, finalmente, coma.

Estávamos correndo contra três relógios diferentes: o tempo até a chegada do navio-mãe, o tempo até minha tripulação sucumbir à hipertermia e o tempo até a chegada da "cavalaria". Tentei calcular os três mentalmente de uma só vez.

Mas eu sabia que precisava tirar os piratas do navio o mais rápido possível.

Os minutos passavam lentamente.

Musso e Comprido voltaram ao passadiço.

— Dois minutos! — gritou Musso. Ele se postou em pé diante de Colin e apontou o AK para o rosto dele a um metro e meio de distância.

— Capitão, manda a tripulação vir aqui — aconselhou o Líder por trás deles. — Piratas com raiva agora.

— Estou aqui com vocês! — quase gritei. — O que vocês querem que eu faça? Não sei onde esses caras se enfiaram.

— Tripulação AGORA! — gritou Comprido. — Ou matamos todos.

Não dá para tentar o mesmo truque duas vezes e esperar o mesmo impacto. Por mais ameaçadores que fossem aqueles fuzis automáticos, eu sentia que os somalis estavam blefando. Se quisessem nos matar, já teriam executado um dos tripulantes. Ver aquelas armas ainda fazia meu coração disparar, mas não levei a sério aquela ameaça de chacina.

Os somalis fizeram uma nova contagem regressiva, *um minuto e meio, um minuto, trinta segundos, vinte...* ATM e Colin estavam com as cabeças abaixadas. Eu senti o suor escorrer pela testa e fazer meus olhos arderem.

Novamente, o prazo expirou. Comprido e Musso me encararam com raiva, e então disseram algo para o Líder e foram para as asas. Minha disposição melhorou. No fim das contas, os caras eram homens de negócios — desonestos, violentos e brutos, mas que não desperdiçariam um recurso tão precioso quanto uma vida humana a menos que fosse absolutamente necessário.

De repente, ouvi uma batida na porta. Não acreditei naquilo. Alguém estava batendo na porta do passadiço querendo se juntar aos piratas. Pensei: *Já sei quem é.*

Os piratas não ouviram nada. Estavam concentrados demais em tentar nos assustar. Rezei: *Tomara que ele vá embora.*

Toc, toc. Só que mais alto dessa vez.

O Líder olhou para mim.

— Quer que eu atenda? — perguntei.

Ele assentiu.

Fui até a porta do passadiço e a abri.

Era um de meus marinheiros. Apontei para ATM e Colin.

— Entre — mandei. — Você está morto.

O recém-chegado olhou para mim.

— Sente-se lá com os outros.

— Sim, senhor — respondeu, e andou em direção a Colin e ATM.

A chegada do marinheiro pareceu dar uma ideia aos piratas. Em vez de esperar os tripulantes virem até eles, eles iriam procurá-los. Afinal, se aquele marujo estava perambulando pelo navio, batendo de porta em porta, não seria muito difícil encontrar os outros.

O Líder apontou para mim.

— Queremos dar uma volta pelo navio — disse ele. — Você vem comigo.

Ativei o rádio e comecei a falar.

— Você quer revistar o navio? Ok, tudo bem. Vamos nessa. Vamos começar pelo convés E. É um bom lugar para procurar pela tripulação.

———

Passei pela porta do passadiço enquanto o Líder me seguia um pouco atrás. Ele não queria que eu ficasse perto demais. Apontei para a porta que dava para a chaminé e ele assentiu com a cabeça. Seguiu meus passos até o convés E.

Um navio sem qualquer meio de propulsão e usando apenas energia de emergência tem um aspecto fantasmagórico. Ele fica à deriva, parece mal-assombrado e é muito, muito quieto.

Um navio porta-contêineres como o *Maersk Alabama* pode ser comparado a um arranha-céu deitado no oceano. Ele tem muitos compartimentos, milhares de metros quadrados de espaço, passagens e corredores que podem servir de esconderijos. Meu conhecimento do navio era minha única vantagem tática sobre os somalis. Comecei a pensar em como manter longe dos piratas os dezesseis homens que se escondiam debaixo de mim e como fazer com que os três homens ainda no passadiço escapassem para um dos locais seguros, onde estariam a salvo.

Era como um jogo de xadrez tridimensional. Mexo meu peão e você contra-ataca. Protejo uma peça, você passa a atacar outra. Eu só precisava entender a estratégia dos piratas antes que eles entendessem a minha.

O Líder deixara sua arma com Comprido; assim, estava desarmado. Ele tinha mais ou menos 1,65 metro e pesava uns sessenta quilos. Apesar de jovem e ágil, eu poderia tê-lo dominado e trancado em um compartimento qualquer. Mas o que eu faria depois? Ainda havia três reféns no passadiço. Minha fuga não resolveria nada.

— Abre essa porta — exigiu o Líder.

O convés E abrigava meu camarote e o do chefe de máquinas. Não deveria haver ninguém ali. Enfiei minha chave na fechadura da primeira porta e abri.

O Líder entrou. Havia uma televisão e uma cama com a colcha jogada para um lado, algumas roupas, uma mesa e uma cadeira. O lugar estava silencioso como uma tumba.

Continuamos pelo corredor e inspecionamos o camarote do chefe de máquinas. Eu andava tagarelando em voz alta, caso algum tripulante tivesse decidido se trancar num dos camarotes. Minha voz funcionava como um radiofarol, alertando aos tripulantes que estávamos chegando. Eu também mantinha o botão de transmissão do rádio ativado para que todos que tivessem um aparelho soubessem onde estávamos.

Eu estava apavorado. Apavorado mesmo. Mas tinha que manter a aparência de controle. Sem isso, eu não tinha nada.

Andamos de um convés ao outro. Destranquei outra porta e deixei o Líder passar por mim para revistar o ambiente. Ele deu um grito assustado. *Ele encontrou alguém.* Corri para dentro do camarote.

O Líder apontava para baixo. Havia um tapete de oração no chão. Acima dele, presa na luminária da mesa, uma seta com a inscrição "Meca".

— Muçulmano? Muçulmano? — perguntou o Líder.

Ele parecia ao mesmo tempo feliz e confuso.

— Sim — respondi. Era o camarote de ATM.

Voltamos para o corredor.

— Esse foi todo o convés C — falei. — Quer ir para o B?

Ele assentiu.

— Ok, vamos lá.

Quanto mais descíamos, mais eu me preocupava. No chaveiro que eu usava para abrir todas as portas havia chaves para a praça de máquinas e para o compartimento da máquina do leme, onde a maioria da tripulação devia estar. Se o Líder me mandasse abri-las, eles estariam fritos. Eu precisava dar um jeito para que ele não examinasse alguns compartimentos, ape-

O *Maersk Alabama* em 2004. *(AP/Wide World Photos)*

Uma típica lancha somali com cinco piratas armados a bordo. *(AP/Wide World Photos)*

Eu a bordo do primeiro navio que comandei, o M.V. *Green Wave*, ancorado no Japão.

Eu e Andrea no dia do nosso casamento, 10 de setembro de 1988.

A tripulação do *Maersk Alabama* após o sequestro, com um representante da empresa, em segurança em Mombaça. *(AP/Wide World Photos)*

O letreiro do armazém com a igreja de St. Thomas ao fundo na minha cidade, Underhill, em Vermont. A loja mais tarde daria meu nome ao meu sanduíche preferido — uma grande homenagem. *(AP/Wide World Photos)*

A marinha norte-americana se prepara para rebocar a embarcação de salvamento até o *USS Boxer*, onde seria içado para o convés. Uma visão bem mais agradável do que a que eu tive por quatro dias angustiantes. *(Foto de Jon Rasmussen/Marinha dos Estados Unidos via Getty Images)*

As crianças de um curso de artes extraclasse da minha cidade fizeram essa faixa, que foi pendurada no armazém local e depois no meu celeiro. *(AP/Wide World Photos)*

Isso é apenas uma amostra do que Andrea precisou enfrentar: repórteres amontoando-se diante da nossa pequena casa em Vermont. A multidão cresceria com o passar dos dias.

No aeroporto de Burlington com minha mãe, minha esposa e meus filhos. Um dos retornos ao lar mais felizes que já tive como membro da marinha mercante. (*AP/Wide World Photos*)

Minha foto preferida de todos aqueles momentos de agonia: atrás, minha filha, Mariah, me apoia enquanto agradeço aos militares após voltar para casa. *(AP/ Wide World Photos)*

Na próxima página, acima: Meu amigo Emmett Manning e sua filha Fionn comigo e com Andrea logo antes de eu arremessar a bola no Fenway Park. Os Red Sox ganharam dos Yankees, e nós rebatemos duas bolas fora.

Na próxima página, abaixo: Uma amiga escrevendo uma mensagem ao lado das centenas que foram deixadas no meu celeiro por vizinhos e também por desconhecidos. *(AP/Wide World Photos)*

Eu e Andrea na Sala Oval durante nosso fantástico encontro com o presidente Obama em maio de 2009. *(Foto de Pete Souza/Casa Branca via Getty Images)*

sar de todas as portas terem placas: CAMAROTE DO IMEDIATO, PRAÇA DE MÁQUINAS — todas elas. Teria que contar com que o Líder não fosse muito fluente em inglês ou tentar distraí-lo com minha falação.

Descemos para o convés B. O Líder apontou para uma porta.

— Ah, é só um armário, não tem ninguém lá — afirmei.

— Abre! — ordenou ele, apontando para a porta.

Sorri. Eu queria criar um clima de confiança para que, quando chegássemos aos compartimentos verdadeiramente importantes, o Líder concordasse em passar direto por eles. Abri a porta, e era mesmo um armário cheio de chaves-inglesas e outras ferramentas. Ele assentiu. A mesma coisa aconteceu alguns minutos mais tarde.

— Esse é outro armário, mas quero que você fique satisfeito — falei.

Abri a porta. Nada além de produtos de limpeza.

Depois disso ele passou a confiar em mim. Quando chegamos à praça de máquinas, usei outra chave e disse que não conseguia abri-la. Apenas apontei para ela e continuei andando.

— Armário — arrisquei. — Perda de tempo.

Passamos por sete conveses e o convés principal externo e então voltamos para o passadiço pela chaminé. Quando entramos, Comprido e Musso fizeram caras de espanto. Começaram a fazer perguntas em somali ao Líder, que rosnou algumas palavras. Eles obviamente não estavam satisfeitos.

Acenei com a cabeça para ATM, Colin e o outro marinheiro. Eu queria que eles soubessem que a tripulação continuava escondida.

— Capitão, capitão, responda.

Apertei o rádio portátil contra a perna, tentando abafar o som. Depois, levantei-o devagar e abaixei o volume. Andei até o radar e fingi olhar para ele enquanto falava no rádio.

— Shane, fale.

Eu o ouvi suspirar. Parecia aliviado.

— Estou no convés E. Onde estão os piratas?

Olhei para cima. Os quatro tinham voltado às suas respectivas posições: um em cada asa, o Líder conosco no passadiço e Jovem no tijupá acima de nós. Comuniquei isso a Shane enquanto fingia trabalhar no console.

— Acho que dou conta deles.

Shane era um tipo proativo. Eu gostava disso. Mas atacar os piratas não era uma boa ideia.

— Negativo, negativo — sussurrei, virando as costas para o Líder. — Piratas espalhados. Armas automáticas. Não tente.

Musso gritou da asa do passadiço. O Líder correu para a porta e olhou para baixo. Parecia estar tentando escutar algo.

— Shane, acho que ouviram você. Fique quieto.

— Entendido.

Duas horas haviam passado.

———

O Líder tentou usar o rádio de novo, falando em somali. Virei-me e olhei pelas janelas do passadiço.

Notei algo branco na água, a quinhentas jardas de distância a boreste, perto de onde os piratas haviam nos abordado. De início, não consegui enxergar o que era. Parecia algum destroço marítimo parcialmente submerso que vagava à deriva próximo de nós. Encontramos coisas desse tipo o tempo todo, contêineres que foram engolidos pelo mar durante tempestades ou amontoados de plástico flutuantes. Mas algo naquilo prendeu minha atenção.

Surpreso, percebi que não era lixo marítimo. Era a lancha dos somalis. A embarcação boiava emborcada: a maior parte do costado estava debaixo d'água, e a bela escada branca se arrastava a seu lado. Estavam sendo levados, vagarosamente, pela correnteza, junto conosco.

Virei-me para falar com os somalis, mas pensei bem e parei. *Será que o Líder mandou afundar a lancha?* Eles podiam tê-la amarrado ao navio e a deixado flutuar ao lado do *Maersk Alabama*. Ninguém perde um barco assim sem querer. Eles apostaram alto quando nos abordaram. Naquele momento, senti que ficariam ainda mais desesperados.

Eu me perguntava se o Líder mandara afundar o barco para intimidar seus homens. "Ou tomamos o controle do navio", eu o imaginava dizendo, "ou morremos nele."

Inutilizar sua via de escape significava que os somalis teriam que entrar em contato com o navio-mãe ou pegar um de nossos botes salva-vidas para fugir.

O júbilo que eu havia sentido após o blefe desmascarado dos piratas desapareceu. Aqueles caras estavam determinados. Não havia jeito de eles saírem de mãos abanando.

———

Ao meio-dia, começáramos a estabelecer uma rotina. ATM e Colin tomavam goles pequenos de água de vez em quando, sentados no convés do passadiço, à ré e a boreste. O terceiro marinheiro estava recostado no revestimento de madeira para suportar o calor. O Líder alternava-se entre o radar e o rádio, tentando contatar o navio-mãe, tossindo e cuspindo de vez em quando, como se tivesse tuberculose. Eu desligava um ou outro alarme e tentava pensar em como levar os três homens que estavam comigo ao local onde se escondia o restante da tripulação.

Não seria nada fácil. Se eu sinalizasse para que saíssem correndo, os piratas os matariam antes que conseguissem dar quatro passos. Não, teríamos que fazer com que os piratas *tirassem* meus homens do passadiço. Comecei a esboçar um plano.

— Ah — disse o Líder.

Olhei para cima. Ele estava mexendo no rádio VHF.

Bosta, pensei, *ele descobriu como usar o rádio.* Cheguei perto dele e olhei para o mostrador. Eu deixara o rádio no canal 72. Ele o mudara para o 16, a frequência para comunicações entre a tripulação e o restante do mundo.

— ...*sk Alabama*, fomos atacados por piratas. Repito, quatro piratas a bordo.

O Líder olhou para o rádio. Eu também. Era a voz de Shane, mas o que ele estava fazendo?

— Entendido, aqui é o cruzador de lança-mísseis *USS Virginia*. Estamos enviando os helicópteros.

— Obrigado, *USS Virginia*. Quando os helicópteros chegam?

Sorri. Não havia nenhum *USS Virginia* naquela frequência. Ambas as vozes eram de Shane. Ele devia ter descido até o meu camarote e pegado o rádio portátil VHF que ficava lá. E estava fazendo a mesma encenação que eu fizera no dia anterior, simulando se comunicar com um navio de guerra e pedindo ajuda.

O Líder ficou totalmente perplexo. A tripulação inteira parecia ter evaporado, mas agora um dos homens estava falando com a marinha dos Estados Unidos. Musso veio para o passadiço investigar. O AK-47 dele esbarrou no console quando se debruçou para ouvir melhor.

— Quem está falando? — perguntou o Líder.

Simplesmente ergui as sobrancelhas.

— Não tenho a menor ideia, estou aqui com vocês.

A voz de Shane soou pelo rádio outra vez.

— Aqui fala o imediato. Repito, piratas somalis a bordo. Eles sequestraram nosso navio.

— Esse é o imediato? — perguntou o Líder.

Parei para ouvir.

— A voz parece mesmo ser a dele.

Shane continuou:

— Quatro piratas a bordo. Todos armados. Os quatro estão localizados no passadiço ou nas imediações...

E ele continuou sua comunicação com o navio de guerra fantasma.

— Onde está o outro rádio? — disse o Líder.

Vi medo nos olhos dele. A última coisa que os piratas querem é negociar com a marinha dos Estados Unidos. Eles gostam de lidar apenas com os proprietários dos navios. Proprietários de navios não têm mísseis teleguiados e atiradores treinados.

— Que eu saiba, só existem dois rádios — respondi. — E eles estão no passadiço.

Parecia que o cérebro do Líder ia explodir. Estávamos virando os planos dele de cabeça para baixo. Os somalis haviam dominado o navio, mas nós havíamos dominado os somalis. Por enquanto.

— Vamos andar pelo navio de novo — disse o Líder.

Dei de ombros.

— Você manda.

Novamente, éramos só eu e ele. Descemos para o convés E, depois, para o convés principal.

Andei pelo corredor escuro, o navio tão desolado e silencioso quanto uma cidade fantasma. O chefe de máquinas tinha cortado a energia de emergência. Tínhamos apenas lanternas. Vi a porta para o compartimento do ar-condicionado aberta à minha frente. Eu sabia que o Líder ia querer dar uma olhada lá dentro. Levantei o rádio.

— Muito bem, estamos chegando ao compartimento do ar-condiciona-do. A porta de boreste está aberta. Vocês precisam trancá-la.

Entramos. Aquele sistema enorme resfriava o navio inteiro. Mas os compressores não faziam qualquer barulho naquele momento. À nossa frente estava a praça de máquinas. Eu não queria entrar lá a menos que fosse absolutamente necessário. Se, por alguma razão, o chefe de máquinas não tivesse recebido a mensagem, encontraríamos tanto ele quanto seu auxiliar esperando por nós.

— Entrando na praça de máquinas — avisei.

Uma praça de máquinas sem eletricidade é um lugar bastante lúgubre. Havia um pouco de fumaça pairando no ar e uma lâmpada acesa à nossa direita, mas o lugar estava quase totalmente escuro. Ouvíamos o *ping, ping, ping* de água gotejando dos canos. Percebemos o vulto enorme do motor a diesel à minha frente, mas era impossível vê-lo por completo. Senti como se estivéssemos prestes a ser emboscados.

Fui na frente. Depois de dar seis passos, o Líder me chamou.

— Não, não, já terminamos aqui. Vamos.

Olhei para ele, surpreso. O Líder parecia assustado. Ele se virou e eu o segui para fora do compartimento.

Vagamos a esmo, passamos pelo depósito de gêneros secos e verificamos que estava vazio. Enquanto isso, eu abria todas as portas externas que podia. Perguntava "Você quer ver isto aqui?" e depois deixava a porta aberta. Isso daria à tripulação uma oportunidade para saírem às pressas caso necessário e a qualquer um que quisesse nos resgatar uma oportunidade de entrar no navio com rapidez. *Espere o melhor, mas prepare-se para o pior.*

Contudo, eu ainda não acreditava que houvesse alguém a caminho. O que acontecia conosco nunca acontecera antes na era moderna — um navio norte-americano ser sequestrado por piratas. Eu não sabia nem se a marinha sequer se interessaria. Navios de guerra operavam naquela área, mas não havia qualquer protocolo estabelecido para resgate de marinheiros mercantes.

Para mim, as únicas pessoas que poderiam nos salvar éramos nós mesmos.

———

Novamente, não encontramos uma vivalma. Notei que o Líder ficava cada vez mais tenso. Em todos os compartimentos onde entrávamos, havia roupas dispostas como se alguém estivesse prestes a se arrumar, ou um copo de suco de laranja largado em um canto como se alguém tivesse acabado de enchê-lo. Entramos na cozinha, e sobre a tábua de carne estavam uma faca e meia dúzia de fatias de melão que pareciam ter sido cortadas poucos minutos antes. Havia um bule de café em cima da grelha, com vapor saindo do bico.

Isso me lembrava do famoso caso do *Mary Celeste*, o navio encontrado no oceano Atlântico em 1872 com todas as escovas, botas, camisas e a carga inteira nos lugares em que deviam estar, mas nenhuma pessoa a bordo. Esse caso virou o mistério marítimo mais famoso de toda a história, o navio fantasma que perdeu sua tripulação de oito pessoas a caminho do estreito de Gibraltar (inicialmente suspeitou-se de pirataria, mas não houvera relato de qualquer caso naquela área em décadas, nada de valor fora tocado e não havia sinais de violência). O *Maersk Alabama* tinha aquele mesmo ar de abandono enquanto andávamos de um compartimento silencioso ao outro.

— Onde está o chefe de máquinas? — perguntou o Líder.

— Não sei — respondi. — Esses caras são doidos. Eles podem ter se enfiado em qualquer lugar.

Entramos no camarote do contramestre. Eu já notara que os somalis calçavam chinelos de dedo baratos. O contramestre deixara suas sandálias de couro ao lado do beliche, e o Líder as olhava fixamente.

— Olha esses sapatos — disse ele.

Era como se estivesse esperando minha permissão.

— Pode usar! — incentivei. — O contramestre não vai se importar. Experimente.

O Líder atirou os chinelos de dedo para um lado e calçou as sandálias. Em seguida, assentiu com a cabeça.

A próxima parada era o refeitório, que já visitáramos uma vez. Havia uma mesa longa com um cobertor jogado por cima. Eu tinha certeza de que aquilo não estava lá quando passamos antes. Não sabia naquela hora, mas Shane me contou depois que ele vagava pelo navio quando nos ouviu chegar e correra para dentro do refeitório, logo antes de nós. Ele carregava o EPIRB (sigla em inglês para Radiobaliza Indicadora de Posição em Emergência), um transmissor que informa ao grupo de resgate a localização exata do navio. Shane o retirara do suporte, ativando o dispositivo, antes de nos aproximarmos daquela forma descuidada. Ele entrara em pânico e jogara o cobertor em cima do aparelho, depois começara a procurar um lugar para se esconder. Naquele exato momento, Shane estava no compartimento ao lado, na enfermaria, agachado embaixo de uma mesa, no espaço normalmente ocupado por uma cadeira. Entramos, e Shane viu meus pés a apenas um metro de distância.

Se os piratas o tivessem pegado, teríamos perdido um de nossos melhores líderes. Mas eu nem sequer o ouvi respirar.

Vasculhamos alguns outros compartimentos e depois voltamos para o passadiço.

Àquela altura, a tripulação e eu ajudávamos uns aos outros a nos mantermos a salvo. Eu os alertava sobre os movimentos dos piratas e eles mantinham um trunfo na mão ao permanecerem escondidos. Mesmo se os piratas matassem alguns de nós, não obteriam qualquer vantagem. Ainda teriam dezesseis caras escondidos em todos os cantos, mantendo o navio fora do controle deles. E a embarcação estava à deriva e sem energia elétrica. Era um impasse. Mas os reforços dos somalis estavam muito mais próximos do que os nossos.

O navio era agora um forno gigantesco. O ar-condicionado estava desligado, e os ventiladores que mandavam ar fresco para os compartimentos não funcionavam. O calor ficava cada vez mais forte, apesar de uma ou outra brisa. Eu mal podia imaginar o sofrimento dos tripulantes no compartimento da máquina do leme. Quanto tempo conseguiriam aguentar sem ar fresco e água?

O medo que senti ao ver o primeiro pirata subir a bordo não desaparecera. Mas eu estava ocupado demais para pensar nisso. De certa forma, ATM, Colin e o terceiro marinheiro passavam por uma situação bem pior. Tinham que ficar sentados no convés e imaginar o que poderia acontecer com eles. Eu não parava de pensar em como poderíamos sair vivos daquela situação.

———

Voltamos ao passadiço, derretendo no calor da tarde. Os piratas estavam ficando nervosos. Por que não conseguiam encontrar a tripulação? Simplesmente dei de ombros.

— Não sei onde eles estão — eu dizia a toda hora. — Estou aqui com vocês.

O Líder pediu outra busca. Dessa vez, Musso e Comprido me acompanharam, ambos armados. Novamente, entrei na praça de máquinas, tentando mantê-los longe da porta parcialmente escondida que levava ao compartimento da máquina do leme, onde eu achava que a tripulação se encontrava. Nossas lanternas se moviam de um lado para o outro, e vislumbrávamos uma variedade de máquinas: tanques de óleo lubrificante, mostradores, canos. Musso e Comprido avançaram um pouco mais do que o Líder e então falaram:

— Basta!

Até piratas têm medo do escuro. Isso me fez sorrir — eles tinham armas e estavam com medo.

Levei-os até o refeitório, e os olhos deles brilharam quando viram as fatias de melão.

— Querem frutas? — perguntei. — É tudo seu.

Ajudei-os a encher os braços de caixinhas de suco e melão. Comecei a voltar para o passadiço e, enquanto subia pela escada externa da superestrutura, vi os somalis dois lances abaixo, com dificuldades para transportar o butim. Esperei por eles.

— Precisam de ajuda? — perguntei a Musso e estendi as mãos. — Pode deixar que eu carrego sua arma.

Ele riu.

Peguei algumas das caixinhas de suco e das frutas e segui adiante.

Assim como acontecera quando eu estava com o Líder, eu poderia ter fugido em qualquer momento. Mas nem cogitei a possibilidade. Três tripulantes meus estavam em perigo iminente. Eu não podia deixá-los nas mãos dos piratas. Isso não resolveria nada. Além do mais, não é possível fazer algo assim e continuar sendo a mesma pessoa. Depois que aquilo terminasse, eu precisava ser capaz de dizer a mim mesmo — e às famílias dos tripulantes: *cumpri meu dever como comandante.*

Como eu já disse, com o salário vem o trabalho.

Subimos de volta ao passadiço. Entramos em fila, e os piratas assumiram suas posições originais. Já passava do meio-dia. Os somalis estavam irrequietos e agitados. A euforia que sentiram ao tomar o controle de um navio norte-americano estava se dissipando. Eles falavam constantemente entre si em somali, e a troca de palavras estava ficando mais áspera. Um clima de pânico se instalara.

Tomei um pouco de água, enxuguei a testa e respirei fundo.

O Líder me entregou o telefone. Gritou um número. Como um disco arranhado, os piratas repetiam sempre as mesmas táticas: fazer buscas, chamar pelo rádio, ameaçar. Mas as ameaças eram cada vez menos convincentes. Depois do segundo ultimato, quando disseram que começariam a nos matar depois de dois minutos, desistiram da tática.

O Líder parou de olhar para o mostrador no telefone, então eu simplesmente digitei uns números aleatórios e depois a tecla de envio da chamada. O telefone fez o som de discagem e em seguida zumbiu.

— Esse telefone é uma porcaria. Sério, eu adoraria fazê-lo funcionar.

Um dos tripulantes aproveitou a oportunidade para começar a falar com um dos piratas. E, apesar dos conselhos que eu dera na noite anterior sobre situações de sequestro, a primeira coisa que ele mencionou foi religião.

— *Assalaamu 'alaykum* — disse. E acenou com a cabeça para Musso.

O outro o encarou.

— Sou africano — continuou. — Somos irmãos muçulmanos.

Os piratas se entreolharam. Musso começou a rir.

Tentei fazer contato visual com o marinheiro. Dali a pouco ele ia começar a falar que os piratas deviam cortar as cabeças dos cristãos infiéis e pedir para ser levado de volta para a Somália.

Os piratas não queriam nem saber se ele era descendente direto de Maomé. Era apenas um peão no jogo deles.

O Líder olhou para mim.

— Vamos fazer outra busca.

Eu esperava por isso.

— Sem chance — disse. — Estou cansado de ficar andando para um lado e para o outro.

Apontei para ATM.

— Leve aquele ali. Ele pode mostrar tudo que vocês precisarem.

Eu sabia que, se ATM saísse pelo navio, vigiado por apenas um pirata, ele poderia acabar escapando.

O Líder olhou para ATM e pareceu considerar a oferta.

— Está bem — concordou. — Vamos nessa.

ATM se levantou e começou a caminhar na minha direção. O Líder se virou para dar algumas instruções aos piratas em somali.

Quando ATM passou por mim, sussurrei:

— Ele não está armado. Leve-o até os outros.

Não vi o rosto dele quando passou. Não sei se ele sequer deu algum sinal de que me ouvira.

Mas senti que o jogo estava virando um pouco. Chegara a nossa vez de tomar um refém.

ONZE

Dia 1, hora 1100

Estamos planejando mandar reforços aos nossos companheiros; eles nos disseram que um navio de guerra americano estava se aproximando deles.

Abdi Garad, comandante pirata,
falando do porto somali de Eyl, Agence France-Presse,
8 de abril de 2009

ATM e o Líder saíram. Voltei à tarefa de silenciar os alarmes, mas por dentro eu torcia para que ATM conseguisse de algum modo se livrar do pirata e se esconder em algum lugar seguro. Os somalis restantes se alternavam entre examinar o horizonte e nos vigiar.

Minhas buscas com o Líder tinham demorado cerca de vinte minutos. Quinze minutos depois de ATM e o Líder saírem, meu rádio deu sinal de vida. "Atenção, piratas, aten..."

Peguei o rádio e abaixei o volume. Eu me virei e olhei na direção da popa. Ouvi Mike Perry falando no rádio. Com os alarmes acionados e toda a gritaria entre si e conosco, os piratas não tinham percebido nada. Cheguei o rádio mais perto do ouvido.

— ...um pirata. Repito. Temos um companheiro de vocês. Queremos trocá-lo pelo capitão.

Agarrei o rádio e sorri. *Minha nossa, tínhamos conseguido.* Mas ainda era cedo demais para comemorar. Voltei a me ocupar com os alarmes que precisavam ser desativados. Eu ainda não queria confronto. Meu objetivo era fazer com que as coisas continuassem acontecendo lentamente.

Depois de trinta minutos, os piratas começaram a ficar nervosos.

Comprido veio até o passadiço e apontou a arma para mim.

— Ei. Cadê ele? Cadê esse cara?

— Não sei — respondi. — Estou aqui com você.

— Traz o cara.

Apontei para o rádio.

— Muita interferência. Há metal demais neste navio.

Ele fechou a cara, mas voltou para a asa do passadiço.

Quinze minutos se passaram. E mais trinta. Vi os piratas se entreolhando e os ouvi fazendo perguntas em somali. Comprido gritou na minha direção.

— Cadê eles?

— Sei lá — respondi. — Vocês têm que mandar alguém lá embaixo para dar uma olhada.

Musso pensou a respeito.

— Tudo bem. Você vai.

— Estou cansado de tanto andar. Por que não manda o grandão ali? — falei, apontando para Colin.

Musso assentiu com a cabeça.

— Muito bem, grandão, você vai lá embaixo e vê se encontra os caras.

Sorri. Com dois marinheiros ainda em seu poder, os piratas pareciam confiantes para deixar que Colin saísse sozinho em busca do restante da tripulação. Eu estava muito perto de atingir meu objetivo de tirar meus tripulantes do passadiço.

Os piratas estavam nos observando atentamente, de modo que não tive chance de sussurrar para Colin antes que ele saísse do passadiço sozinho. Torcia para que ele tivesse o bom senso de se esconder em algum lugar do navio.

Com outro homem fora do passadiço, senti-me um pouco mais leve. Era como se aos poucos um peso fosse retirado de minhas costas.

Olhei para a antepara da popa, onde temos o "indicador de portas estanques", que nos diz quais portas e escotilhas estão abertas e quais estão fechadas. Desse modo, é possível saber que partes do navio estão protegidas de alagamento. Ele tem, contudo, outra utilidade. Ao ver o indicador passar do vermelho (fechado) para o verde (aberto) e então vermelho novamente, eu podia identificar quais portas Colin estava abrindo e trancando ao se deslocar pelo navio. A cada movimento da porta, o indicador emitia um pequeno *clique* e mudava de cor.

Aonde ele está indo? Num navio como o *Maersk Alabama* havia lugares em que podíamos nos esconder sem que ninguém jamais pudesse nos achar. Já vi casos em navios porta-contêineres em que clandestinos passaram dias a bordo sem que a tripulação sequer desconfiasse. Eu só podia torcer para que Colin encontrasse o esconderijo certo. Pensei que ele iria para o compartimento da máquina do leme, mas depois me dei conta de que Colin não sabia da escolha do local seguro reserva — ele tinha permanecido no passadiço durante meus comentários sobre o exercício.

Clique. Ele estava no compartimento número um. *Clique.* Agora estava na passagem principal. Colin descia direto para as entranhas do navio, para longe dos alojamentos da tripulação. *Clique.* Entrou no compartimento das bombas do sistema de combate a incêndio. Era um cubículo raramente usado e mais difícil ainda de achar.

Olhei para a tela. Nenhuma luz vermelha se acendera. Ele tinha encontrado seu esconderijo.

Sorri. *Bom garoto*, pensei. *Fique aí embaixo.*

Agora só restavam eu e um marinheiro. Ele não seria minha primeira opção no caso de planejar uma fuga, mas a gente tem que se virar com o que tem.

Cheguei perto dele.

Ele ergueu os olhos para mim.

— Pode ser que precisemos correr pela porta do passadiço — falei. — Tente se aproximar dela.

Ele assentiu com a cabeça. Um dos piratas se inclinou e lançou um olhar na nossa direção, desconfiado. Em seguida, a cabeça do pirata desapareceu.

— Fique preparado — avisei ao marinheiro e caminhei de volta para o centro do passadiço.

Acionei o rádio.

— Três piratas no passadiço, todos armados — falei.

O rádio emitiu um bipe. Olhei o indicador da bateria. Estava quase no fim.

———

O Líder e ATM simplesmente tinham desaparecido. Só dias mais tarde descobri o que acontecera.

ATM havia conduzido o pirata até o interior do navio, rumo à praça de máquinas. Mike Perry, meu chefe de máquinas, já estava lá embaixo — tinha se encaminhado para o gerador do navio ao primeiro indício de ataque pirata. Enquanto ATM e o Líder percorriam os corredores sinuosos, Mike checava alguns dos equipamentos.

— Estava um breu total, não havia um fóton sequer de luz — diria ele depois.

O *Maersk Alabama* estava em pleno sol equatorial; a água refletia o calor de volta para o costado do navio. A temperatura lá dentro estava subindo para 51°C.

— Começávamos a ter a sensação de que estávamos morrendo — contou um integrante da tripulação.

E Mike ouvia o crescente desespero dos piratas — e como eles estavam voltando contra mim sua raiva e perplexidade.

— Só pelo tom de voz das pessoas dava para sentir que Rich estava correndo perigo.

Mike andava pela praça de máquinas carregando uma faca para se proteger quando, de repente, um facho de luz passou pelo seu rosto — o Líder, a apenas alguns metros de distância naquele corredor escuro, o descobrira. Mike se virou e saiu em disparada pelo corredor, seguido pelo Líder, que gritava feito um louco, as palavras ricocheteando pelas paredes de aço. Ao alcançar o ponto em que o corredor dobrava em um ângulo de noventa graus, ele rapidamente fez a curva e firmou as costas contra a parede. Esperando na escuridão, enquanto o facho de luz apontava em todas as direções à medida que chegava mais perto, Mike pensou: *É uma loucura isso que vou fazer?* Vinham à sua mente histórias sobre piratas que sequestravam navios e obrigavam os tripulantes a fazerem "roleta-russa".

— Na minha cabeça — disse ele depois —, naquele momento, eu já sabia a resposta.

Mike ouviu os passos se aproximando e segurou firmemente na mão direita a faca de lâmina serrada, afiada como uma navalha. Os gritos estavam cada vez mais perto. Quando o rosto do somali surgiu de repente, dobrando aquela curva do corredor, Mike saltou na frente dele.

— Pulei para cima dele.

Dando-lhe uma gravata, Mike levou o fio da faca ao pescoço do pirata.

— Eu só precisaria mover minha mão para o lado; com isso teria rasgado a garganta dele.

Mike derrubou-o, desabando sobre o corpo do pirata ao cair no chão, e o somali, sentindo a lâmina na jugular, imediatamente parou de resistir.

Meu chefe de máquinas não sabia que o pirata estava sozinho. Pensou que outros membros do bando dobrariam aquela curva do corredor a qualquer momento, atirando com os fuzis AK-47.

— Na minha cabeça, pensei: *Cadê os tiros? Por que não estou ouvindo tiros?*

Ele olhou para baixo. Durante a luta, o somali sofrera um corte profundo na mão, e o sangue pingava no chão de metal do convés.

ATM e Mike carregaram o Líder até a sala de navegação traseira. Bateram na porta, e Mike pediu que a tripulação abrisse. Ele gritou a senha para situação sem perigo, e a porta se abriu.

Da escuridão onde se encontravam, quinze rostos exaustos, porém determinados, lançaram um olhar sobre o Líder. Ele finalmente encontrara os tripulantes desaparecidos. Só que não da maneira como desejava.

— Peguei meu rádio e mandei o recado para o capitão e todos os outros — contou Mike. — Disse apenas: "Menos um."

———

A boa notícia era que nosso jogo de esconde-esconde de vida ou morte com os piratas estava dando certo. A má notícia era que eles não estavam gostando nem um pouquinho daquilo.

Percebi que os olhos de Comprido iam ficando cada vez mais arregalados com o passar dos minutos. Jovem estava no tijupá, em cima de nós, mas Musso e Comprido continuavam de olho em mim e no marujo. *Um desses caras vai ter um troço*, pensei. Era como se o navio estivesse devorando homens, e isso começava a deixá-los em pânico.

— Cadê ele? — perguntou Musso.

— Não sei. Minha tripulação enlouqueceu. Não sei que brincadeira eles acham que estão fazendo.

Minha intenção era fazer o papel de comandante idiota, incapaz de controlar os próprios homens. Mas eu sabia que essa estratégia tinha um limite.

— Cadê o grandão? Por que ele não voltou?

Falei de novo pelo fonoclama.

— Atenção, toda a tripulação. Por favor, voltem ao passadiço. Colin, volte.

A agitação entre os piratas aumentava de minuto a minuto.

— Por que o navio não se mexe? Bota esse navio para andar!

Estendi as mãos na direção deles, pedindo calma. Voltei a falar no fonoclama.

— Chefe de máquinas, por favor, obedeça aos piratas e venha para o passadiço.

Comprido e Musso estavam quase pulando de tão nervosos. Tinham encontrado outro rádio portátil e o monitoravam. A bateria do meu estava terminando. Eu não tinha ouvido Mike Perry ou Shane pelo menos nos últimos trinta minutos.

Os piratas começaram a olhar para o convés. Viram algo, e Musso se virou para mim.

— O que é aquele barco ali?

— Que barco? Onde?

— Bem ali.

Ele apontou para o bote de resgate instalado no convés B.

Expliquei a eles de que se tratava — uma embarcação com motor e suprimentos próprios usada em casos de homem ao mar.

— Ele funciona?

— Claro que funciona — respondi.

Eu não estava tentando evitar que os somalis fugissem no bote. Na verdade, eu *queria* que eles o levassem. Ora, eu poderia até pilotá-lo para eles. Para mim, tirá-los do *Maersk Alabama* e deixar meus homens a salvo seria como conquistar um campeonato.

— Mostra para mim — disse Musso.

Saímos do passadiço para o convés e nos encaminhamos para o bote laranja. Enquanto eu contornava a embarcação, falava bem alto ao mesmo tempo em que mantinha o botão do rádio apertado para que a tripulação soubesse onde eu estava. O bote de resgate, de fibra de vidro reforçada, tinha seis metros de comprimento, um único motor externo e três pranchas para servir de assentos. Para baixá-lo na água, era preciso içá-lo para fora da estrutura onde estava encaixado, levá-lo sobre a água, abaixá-lo até certo ponto e depois liberar uma trava para deixá-lo cair.

Subi no bote e liguei o motor por um instante, e então os piratas fizeram o mesmo. O motor roncou todas as vezes que foi acionado.

— Podemos levar este bote? — perguntou Comprido.

Parte da tensão parecia ter desaparecido do seu rosto. Era óbvio que os piratas queriam saber se poderiam fugir nele se fosse necessário.

— É claro — respondi. — Posso até colocá-lo na água para vocês.

Ele e Musso conversaram a respeito em somali.

O rádio deles emitiu um ruído.

— Temos o companheiro de vocês — disse Mike Perry. — Estão ouvindo, piratas? Seu companheiro está conosco, e vamos trocá-lo pelo capitão.

Comprido apertou o botão do rádio.

— Quem está falando?

— O chefe de máquinas.

— Está com nosso homem?

— Sim. E vamos trocá-lo pelo nosso capitão.

Isso provocou outro diálogo intenso em somali. Comprido olhou para mim.

— Precisamos de dinheiro — disse ele. — Não podemos ir embora sem dinheiro.

Meneei a cabeça.

— Entendo — disse. — Tenho muito dinheiro no meu camarote. Podem ficar com ele se deixarem o navio.

— Quanto?

— Trinta mil dólares.

Não ficaram impressionados. Estavam no meio do oceano Índico em busca de alguns milhões de dólares, não trinta mil. Mas percebi que poderia ser o bastante para fazer com que eles abandonassem meu navio se ainda tivessem reféns em seu poder. Reféns dariam a eles acesso ao dinheiro grosso.

Algo como um acordo começava a tomar forma.

———

Subimos até meu camarote. Mal sabia eu que Shane vinha acompanhando nossos movimentos e havia sido surpreendido no trajeto ao corredor à nossa frente. Sem ter aonde ir, correu para o meu camarote, procurando desesperadamente um lugar onde se esconder. Quando entrei ali com os dois piratas, ele se encontrava dentro de um armário, a um metro e meio de distância.

— Você não tem ideia de quantas vezes salvou minha vida — diria ele mais tarde. — Eu ficava andando pelo navio e então eu o ouvia falar; na mesma hora mergulhava no buraco mais próximo.

Depois, ao refletir sobre aquelas horas, senti grande satisfação ao saber que havia sido capaz de proteger Shane e os outros. Mas naquele momento isso nem me passava pela cabeça — eu estava tão concentrado em arranjar o dinheiro para os piratas e dar um jeito de tirá-los do meu navio que não conseguia pensar em mais nada, muito menos imaginar que um integrante da tripulação estivesse ali, ao alcance da minha mão. Fui direto até o cofre, girei o botão do segredo, fiz clicar a combinação e abri a porta. Tirei os trinta mil dólares, separados em bolos de cédulas de diferentes valores, e passei tudo para Musso. Ele e Comprido contaram o dinheiro e assentiram com a cabeça.

Enquanto isso, os piratas falavam pelo rádio com Mike, o chefe de máquinas. Concordaram que a tripulação libertaria o Líder ao mesmo tempo em que eu fosse entregue. Não me envolvi nas negociações — estava ocupado demais preparando tudo para que os somalis partissem.

Voltamos ao bote de resgate e começamos a içá-lo com a ajuda do turco, uma pequena grua que ergue e abaixa objetos até o nível da água. Precisava levantar o bote, passá-lo por cima da amurada e abaixá-lo até a água, doze metros abaixo.

No entanto, ainda não tínhamos eletricidade. Por isso fui obrigado a acionar a manivela manual enquanto os dois filhos da mãe, Musso e Comprido, ficavam me vigiando com seus AK-47.

— Espera — disse Comprido. — Precisamos de mais combustível.

— Mais combustível? — perguntei. — Com o que tem aqui dá para ir até a Somália.

Não dava. Com os dois galões e meio que estavam a bordo do bote, chegariam até a metade do caminho e ficariam à deriva. Eu sabia disso, mas eles não.

— Mais combustível — disse Musso. — Você escutou.

— De quanto vocês precisam?

— Muito. Precisamos de muito combustível.

Que fosse. Subi até o convés, fui ao armário do contramestre e peguei uma mangueira, uma conexão e uma braçadeira. Cortei a mangueira no comprimento certo — em nenhum momento os somalis haviam tomado meu canivete de sete centímetros — e a levei até o tanque do gerador a diesel reserva. Sabia que havia ali mais de trezentos litros. Peguei alguns galões de plástico, formei uma fileira, liguei a mangueira à saída do tanque de combustível do gerador e deixei que o diesel fluísse.

Comprido se aproximou de mim e olhou o painel do gerador. Foi até ele e começou a mexer nas chaves, para cima e para baixo. Provavelmente achava que podia botar o maldito navio para funcionar se descobrisse a combinação certa.

— Dá para não mexer nisso? — gritei.

Ele riu e se afastou. Voltei a me concentrar no combustível.

Eu havia escolhido cuidadosamente aqueles galões. Eram os mais sujos que havia naquela parte do navio, cheios de graxa, produtos químicos e toda sorte de restos que se acumulam quando se opera um porta-contêineres. Se aquilo não fizesse engasgar o motor, nada mais faria.

Os galões se encheram rapidamente. Os piratas me ajudaram a levá-los até o convés, para perto do bote de resgate. Depois que tivéssemos baixado a embarcação até a água, desceríamos os galões e os colocaríamos dentro dele. Com aquela quantidade de combustível, eles poderiam chegar a qualquer ponto do litoral da Somália.

Quando eu estava levando os baldes, passei pela escotilha situada a pouco mais de um metro acima do convés. Essa escotilha em particular conduzia ao paiol de popa, uma área na qual guardávamos todos os cabos usados no *Maersk Alabama*. A escotilha estava escancarada, e havia um fio correndo para o interior. Só existia uma razão pela qual aquela escotilha poderia estar aberta: a tripulação deveria estar lá embaixo, deitada sobre os cabos, tentando pegar um pouco de ar e fugir do calor infernal que imperava no navio.

Eu torcia para que os piratas não tivessem percebido. A escotilha estava fechada quando passamos ali antes. Agora estava completamente aberta.

Mas, claro, depois de alguns segundos de confusão, Comprido e Musso se inclinaram e espiaram para dentro daquela escuridão.

Levantei meu rádio à altura da boca.

— Pessoal, eles estão vendo essa escotilha. Saiam daí agora. Os piratas estão bem em cima de vocês.

Musso sacou a lanterna e a apontou para baixo. Prendi a respiração. Se encontrassem a tripulação agora, o acordo iria por água abaixo.

Comprido tirou o AK-47 da correia dos ombros e apontou o fuzil para a escotilha. Deve ter escutado o pessoal se mexendo lá embaixo. *Droga*, pensei. *Já era.*

Ele puxou a arma de volta e a entregou a Musso. Comprido se abaixou, meteu a cabeça pela escotilha e tentou ver se conseguiria passar por aquela abertura. Eles iam lá embaixo à caça do meu pessoal. Porém ele não era magro o bastante para fazer com que seus ombros passassem pela escotilha.

— Vamos lá — chamei Musso a uma distância de quase cinco metros. — Vocês querem ou não esse combustível? Preciso de alguma ajuda aqui ou nunca vamos terminar isso.

Musso olhou de volta para Comprido, que tentava espremer os ombros pela escotilha.

— Saiam já daí — sussurrei pelo rádio. — Os piratas estão descendo.

Musso cutucou o companheiro e disse algo em somali. Comprido tirou a cabeça de dentro da escotilha e olhou para mim.

— Pegue esses dois galões — falei. — Pare logo de enrolar. Vocês querem sair deste navio ou não?

Comprido deu outra olhada pela escotilha, espiando lá dentro, mexendo a lanterna para cima e para baixo. Ele então se virou e começou a andar na minha direção.

Fui tomado por uma enorme sensação de alívio.

Entrei no bote de resgate. Os piratas queriam que eu lhes ensinasse a ligar e desligar o motor. Fiquei mais do que feliz em obedecer.

Comprido e Musso estavam realmente ficando animados com a ideia de deixar o navio.

— Vamos escapar com seu bote e pronto — Musso disse para mim, abrindo um sorriso. — Acabou-se.

Com trinta mil dólares não comprariam um utilitário da Mercedes nem uma mansão, mas era muito mais do que a maior parte dos somalis jamais veria depois de uma vida inteira de trabalho. Nada mau para um dia de trabalho como bandido. No que me dizia respeito, para mim estava tudo bem. Era um pequeno preço a pagar para recuperar meu navio e minha tripulação.

Àquela altura já era fim da tarde. Eu queria tirar os somalis do *Maersk Alabama* antes do anoitecer. Estava suspendendo o bote da sua armação, mas ele subia lentamente e com muito esforço.

— Cadê os oficiais de máquinas? — disse Musso. — Esses caras são um porre.

— Não sou eu que vou discordar — respondi.

Sorri comigo mesmo. Eu tinha conseguido criar com os somalis uma pequena versão invertida da síndrome de Estocolmo. Comprido, Musso e eu nos víamos agora unidos na irritação provocada pela incompetência da minha tripulação. *Que merda*, eles devem ter pensado, *como ele navega com esses idiotas?* Eu depois viria a descobrir que os dois somalis mais altos eram marinheiros competentes, e o Líder era bastante esperto. Mas desconfio que não haviam atacado uma quantidade suficiente de navios a ponto de dominar os princípios básicos sobre como lidar com reféns. Acreditar que um comandante era incapaz de trazer seus homens para o convés era um erro digno de amadores.

Com trinta mil dólares nas mãos, os dois piratas se davam por satisfeitos. Contudo, estava claro que o pequeno truque de Shane ao simular uma chamada de emergência para a marinha dos Estados Unidos havia exercido algum efeito. Eles examinavam constantemente o horizonte em busca de um contratorpedeiro. Mas seu moral havia melhorado.

Assim como o meu. Aquele pesadelo estava quase terminando. Eu não me permitiria pensar que estávamos quase livres. Acho que havia superstição demais por parte da minha ascendência irlandesa — ou então era a insistência de meu pai para que eu sempre concluísse uma tarefa. Porém, aquela ameaça de terminar os meus dias metido num buraco fétido em uma região dominada por bandidos parecia cada vez mais distante.

— Podemos fazer isso — falou Musso para mim. — Mas agora precisamos do nosso amigo.

— Vocês só vão conseguir seu companheiro quando estivermos na água — retruquei. Não havia a menor possibilidade de concluir acordo algum até aqueles caras estarem fora do meu navio.

— Tudo bem, tudo bem.

Meu rádio já dava sinal de que a bateria ia acabar, mas ainda restava alguma energia. Caminhei até os galões de combustível e fingi ter problemas com um deles. Enquanto isso, chamei o chefe de máquinas no rádio.

— Chefe, esses caras estão prontos para entrar no bote de resgate. Vamos fazer a troca assim que estivermos na água.

— Certo.

— Assim que eles saírem do navio, esteja pronto para dar a partida. Quero que dê o fora daqui assim que possível. Quando tiver oportunidade, vá. Não se preocupe comigo.

Não havia em mim qualquer intenção de ser um herói. A vitória para mim consistia em separar meus homens e meu navio daqueles bandidos. Com o resto eu me preocuparia depois.

Naquele momento vi Jovem descendo pela escada; fiquei eufórico. Isso significava que havia um marinheiro sozinho no passadiço, e que ninguém tomava conta dele.

— Pessoal, alguém vá para o passadiço imediatamente — ordenei pelo rádio. — Um dos nossos está lá, sozinho. Todos os piratas agora estão comigo. Peguem o sujeito e o deixem trancado em algum lugar para que não fique zanzando por aí de novo!

Senti uma pontada de adrenalina. Tinha vencido o primeiro assalto. Só faltava agora sobreviver ao que estava por vir.

DOZE

Dia 1, hora 1530

Piratas desafiam mentalidade pré-11 de Setembro de Obama.

Wall Street Journal

Piratas somalis geram crise sem solução fácil para a política externa de Obama.

Fox News

Tudo começou a acontecer em ritmo acelerado. Jovem se juntou a nós três perto do bote de resgate. Vi Shane e Mike olhando para baixo, lá da asa do passadiço, três conveses acima de nós. A tripulação ainda mantinha o Líder nas entranhas do navio — e havia muitas anteparas de aço separando Shane e Mike dos piratas, por isso meus homens não temiam ser capturados. Mas os somalis eram imprevisíveis. Talvez subissem as escadas às pressas atirando em tudo pela frente. Shane e Mike começaram a dar ordens pelo rádio para a tripulação, que emergia da porta estanque à ré, onde ficava o gerador de emergência.

Acima de tudo, eu não queria que os dois fossem capturados. Eram inteligentes e corajosos e fundamentais para que o *Maersk Alabama* voltasse a ter energia e começasse a navegar. A tripulação precisava deles para escapar.

— Ei, capitão, você está bem? — gritou Shane. Vi medo em seu rosto, não por ele mesmo, mas por mim.

Mostrei o polegar para cima.

— Tudo bem — respondi. Era verdade. Eu sentia que aquele tormento estava chegando ao fim. A adrenalina que corria pelas minhas veias aos litros agora começava a se diluir.

No entanto, o bote havia subido apenas um metro de seu berço. Eu precisava que ele se mexesse mais rápido e, para isso, tinha que ter energia elétrica. Liguei o rádio.

— Chefe, preciso de eletricidade nesse turco ou ficaremos presos aqui até o amanhecer.

— Entendido.

Acima e abaixo de mim, o navio começava a acordar. Tripulantes saíam de seus esconderijos e corriam para ligar todos os sistemas: o hidráulico, a energia elétrica, a energia de emergência, o ar-condicionado. Os piratas estavam a poucos metros de mim, observando o bote de resgate subir, e se viravam para examinar o horizonte.

— Ok, logo o bote estará na água — informei. Queria que eles mantivessem a calma.

Pelo rádio, eu ouvia Mike dando ordens a vários tripulantes e atualizando as informações.

— Quem é? — gritou Jovem.

Dei uma olhada. Vislumbrei uma sombra no convés à ré, mas ela logo desapareceu.

— Não tenho a mínima ideia — respondi.

Botei meu rádio em modo de transmissão.

— Chefe — chamei em voz baixa. — Diga a todos para ficarem bem próximos à antepara, senão os piratas vão vê-los.

Ele transmitiu o alerta à tripulação.

Shane me chamou pelo rádio. Ele viu que eu estava com problemas para fazer o turco funcionar. Tive que içar o bote usando somente os músculos, uma vez que a eletricidade de emergência ainda não estava funcionando.

— Quer que eu mande o contramestre aí para ajudar a lançar o bote ao mar?

— Não, não quero — respondi. — Não vou entregar mais um refém a eles. Consigo lançar o bote sozinho. Vocês ficam escondidos, vigiando esses piratas. Não posso ficar de olho neles o tempo inteiro e não quero ver mais um tripulante nas mãos deles.

— Afirmativo — disse Shane.

— Por que a energia elétrica está demorando tanto? — perguntei pelo rádio. — Diga ao chefe de máquinas que alguns interruptores podem ter sido desligados no painel do gerador de emergência. Os somalis andaram mexendo neles.

Ouvi a informação sendo repassada pelo rádio.

Comecei então a dar ordens aos piratas. Quando se é comandante, é difícil abrir mão de velhos hábitos. Também queria mantê-los ocupados para que não notassem a movimentação da tripulação.

— Ei, você — gritei para Musso. — Venha aqui. Faça girar a armação do motor. Cuidado para não danificar a hélice quando passarmos por cima da amurada. E você — apontei para Jovem — entre no bote. Você é o contrapeso. Mantenha a hélice apontada para cima, para que não se incline e enrosque em algo. Você — me virei para Comprido — pode fazer algo por lá.

Comprido falava no rádio com o chefe de máquinas. Agora os dois tinham virado amigos.

— Chefe, qual é o problema com o navio?

— Está fora de ação, pirata — respondeu Mike.

— Chefe, por que você é um problema tão grande? — E os piratas começaram a rir.

— Alô, meu chapa — gritei. — Deixe de ficar à toa e comece a trabalhar, ou nunca sairemos daqui.

Shane deve ter ouvido minhas palavras.

— Esse é meu capitão — disse ele, rindo e falando alto o bastante para que eu o ouvisse. — Agora ele está dando ordens aos piratas.

Era surreal. O clima estava alegre. De repente, éramos apenas alguns caras tentando realizar um trabalho e se divertindo ao mesmo tempo. Por alguns minutos, piratas e tripulação não eram mais adversários. Isso não duraria muito tempo.

Após quarenta minutos, conseguimos restabelecer a energia elétrica no turco. Girei o bote acima do costado do navio.

— Muito bem, vamos todos subir a bordo — ordenei. — Pulem para dentro do bote e eu vou depois.

Naquele momento, me ocorreu uma ideia. *O desengate de emergência.* O bote de resgate tinha um mecanismo de desengate, a meia-nau, na altura do ombro. Ele consistia em um pino de engate e uma alavanca. Ao se puxar o pino e abaixar a alavanca, o bote seria liberado do turco e despencaria na água, trinta e poucos metros mais abaixo. O mecanismo podia ser útil se fosse necessário deixar um navio correndo, se um incêndio varresse o convés ou se o navio estivesse prestes a emborcar e levar todos para as profundezas do oceano.

O único problema era que eu precisaria estar a bordo do bote para puxar o pino. Não era possível fazê-lo do convés do *Maersk Alabama*. Então eu teria que puxar o pino, abaixar a alavanca e, ao mesmo tempo, me agarrar à coluna metálica, deixando o bote cair na água. *Boom, boom, boom*. Eu ficaria dependurado no costado do navio, e os somalis mergulhariam em direção ao oceano. Provavelmente quebrariam a espinha, para dizer o mínimo. A água não pode ser comprimida e fica resistente como o concreto quando alguém cai nela de determinada altura.

Após a queda do bote, eu saltaria de volta para o convés, no melhor estilo Indiana Jones.

Porém, se eu não conseguisse me agarrar à coluna, estaria morto. Se meu pé ficasse preso a um cabo quando o bote de resgate caísse, eu estaria morto. Ou, se um dos piratas sobrevivesse e atirasse no filho da mãe que quase o matara, eu estaria morto.

Eu estava finalizando os preparativos para baixar o bote. Os piratas escolhiam seus assentos e se espreguiçavam nos bancos. Eu tinha, talvez, trinta segundos para decidir.

Consigo mesmo me agarrar àquela coluna a tempo? Não dava para ter certeza. Minhas mãos treinaram a manobra no ar. *Puxar, soltar, agarrar. Puxar, soltar, agarrar.* Tudo em meio segundo. Tentei imaginar a cena. Concentrei-me naquele último passo. *Será que as minhas mãos vão escorregar no metal? Já terei caído tanto que não vou conseguir me agarrar?*

Acabei abandonando a ideia. Bastava jogar aqueles caras na água. Os piratas haviam perdido sua escada ao nos abordarem, por isso não tinham mais como subir. Isso bastava para mim.

Esse foi meu segundo erro. Durante os quatro dias seguintes, fiquei remoendo aquele momento sem parar: *Devia ter feito aqueles caras despencarem. Se algum dia tiver outra oportunidade como aquela, vou derrubá-los sem pensar duas vezes.*

———

Lá em casa, em Vermont, ninguém sabia sobre o sequestro. Andrea passara mal a terça-feira inteira, com uma gripe que a deixara prostrada em casa. Sua mãe insistira para que Lea, minha cunhada, fosse lá para cuidar dela. Então naquela quarta-feira de manhã, após a visita, Lea se aprontava para ir trabalhar. O dia estava ensolarado, mas fazia frio, uma típica manhã de março em Vermont.

Por volta das 7h30, Lea andava em direção à picape quando o telefone tocou. Eram 15h30 na Somália, oito horas adiante da Costa Leste dos Estados Unidos. Do outro lado da linha estava nosso vizinho, Mike Willard, que mora no fim da rua e trabalha como oficial de máquinas na marinha mercante.

Andrea se lembra de sentir a voz de Mike um pouco embargada.

— Qual é mesmo o nome do navio de Rich? — perguntou ele.

— Por quê? O que aconteceu?

— Andrea, qual é o nome do navio?

— O *Maersk Alabama*.

— Eu acho... acho que eles acabam de ser sequestrados. Estou indo para aí.

Andrea não conseguia acreditar. Ela não entrou em pânico de imediato, pois sabia que sequestros de marinheiros são comuns e que eles são sempre devolvidos em boas condições após o pagamento de um resgate. Saiu correndo para alcançar a irmã antes que ela fosse embora:

— Lea, Lea, Rich foi sequestrado. Espera, espera.

Elas voltaram para casa e ligaram a televisão na CNN.

Mike começou a telefonar para meus patrões, já que ele trabalha para a mesma empresa que eu. Desesperados, eles tentavam verificar se as primeiras notícias que haviam sido divulgadas eram mesmo verídicas. Enquanto isso, Andrea correu até o computador e me enviou um e-mail às 11h29.

> Richard,
> Sei o que está acontecendo. Estou com você para o que der e vier.
> Tenho fé... Amo você de todo o coração.
> Amor,
> ANDREA.

Só recebi a mensagem após o fim da tormenta.

Andrea voltou para a frente da televisão, sua única fonte de informações àquela altura. Numa coincidência do destino, uma equipe da Fox News estava na Academia Marítima de Massachusetts fazendo uma reportagem sobre um tema completamente diferente. Por acaso, Joseph, o pai de Shane Murphy, era um dos instrutores da academia e, quando a notícia dos piratas chegou, todos foram correndo falar com ele. Shane ligara para o pai do *Maersk Alabama*. Joseph descrevia o sequestro dizendo "Meu filho, o capitão...".

Andrea assustou-se:

— O que aconteceu com Rich? — Era angustiante para ela ouvir tanta coisa sobre o sequestro, mas nenhuma notícia minha.

Mais tarde, Andrea ligou para nossos filhos, Dan e Mariah, no dormitório das faculdades. Ela queria que soubessem do ocorrido pela mãe, e não por um jornalista ou qualquer outra pessoa. Deixou uma mensagem para Mariah: "Preciso que me ligue. Tem a ver com seu pai. Que eu saiba, ele está bem, mas quero que você ouça a notícia da minha boca."

Andrea correu de volta à TV. Shane Murphy ainda estava sendo chamado de "capitão do *Maersk Alabama*", e ela não ouvia qualquer menção ao meu nome. Para minha mulher, era como se eu tivesse desaparecido da face da Terra.

TREZE

Dia 1, hora 1900

A Casa Branca está monitorando atentamente o aparente sequestro de um navio de bandeira americana no oceano Índico e avaliando qual é a melhor ação a ser adotada. Nossa prioridade máxima é a segurança dos tripulantes a bordo.

Comunicado da Casa Branca,
8 de abril de 2009

Baixei o bote de resgate para a água comigo e os três piratas dentro. O turco nos pousou delicadamente no mar. Ergui os olhos para o meu navio. De repente, me deu a impressão de ser um transatlântico. Enorme.

— Eles ainda podem disparar contra o navio — avisei pelo rádio. — Não deixe o pessoal ficar exposto.

O combustível ainda estava no convés. A cabeça de Shane despontou por trás da amurada.

— Ei, capitão! — chamou ele.

— Estamos quase lá, Shane! Comece a baixar o combustível!

Os piratas ansiavam por aquele combustível extra. Continuariam nervosos até que o óleo diesel e o Líder estivessem a bordo do bote. Virei-me e vi Comprido e Musso sentados nos bancos, as armas sobre os joelhos, os canos voltados para mim.

Shane desaparecera. Um minuto depois, o primeiro balde apareceu junto à amurada do navio e Shane desceu-o até o bote. Quando se encontrava a um metro e meio da água, ele o soltou. O balde afundou e ele o trouxe de volta à superfície, com água escorrendo pelos lados.

Eu ri. Grandes mentes pensam da mesma forma. Shane estava tentando estragar o combustível de modo que viesse a fazer o motor do bote engasgar.

— Não se preocupe — falei pelo rádio. — Já coloquei água suficiente neles.

Os somalis acabariam a duzentas milhas da costa com um pedaço de ferro-velho no lugar do motor.

Os baldes foram descendo um após o outro. Quando peguei o último e o pus no bote, Musso se manifestou:

— Muito bem, precisamos de mais combustível e um pouco de comida.

Olhei para ele.

— *Mais* combustível? Para onde estão indo? Para a Disneylândia?

Ele riu. Os piratas estavam de volta ao seu elemento — a água — e ainda tinham um comandante americano como refém. No seu entender, não haviam perdido nada. Por isso Musso se dava o luxo de rir das minhas piadas.

Queria afastá-los do meu navio. Posicionei o bote a uns noventa metros a bombordo da popa e desliguei o motor. Ficamos à deriva, esperando.

Pelo rádio, pedi que a tripulação providenciasse os suprimentos extras. Shane foi até a despensa do refeitório e arrumou algumas "refeições noturnas", nome que dávamos às refeições preparadas pelo cozinheiro para o pessoal que faz a vigília da noite ou do início da manhã, ou qualquer um clinicamente louco o bastante para querer comer aquilo. Não dá nem para adivinhar o que botavam ali. Basta dizer que também era conhecido como "pau de cavalo", o que, na verdade, era um insulto ao pênis de um equino. Conheci cozinheiros que serviam a mesma coisa durante uma semana inteira, até formar tanto mofo que daria para fazer penicilina. O negócio era inacreditável.

"Refeições noturnas" também levam carne de porco. E esse era o último "fodam-se" de Shane para os somalis, que eram muçulmanos e não comeriam aquilo nem mortos.

Tudo corria bem. A troca enfim podia ser feita. Vi Shane correndo, preparando-se para o momento.

— Muito bem, estamos prontos — disse Shane no rádio.

— Entendido — respondi. Dei a partida no motor do bote de resgate. Nada.

Liguei de novo. Nada. *Não faça isso comigo*, pensei. Liguei de novo e ele não emitiu um ruído — nem sequer tentou girar as pás.

— Merda — deixei escapar.

Os piratas olhavam para mim.

— Algum problema, capitão? — disse Musso.

- O motor morreu. Levanta daí. Preciso checar as baterias.

Em princípio, as baterias do bote de resgate devem estar sempre carregadas. Isso era para ter acontecido automaticamente, já que estavam ligadas à rede elétrica do navio. Porém, ao verificar a chave, vi que estava acionada apenas para uma das baterias. A da direita tinha recebido toda a carga, mas agora também estava descarregada. Quando mudei a chave das duas baterias para apenas a da direita, o motor começou a fazer *woooo, woooo, woooo* e não conseguia pegar.

— Shane, temos um problema aqui — avisei no rádio.

— O que é? — respondeu Shane.

— As baterias descarregaram.

Pude ouvi-lo suspirar.

— Pronto, estamos ferrados.

— Ainda não — falei.

Peguei algumas ferramentas e comecei a trabalhar. Chequei todas as conexões, rezando para encontrar um fio solto, mas tudo estava no lugar. O problema era mesmo com as baterias.

Então cometi meu erro número 2,5. Eu não queria sair do bote de resgate. Era uma embarcação aberta. Se alguém aparecesse para nos ajudar, os piratas não teriam como se esconder. É verdade que ficaríamos cozinhando sob o sol quente, mas qualquer um com um fuzil poderia derrubar os somalis como se fossem alvos num parque de diversões.

Eu devia ter ficado bem ali. Mas minha vontade naquele momento era resolver os problemas que aparecessem, pois estava ansioso para acabar com aquilo. Com o bote de resgate inoperante, passei para a minha única opção: a embarcação de salvamento.

A embarcação de salvamento é fechada, com três metros de altura por 7,5 metros de comprimento. É de um laranja vivo e tem um único motor situado do lado de fora, com bancos que mantêm os passageiros sentados de costas uns para os outros e uma cabine mais elevada, com janelas, de onde pode ser manobrada. Produzindo um grande *splash*, ela desaba na água, caindo de sua estrutura numa queda livre de quase catorze metros de altura. E era a última opção que restava.

— Escutem, precisamos remar de volta ao navio — anunciei. — Este bote não vai nos levar a lugar nenhum.

Voltamos e amarramos o bote ao *Maersk Alabama*.

— Abaixem as armas — pedi aos piratas. Não queria vê-los apontando seus AK para a tripulação enquanto nos aproximávamos.

O terceiro oficial de máquinas e o contramestre subiram na embarcação de salvamento no convés, depois de carregá-la com o combustível extra e a comida. Apenas um homem era necessário a bordo durante o lançamento, mas o terceiro oficial de máquinas se recusou a sair. Ele queria estar lá caso eu precisasse de ajuda.

Shane queria ir na embarcação, mas expliquei que agora ele era o comandante a bordo do *Maersk Alabama* e que precisava permanecer onde estava.

— Mas aí eu estaria pondo alguém em perigo — argumentou ele.

— Bem-vindo ao novo emprego — falei.

Quando todos estavam prontos para o lançamento, Shane me deu o sinal pelo rádio.

— Certo — dirigi-me aos piratas. — Não se assustem, essa coisa desaba feito uma pedra e faz muito barulho.

Os três sinalizaram que haviam entendido.

Com um enorme estrondo, a embarcação de salvamento mergulhou na água e depois voltou à superfície. Os integrantes da minha tripulação pararam ao lado do bote de resgate e começaram a transferir os alimentos e o combustível para a nossa nova embarcação. Trocamos de lugar com o contramestre e o terceiro oficial de máquinas, e, felizmente os piratas não fizeram nenhuma tentativa de tomá-los como reféns. Só mais tarde vim a saber que tanto o contramestre como o terceiro oficial de máquinas levavam facas escondidas. Estavam prontos para pular sobre os somalis na primeira oportunidade, mas não tiveram uma chance.

— Boa sorte — falei ao contramestre quando nos preparávamos para partir na embarcação de salvamento. — Faça com que icem você logo lá para cima. E, se alguma coisa acontecer comigo, não se preocupe. Só trate de dar o fora daqui. Também não se preocupe com o bote de resgate. Os piratas podem querer voltar aqui para tentar levá-lo também.

Dei a partida na embarcação de salvamento e o motor pegou. O terceiro oficial de máquinas e o contramestre jogaram as cordas, soltando a embarcação.

Enquanto manobrava, bati com a popa no navio. O choque produziu um forte baque.

— O que foi isso? — gritaram os piratas.

— Isso sou eu tentando me acostumar com essa coisa — respondi.

Minha intenção tinha sido avariar a hélice. Não queria ir a parte alguma com os somalis. Só que essas coisas são construídas para garantir a sobrevivência de quem está a bordo, e a hélice continuava a funcionar perfeitamente.

Minha sorte estava mudando. Para pior.

———

Em Underhill, Andrea circulava pela nossa casa de fazenda usando meu casaco de *fleece*, que ainda tinha o meu cheiro. Ela estava irritada consigo mesma por ter lavado as roupas depois de eu ter ido para a África, pois aquele agasalho era a única coisa que ainda conservava o meu cheiro.

— Eu não largava aquilo de jeito nenhum — contou ela mais tarde. — Era o que eu estava vestindo no momento em que soube que você tinha sido sequestrado. À noite, eu largava o casaco na cama, e minha amiga Amber e eu nos cobríamos cada uma com uma parte dele e dormíamos.

Por volta de meio-dia de quarta-feira, meu nome chegou até a mídia. De repente, as equipes dos noticiários locais começaram a aparecer na nossa fazenda e estacionar na entrada. A irmã de Andrea, como uma típica habitante de Vermont, convidou-os para um café. No início da tarde, a casa estava repleta de repórteres e cinegrafistas locais sentados no nosso sofá, beliscando biscoitos e vendo Andrea assistir ao noticiário. O pai de Shane Murphy ainda o chamava de capitão do *Maersk Alabama* — o que tecnicamente era o correto, uma vez que o imediato assume quando o comandante deixa o navio —, porém aquilo dava a Andrea a impressão de que eu havia sido esquecido. Meu nome ainda não aparecera nos noticiários nacionais.

Àquela altura, Andrea conjecturava: *Bem, a situação é a seguinte. Um navio é sequestrado. Vão pedir um resgate. A empresa vai fazer jogo duro por um tempo. Depois pagará o resgate. A tripulação será liberada e todos ficarão felizes e estarão a salvo.* Alguns homens da marinha mercante que me conheciam ligavam para ela e diziam:

— Andrea, você sabe como os piratas costumam agir... Eles têm um plano de negócios. Só querem o dinheiro. Não querem machucar ninguém.

— Eu sei, eu sei — respondia ela. — Se conheço Rich, neste momento ele está desfiando piadas sem graça. E vai voltar para casa com uma história e tanto para contar.

E Andrea rezava para ser só isto: um sequestro normal, desses que acontecem toda hora. Ela não queria nada de heroico.

Nossa filha, Mariah, ligou de volta.

— Mãe, o que aconteceu com o papai?

Andrea contou o que sabia e conseguiu manter o autocontrole. Isso definiu a forma como nossos filhos receberam a notícia. Mariah era forte; estava muito preocupada, mas não histérica. "Quero ir para casa", disse ela. Andrea tentou convencê-la a ficar na faculdade, mas Mariah se mostrou inflexível. Dan também ligou. A mãe deu a ele a opção entre permanecer na universidade ou voltar para casa, e ele escolheu ficar para os últimos dias da semana de provas.

— Quero concluir as provas — explicou ele. — Estudei muito, mãe, e sei que o papai me diria para ficar e terminar tudo.

— Isso é exatamente o que ele diria — concordou Andrea.

Eles tinham razão. Vocês têm ideia de quanto pago por aquela faculdade? Dan ficou para concluir suas tarefas. O fato de estarem unidos, minha mulher acreditava, daria aos nossos filhos condições para lidar com as notícias que viriam.

Após se certificar de que os dois estavam bem, ela voltou a se concentrar na TV, alternando entre os principais canais de notícias. Eram o único elo que a mantinha ligada ao que estava acontecendo a milhares de quilômetros dali. Nada em especial fora feito para manter Andrea e outros familiares informados.

Uma coisa, mais tarde ela me contaria, ajudou-a naquele primeiro dia. Nunca digo adeus ao partir para um serviço. Odeio esse negócio de "olá" e "adeus". Só gosto de ouvir a parte que, segundo Andrea, "tem a ver com a vida de verdade" que acontece entre um e outro. Então digo sempre "até mais" ou "volto logo". Um dos dois.

Isso ajudou Andrea a suportar toda aquela situação. "Ele me disse 'volto logo'", dizia a si mesma. "E eu acredito nele."

Ela foi para a cama sem imaginar o que a esperava nos próximos dias.

—

Manobrei a embarcação para bombordo do navio, onde se encontrava a escada do prático. Quatro ou cinco tripulantes estavam parados no alto dela. Eu podia vê-los por uma das janelas. A visibilidade era muito mais limitada que a do bote de resgate, que é aberto — ali seria preciso se abaixar e se contorcer para conseguir ver algo através das janelas de trinta centímetros.

— Muito bem, estamos prontos para a troca — informei a Shane. — Faça o Líder começar a descer à medida que nos aproximamos. Não quero esses caras subindo pela escada e tomando o navio de novo, certo?

— Entendido — respondeu Shane.

— Estou indo com a embarcação de salvamento — continuei.

Vi dois tripulantes escoltando o Líder ao longo do convés. Ele trazia um trapo branco em volta da mão.

— Deixe que ele desça e, quando tiver uma chance, eu subo — falei.

Manobrei para ficar ao lado do navio, batendo o bote no costado do *Maersk Alabama*. O fim da escada ficava mais ou menos um metro acima da cobertura do salva-vidas. Vi o Líder descer até o fim da escada e então saltar para dentro do bote, que sacudiu com o impacto.

— Pirata a bordo — alertei pelo rádio. O Líder veio na minha direção. Era óbvio que sua mão o incomodava, mas ele parecia estar de bom humor.

Eu também sorria. Tinha cumprido minha obrigação como comandante. Agora, tudo o que precisava fazer era me salvar. Se visse uma chance, era só agarrá-la. O mais básico dos instintos — o da sobrevivência — despertou em mim.

— Me mostre como manobrar — ordenou o Líder.

Eu mostrei. Desliguei o motor e voltei a ligá-lo algumas vezes. Ensinei--lhe como manipular o leme e dar a partida e indiquei onde se encontrava a bússola. Ele tinha um curso que desejava seguir — 340 graus — e eu disse a ele como fazer isso. Depois me afastei e deixei que tomasse a cabine de manobra, uma plataforma um pouco mais alta que os bancos dos passageiros. Ele assumiu o timão e distanciou a embarcação do *Maersk Alabama*, aumentando a velocidade.

— E o acordo? — perguntei, chocado.

— Não tem acordo nenhum — disse o Líder.

Meu erro número três: não faça acordos com piratas. Nunca deveríamos ter feito a troca.

Não fiquei surpreso com a traição. Ainda me sentia um passo à frente deles naquele jogo. Tinha resolvido três dos meus quatro grandes problemas: minha tripulação, o navio e a carga estavam a salvo. E agora eu dependia da minha sorte e da minha perseverança para salvar a mim mesmo.

Os somalis me empurraram na direção da proa. Olhei a escotilha na parte de cima e pensei na possibilidade de tentar me atirar através dela e pular no mar, mas era uma abertura horizontal. Eu precisaria me esticar mais de um metro para depois mergulhar na água. A essa altura alguns tiros de AK-47 já teriam atingido as minhas costas, então desisti da ideia.

— Estamos partindo — informei pelo rádio. — Nada de acordo.

O Líder estava se familiarizando com o timão, girando-o para um lado e para o outro. *Próxima parada, Somália*, pensei. Sabia que era para lá que os piratas me levavam. Era desse jeito que eles operavam. Lá negociariam o preço pela minha cabeça. Lá se encontravam quem os financiava e seus reforços.

Começava a escurecer. Nos trópicos, o entardecer é mais demorado pela proximidade da linha do equador. E a lua estava quase cheia. Ainda podíamos ver o *Maersk Alabama* não muito longe. Suas luzes estavam acesas, a fumaça saía de sua chaminé e deixava um rastro de espuma na sua passagem.

Os piratas olharam para trás espantados, como se dissessem *Caramba, ele está se mexendo, imagine só*. Lá estava ele, o navio quebrado, sem chance de qualquer conserto, agora funcionando perfeitamente. Lá estava a tripulação desaparecida, andando de um lado para o outro e fazendo seu trabalho. Os somalis mal podiam acreditar no que viam.

Eu estava prestes a apertar o botão do rádio e avisar para que ficassem de olho em outros possíveis barcos piratas quando ouvi Mike no rádio: "Certifiquem-se de que não há outras embarcações pequenas se aproximando de nós pela popa." Balancei a cabeça com aprovação. Eu sabia que o navio estava em boas mãos.

Fiquei muito feliz ao ver que estavam a caminho. Ainda nos encontrávamos em território dominado pelos bandidos, e nada impedia que outro grupo de piratas aparecesse de repente para tomar o *Maersk Alabama*. Se o navio estivesse à deriva, a tripulação não teria chance.

Então ele virou sua proa na nossa direção e os sorrisos desapareceram dos rostos dos somalis. O *Maersk Alabama* avançava rápido ao nosso encontro, e daquele ângulo se parecia com o *Queen Mary*. Eu não estava preocupado. Sabia que, se o navio nos acertasse, a embarcação apenas afundaria um pouco abaixo da superfície da água e depois voltaria à tona. Não, não contei aos somalis nada sobre essa característica surpreendente daquele bote salva-vidas moderno.

— Aquele imediato vai nos atropelar — disse o Líder.

— Pode apostar que sim — retruquei. — Ele quer o meu emprego. Está louco para conseguir isso desde que saímos de Salalah.

Musso, com sua arma apontada para mim, arregalou os olhos.

— Você! Levanta e vem aqui! — gritou o Líder para mim, pulando da plataforma de manobra.

— Está bem — concordei.

— Diga a eles que parem de se aproximar — disse o Líder. — Mande nos deixarem voltar a bordo.

Assumi a manobra e contornamos o *Maersk Alabama*. Passei pela proa, dei a volta ao largo do navio e repeti o trajeto. Fiquei no timão durante uns trinta minutos até finalmente o *Maersk Alabama* diminuir a velocidade e avançar bem devagar, ficando a menos de cem metros da embarcação.

A noite caiu.

———

Os piratas agora estavam no rádio, falando com Shane.

— Ei, vamos voltar amanhã — afirmaram.

— Claro, vamos começar tudo de novo — respondeu Shane. — Foi só um mal-entendido.

— É, você vai nos deixar subir — disse o Líder.

— Com certeza — brincou Shane. — Apareça aqui pela manhã. Temos comida e água para vocês.

Pode parecer estranho, mas todos estavam aliviados pelo rumo que as coisas haviam tomado.

A única coisa que incomodava os piratas era o céu. Os somalis estavam sentados na popa da embarcação, examinando o céu noturno em busca de aviões e helicópteros. No seu íntimo — eu achava — permanecia ainda a ideia de que alguém viria me salvar. O céu estava tão limpo que era possível ver satélites passando lá em cima. E chegamos a avistar dois aviões — um grande e depois um menor que nos sobrevoou e voltou, voando em círculos.

Os piratas pareciam imaginar que um avião viria ao meu socorro. E não gostavam da ideia. Continuaram a observar o céu, tentando ouvir o zumbido do motor de uma aeronave. Era como se esperassem que a força aérea nos bombardeasse ou lançasse uma escada mágica para me resgatar.

Acionei o rádio.

— Quatro piratas, dois na escotilha da popa, um no timão e outro na escotilha da proa. Dois AK na escotilha da popa, uma pistola com o pirata no timão.

Ouvi Shane confirmar que escutara. Continuei:

— Vou me aproximar da porta de ré. Se ouvir o barulho de algo caindo na água ali, sou eu. Aproxime-se desse ponto e sairei do outro lado do seu navio.

Se eu conseguisse escapar — e esse era um grande *se* —, queria que o *Maersk Alabama* estivesse entre mim e a embarcação de salvamento.

Os piratas me puseram no terceiro banco, a bombordo. Dali eu tinha uma boa visão do timão, assim como do restante da embarcação, e eu queria ficar lá, sem mudar de lugar. Assim, qualquer aliado que pudesse aparecer saberia exatamente onde eu me encontrava. Fogo amigo mata do mesmo jeito que fogo inimigo. Pelo rádio informei à tripulação precisamente em qual assento eu estava.

Os piratas fecharam as duas escotilhas. Acho que temiam que homens--rãs pudessem subir a bordo. Foi então que começamos a sentir o calor: insuportável, implacável como o de uma sauna, dominava a embarcação inteira. Um verdadeiro inferno.

Devo ter cochilado uma ou duas vezes. Acordei por volta das duas da manhã de quinta-feira. Olhei para fora e tive uma das visões mais lindas da minha vida: um navio da marinha de guerra norte-americana soltava fumaça pela chaminé e avançava na nossa direção a uma velocidade de trinta nós, holofotes acesos no convés, sirenes tocando e os alto-falantes berrando. O refletor era tão intenso que iluminava o interior da embarcação como se fosse um set de filmagem.

— Apaguem a luz, apaguem a luz — gritou o Líder no rádio. — Nenhuma ação, nenhuma ação militar.

Meus compatriotas tinham chegado. Senti que eu recobrava o ânimo.

———

Na quarta-feira, a imprensa divulgava que os piratas haviam me levado na embarcação de salvamento. Andrea pensou: *Meu Deus, como isso pode ter acontecido?*

Àquela altura, os canais de notícias tinham conseguido se comunicar com o primeiro oficial de náutica no *Maersk Alabama*, que informara: "Eles pegaram um dos nossos tripulantes. Preciso ir! Estou no timão do navio!" E então desligou. O primeiro oficial de náutica não estava no timão. Acho que naquele momento todo mundo estava um pouco maluco.

Na manhã de quinta-feira, minha cunhada Lea concedeu uma curta entrevista a alguns noticiários matinais. Isso marcou o início da avalanche da imprensa nacional que se abateu sobre a nossa casa. No final daquela manhã, todo um cortejo de vans munidas de antenas parabólicas avançava pela estrada de duas pistas que passa em frente à nossa caixa de correio para estacionar no quintal. A cada vez que Andrea pisava fora de casa, um bando de jornalistas começava a gritar: "Queremos uma foto sua, queremos falar com você, queremos uma entrevista." Andrea saiu e disse:

— Pessoal, eu trabalho num local público e não quero esse tipo de publicidade.

Ela também tentava proteger nossos filhos daquele frenesi. Logo a coisa chegou ao ponto em que Andrea, ao olhar por uma janela, percebeu um fio elétrico ligando a van de uma das equipes a uma tomada da casa. Tenho certeza de que os responsáveis pediram permissão ao irmão dela ou a outra pessoa, e esse alguém deve ter pensado: "Claro, por que não?" Normalmente somos pessoas afáveis.

Algo insuportável para Andrea e minha família, do ponto de vista emocional, eram os constantes rumores. Jornalistas ligavam para nossa casa dizendo: "Ouviu o que X acabou de dizer?" ou "Temos informações não confirmadas de Y". De todo lado chegavam fofocas e especulações: outros piratas estariam a caminho para ajudar os sequestradores, o pagamento de um resgate estava sendo negociado, a embarcação de salvamento estava sem combustível. Andrea e seus amigos atendiam a todas as ligações já ao primeiro toque, ansiosos por boas notícias. E, quando diziam coisas que mais tarde se revelavam infundadas, ela pedia: "Por favor, não façam isso comigo. Estão me deixando louca." Até o celular dela a imprensa havia conseguido. Andrea ficou espantada até se dar conta de que a mensagem da nossa secretária eletrônica informava o número. Rapidamente tratou de apagá-la, mas o estrago já estava feito.

Os repórteres tornaram-se cada vez mais insistentes. Na quinta-feira, todos começaram a dizer: "Vá e fale com eles." Ingenuamente, acreditavam que, se Andrea falasse, eles iriam embora. Então ela resolveu conceder uma breve entrevista. Sua única gravação para a TV tinha sido na quarta-feira, mas aquilo abrira uma caixa de Pandora. No dia seguinte, as três redes nacionais ficaram se revezando e competindo para ver quem conseguiria botá-la no ar. O telefone não parava de tocar.

Havia um fluxo constante de pessoas na nossa casa. Cartas e cartões-postais de desconhecidos lotaram a caixa de correio. Até os escoteiros apareceram e limparam o quintal, sem que ninguém tivesse pedido. Os dois senadores de Vermont, Patrick Leahy e Bernie Sanders, ligaram, assim como os deputados locais e funcionários municipais. Até Ted Kennedy deixou seu telefone, pedindo que ligasse se houvesse algo que ele pudesse fazer. Todos se mostravam muito solidários, inclusive um casal da comunidade somali da região, que apareceu para entregar pessoalmente uma mensagem, contando que os dois estavam orando por Andrea e pela nossa família.

Na tarde de quinta-feira, a avalanche de telefonemas e cartas, assim como o constante assédio da imprensa, havia se tornado avassaladora. Até o diretor-executivo da Maersk, John Reinhart, telefonara, mostrando-se incrivelmente preocupado e atencioso.

— Preciso de Richard — disse-lhe Andrea. — Quero Richard. Por favor, traga meu marido para casa.

Ela havia marcado uma entrevista coletiva e estava à beira de um ataque de nervos. Andrea odeia falar em público e isso a deixou muito estressada. Por fim, Pete Johnston, um amigo nosso da LMS Ship Management, ligou para saber notícias e Andrea falou sobre sua angústia de falar com a imprensa.

— Você não precisa fazer nada. Não é obrigada a dizer uma palavra — falou Pete.

Ela quase desmaiou de alívio. Mas alguém teria que sair e anunciar essa decisão. Nosso pobre vizinho, Mike, o primeiro a avisar Andrea sobre o sequestro, se dirigiu até a frente da casa e deu a notícia a todos, embora ele próprio odiasse falar em público tanto quanto Andrea. Numa crise, um bom vizinho vale ouro.

Outra ajuda importante estava a caminho: duas admiráveis funcionárias do serviço de atendimento às vítimas do FBI, Jennifer e Jill, passaram a ligar para Andrea com as informações mais recentes. O Departamento de Defesa também começou a lhe transmitir os boletins à medida que chegavam, de modo que ela não precisava mais ficar ligada na TV, pulando de canal em canal, para saber se eu ainda estava vivo.

— Eu me lembro de ter dito a uma delas: "Para você, Richard é só mais um cara, mas para mim é a minha vida, meu futuro, meu tudo. Preciso tê-lo aqui de volta" — contaria ela mais tarde.

Lá fora, no meio do oceano, eu só podia imaginar o martírio pelo qual minha mulher estaria passando.

———

O contratorpedeiro americano brincava de gato e rato com os piratas. Às vezes chegava bem perto da embarcação, a boreste, e então mudava de direção. Quando estava a meia milha, investia novamente contra nós, passando rápido, para então se afastar. Era uma maneira agressiva de dizer: *A qualquer hora que quisermos, podemos afundar seu barco*.

O *Maersk Alabama* estava de volta, a distância, talvez a três milhas de nós. Eu sabia que ele estava fora de perigo agora que a ajuda militar tinha chegado.

Ouvi alguém da marinha anunciar o nome do contratorpedeiro no rádio: o *USS Bainbridge*. O nome me fez sorrir. O navio só podia ter sido batizado em homenagem a William Bainbridge, um homem da marinha mercante que, depois de ir para o mar aos catorze anos, acabara evoluindo na carreira até se tornar um comodoro ousado e impetuoso da marinha dos Estados Unidos. Em 1803, Thomas Jefferson enviou Bainbridge a Trípoli, no auge dos ataques dos piratas berberes, para subjugar os bandidos. Só que, em

vez de fazer isso, ele rumou para o litoral e acabou aprisionado pelos piratas. Agora um navio com seu nome estava aqui para ajudar a me libertar
dos herdeiros dos corsários berberes: os piratas somalis. Era uma incrível
coincidência. Porém um detalhe me incomodava: Bainbridge fora mantido
prisioneiro durante dezenove meses antes de recuperar sua liberdade.

O Líder subiu na plataforma de manobra e nos manteve em movimento.
Ele retomou nosso rumo, sem passar de uma velocidade de seis nós. Havia
uma bússola magnética a bordo, de modo que podia determinar sem grande
dificuldade a direção da costa da Somália. E obviamente ele queria manter
o motor funcionando no caso de a marinha tentar tomar a embarcação de
assalto. A rotina habitual dos piratas a bordo era manter dois caras na popa
com os AK apontados para mim, o Líder na cabine de manobra com uma
pistola 9mm, e o quarto homem na proa, em geral dormindo. Eles se revezavam nessas posições para se manterem descansados. Por rádio, passei as
posições dos piratas para Shane. Àquela altura já me encontrava na embarcação de salvamento havia pouco menos de 24 horas.

A quinta-feira correu em meio ao torpor provocado pelo calor. Odeio
calor. Sou do tipo que torce para que caia logo a primeira neve em Vermont.
Gosto da sensação de frio na minha pele. Se a temperatura passa de 26°C,
já me sinto infeliz. E, às seis da manhã, a temperatura ali com certeza já
passava de 40°C. A partir daí, o calor só piorava. O suor escorria pela minha
testa, irritando os olhos. O motor ficava embaixo do piso e o cano de escape
corria por debaixo do bote, de modo que, com o funcionamento constante,
o calor se propagava pelo chão. Chegava ao ponto de impedir que a gente
sequer baixasse os pés, de tão quente que estava o piso.

Seja em que embarcação for, sempre ansiamos pela hora em que o sol
nasce. É como se voltássemos a ter como referência um calendário da antiguidade, no qual nosso tempo é medido pelo ângulo do sol. Porém, a bordo
daquele salva-vidas, eu odiava as manhãs, pois com o alvorecer aumentava
o calor. Eu torcia para que chegassem logo o crepúsculo e a escuridão, pro-
messa de algum alívio para a temperatura escaldante.

A marinha fez contato pelo rádio. Queriam nos enviar comida e água.
Os piratas deram permissão. Não pude ver como puseram aquelas coisas
ali, mas devem ter mandado um bote inflável ou algo parecido, e à medida
que ele se aproximava — dava para ouvir o motor — eu pensava: *A liberdade*

agora está a seis metros de distância. A marinha atirou uma caixa de comida na água. Era visível a tensão nos rostos dos piratas. Demos voltas ao redor da caixa; um dos somalis abriu a porta da popa e puxou-a para dentro.

A marinha, na sua infinita sabedoria, nos mandara transmissores de rádios portáteis, pilhas, água e Pop-Tarts, um tipo de tortinha recheada. Caixas de Pop-Tarts de chocolate. E apenas Pop-Tarts. Andrea adora essas tortas, mas eu realmente não sou fã delas, e não conseguia entender por que diabos o comandante do *Bainbridge* optara por enviar aquilo. Será que elas continham algum segredo nutricional que eu ignorava? Ou teriam botado algum tipo de sonífero nelas?

Fazia tanto calor que eu não conseguiria comer nada de qualquer jeito. Meu estômago roncava e eu estava faminto, mas a comida não me apetecia. Bebi um pouco de água e peguei um dos rádios militares que a marinha enviara. Mais tarde eu descobriria que eles continham um dispositivo que eu nunca vira antes. Ao apertar o botão de "Falar", o aparelho emitia um bipe. Nos rádios de uso civil, um ruído como aquele significava que a pilha estava acabando, e achei que era só isso. Por isso ficava dizendo aos piratas: "Troquem as pilhas, elas estão descarregando." Estava preocupado com a possibilidade de os rádios pararem de funcionar e com isso perder o único vínculo que me ligava ao mundo exterior. Àquela altura, o rádio portátil que trouxera do *Maersk Alabama* já estava mudo. Mais tarde, a marinha me informou que todos os seus rádios emitem aquele bipe quando é acionado o botão de "Falar".

Os piratas também estavam sofrendo com o calor. De vez em quando, um deles abria a porta da popa e mergulhava na água para se refrescar. Ou iam ali para urinar no mar. Naquele dia me deixaram ir até a porta para fazer o mesmo. Mantiveram pelo menos duas armas apontadas para mim enquanto eu estava de pé ali. Dava para ver o *Bainbridge* a distância, mas as chances de fuga eram nulas. Não consegui nem urinar. Era como estar no mictório de um estádio depois de tomar quatro cervejas nos primeiros quinze minutos de jogo e ter quatrocentos sujeitos na fila atrás de você, esperando pela vez deles. Pressão demais. Eu disse:

— Esqueçam. Não vai rolar.

O ambiente ali não era pesado. Os piratas não se mostravam abatidos. Sentiam que ainda estavam numa situação vantajosa. Tinham um refém

nas mãos e não precisavam lidar com um navio gigantesco ou olhar para
trás preocupados com o risco de um tripulante golpear suas cabeças. Na
verdade, tenho certeza de que, no futuro, os piratas vão começar a fazer
isso de propósito — invadir um navio, lançar um bote salva-vidas no mar
e tomar como reféns o comandante e outro integrante da tripulação. Para
eles, é uma estratégia eficaz. É bem mais fácil lidar com um ou dois reféns
do que com vinte. Acredito que é apenas uma questão de tempo até vermos
essa estratégia posta em prática no litoral da Somália.

Fiquei feliz em ver a marinha ali, mas não acreditava que aquilo fosse
mudar tanto assim a minha situação. Eis o padrão seguido em outros epi-
sódios de captura de reféns: os piratas tomam o navio, fazem reféns, os levam para a costa e obtêm um resgate. Qualquer navio da marinha francesa,
britânica ou de qualquer outro país que os seguisse até a Somália estava ali
apenas para assegurar que os reféns não fossem levados para a costa e con-
duzidos a algum esconderijo. Tirando isso, eles se mantinham a distância.
Resgatar reféns não era o seu departamento.

Não me ocorreu a ideia de que a marinha tentaria intervir. Na minha cabeça, eu ainda me encontrava sozinho numa embarcação de salvamento no
meio do nada e cabia a mim a missão de me salvar. Pensar que a CNN estava
pondo no ar flashes atualizados sobre a minha situação e que o presidente
dos Estados Unidos acompanhava o progresso das negociações estava além
da minha imaginação.

Na maior parte do tempo, a conversa a bordo se resumia a observações
bem-humoradas. Os piratas não me ameaçavam — ainda. O principal tema de
conversa era aquele bando de idiotas filhos da mãe com os quais eu navegava.

— Aquele oficial de máquinas doido — disse um deles. — O imediato
também. Que pé no saco. Qual é o problema com eles?

Era como se o chefe de máquinas tivesse quebrado algum código de boas
maneiras do mar segundo o qual sempre se deveria ajudar os piratas a tomar o navio alheio. Os outros somalis faziam piada sobre o modo como a
tripulação os tinha enganado, mas o Líder estava de fato irritado.

— Por que sua tripulação me atacou? — disse o Líder, em tom de acusa-
ção. — Eles me esfaquearam!

Eu quase ri. Você toma meu navio com fuzis AK-47, ameaça matar todo
mundo e fica ofendido só porque alguém cortou sua mão?

— Bem, você estava atirando neles — falei. — Você os assustou. O que esperava?

À medida que o tempo foi passando, mostrei aos piratas onde ficava tudo na embarcação: o kit de primeiros socorros, a água, o equipamento de sobrevivência, as lanternas, a comida. Ansiosos para ver os suprimentos que tínhamos, começaram a abrir os sacos plásticos e a arrancar o conteúdo. Com isso estragaram o que pretendiam usar e as coisas que, mais tarde, poderiam ser necessárias. Enquanto reviravam os sacos, reparei que o Líder segurava a mão machucada com a outra mão e que, de vez em quando, seu rosto se contorcia numa careta de dor.

— Ei! — chamei-o. — Você limpou esse ferimento?

Ele fez que não com a cabeça.

— É melhor limpar. Se esse negócio infeccionar, a coisa vai ficar feia.

Os piratas abriram a caixa de primeiros socorros e começaram a passar garrafas e pacotes de mão em mão. Era óbvio que a Somália não contava com um sistema de saúde de primeira classe, pois eles olhavam para aqueles suprimentos médicos como se examinassem artefatos arqueológicos maias.

— O que é isso? Para que serve essa coisa?

— Me passa isso aí — pedi.

Musso empilhou tudo de volta na caixa e trouxe para mim, me entregando o que eu lhe pedia: soro fisiológico, gaze e esparadrapo. Enrolei um pedaço de gaze, peguei o canivete que trazia no bolso, abri a lâmina e comecei a cortar tiras de bandagem e a colocá-las sobre os meus joelhos.

De repente fez-se um silêncio. Ergui os olhos e vi todos os piratas me encarando.

— Que foi? — perguntei.

— Onde conseguiu isso?

— Isso? — falei, segurando meu canivete. Tinha me esquecido completamente de que não sabiam sobre ele. — Bem, vocês querem meu canivete?

Eu ri, e Musso e Comprido também riram. Entreguei o canivete a Musso. O Líder também pediu meu relógio, então tirei e dei a ele. Ele já estava com a minha lanterna.

O Líder choramingava como faziam os meus filhos ao caírem da bicicleta. Desenrolei o trapo sujo que envolvia sua mão e vi alguns talhos menores na palma. Ele prendeu a respiração.

— Ah, até que não está tão ruim — eu disse. O Líder se comportava como se sua mão tivesse quase sido amputada. Não dava para acreditar na rapidez com que aquele pirata havia se transformado num bebê chorão.

Coloquei um pouco de soro no ferimento e limpei toda a fuligem e sujeira. Passei, então, um pouco de pomada nas feridas, apliquei um antisséptico, envolvi a mão em gaze limpa e, cuidadosamente, prendi tudo com esparadrapo. Dei-lhe então um anti-inflamatório e disse para tomar um daqueles de oito em oito horas.

— Precisa fazer isso todo dia — recomendei.

O Líder assentiu.

Eu acreditava que fazendo isso eles teriam um pouco de boa vontade.

—

Comecei a formar uma ideia melhor a respeito da personalidade de cada um dos piratas. Comprido e Musso eram os que mais sorriam. Mostravam-se mais descontraídos, dispostos a conversar, e assumiam o comando quando o assunto era navegação. *Talvez esses caras sejam marinheiros*, pensei. Sem dúvida sabiam se virar num barco.

O Líder raramente abria um sorriso. Era inteligente, sempre me encarando e tentando descobrir o que eu tramava. Ele não conseguia aceitar o fato de que meus compatriotas ianques tinham estragado seus planos. Falando francamente, ele me lembrava alguns comandantes com os quais eu havia navegado. O mundo girava ao redor dele e de mais ninguém. Mas reconheço: era um líder eficiente. Mantinha total controle sobre a embarcação e seus homens seguiam suas ordens ao pé da letra.

Um incidente naquele primeiro dia confirmou meus pensamentos sobre as prioridades do Líder. Depois de já ter se familiarizado com os controles da embarcação, ele deixou o timão e pediu para ver o dinheiro. Um dos outros somalis lhe passou a sacola e ele tirou de dentro os dois bolos de notas de cem, um com notas de cinquenta, depois as de vinte, cinco e dez. Começou a dividir o total em pilhas, uma para cada um dos piratas.

Era como se dissesse: "Uma para você, uma para você, uma para você e uma para mim." Só que ele botava a maior parte das notas de cem na pilha dele, sobrando para os outros as notas de dez e de cinco. No meu íntimo, eu ri. *Seu filho da mãe. Não existe mesmo honra entre ladrões.* Os outros piratas não disseram uma palavra. Mais tarde, quando me deram um saco para me recostar, pude sentir dentro dele os maços de notas, mas nunca mais vi o dinheiro.

Jovem era apenas isso. Jovem. Parecia menos embrutecido do que os outros. Eu podia imaginá-lo desistindo do ramo da pirataria para se tornar um pacato cidadão em Mogadíscio ou seja lá qual fosse sua cidade. Ou poderia se tornar um tipo feito Charlie Manson, o mentor intelectual frio e alucinado do assassinato da atriz Sharon Tate e de mais seis pessoas. De vez em quando eu o surpreendia olhando para mim como se eu fosse um peru numa gaiola na manhã de um Dia de Ação de Graças, e ele o cozinheiro experimentando o fio da lâmina do machado com o polegar. Tinha potencial para se transformar num maníaco, mas ainda não chegara a esse estágio.

A certa altura, quando os outros três piratas estavam ocupados na manobra, comecei a dar alguns conselhos para ele. Não sei o que me ocorreu, mas ele me pareceu um garoto imaturo que perdera a noção das coisas.

— Seria melhor se afastar desses caras — falei. — Eles vão acabar levando você por um caminho que vai dar em lugares bem ruins. Você pode escolher outro rumo para a sua vida.

Ele sorriu e concordou com um aceno de cabeça. Mas não estou muito certo de que a mensagem chegou ao seu destino.

Por volta do meio-dia, o calor havia se tornado tão intenso que os piratas decidiram quebrar as janelas do bote. Comprido foi até a pequena cabine onde se encontrava o timão e começou a investir seu AK-47 contra a janela de acrílico, acima da cabeça do Líder, que mantinha o rosto virado. A cada pancada, o cano da arma passava a poucos centímetros da cabeça dele. E o pente com a munição continuava na arma.

Meu Deus, pensei, *esses caras são uns idiotas. Vão acabar disparando em alguém sem querer, e a marinha vai vir para cima da gente atirando com todo seu arsenal.*

— Ei, ei! — gritei para o Líder. — Diga a ele para tirar o pente antes que acabe metendo uma bala na sua cabeça.

O Líder olhou para mim e falou algo com Comprido em somali. Comprido tirou o pente de munição do fuzil e voltou a bater nas janelas. No final conseguiu quebrar duas delas, mas entrou muito pouco ar pelas aberturas. À noite soprava uma brisa agradável, mas durante o dia só nos restava ficar sentados lá, cozinhando.

De algum modo, a marinha conseguira em tempo recorde arrumar um intérprete somali e colocá-lo a bordo do *Bainbridge*. Era ele quem falava com os piratas agora. O Líder ligava o rádio transmissor e dizia: "Chamem o Abdulah, chamem o Abdulah, chamem o Abdulah." Uma vez que Abdulah entrava em cena, eu não conseguia mais entender o que falavam, mas tinha certeza de que pediam um resgate e que a marinha queria saber como eu estava. De vez em quando eu gritava algo — "Sou Richard Phillips, do *Maersk Alabama*" — quando o Líder ligava o rádio, só para a marinha saber que eu ainda estava vivo.

Eu vestia só calça e meias. Tinha deixado os sapatos no bote de resgate e fazia calor demais para usar uma camisa. Passava o dia encharcado de suor. E começava a me sentir frustrado por não ter tido uma oportunidade de fugir. Estava enlouquecendo ali e pensava com meus botões: *Não seja um banana! Se vir uma chance de sair daqui, tente!*

Eu também rezava. "Deus, me dê a força e a paciência para perceber minha chance e aproveitá-la. Sei que só vou ter uma oportunidade. Que eu tenha sabedoria para perceber a hora certa." Nunca rezei para fugir, só pedia força, paciência e bom senso para saber agir. Acredito que Deus ajuda aqueles que ajudam a si mesmos. Pedir a Ele para fazer todo o trabalho não é o meu estilo.

Mas nada aumentava minhas chances de escapar. Não havia um único momento em que não estivesse sob os olhos atentos dos somalis. Comecei a me perguntar se algum dia eu teria minha oportunidade.

———

Em casa, Andrea não vinha dormindo muito bem. Costumava deitar do meu lado da cama só para sentir alguma proximidade, com o meu casaco de *fleece* dividido entre ela e Amber, cada uma segurando numa manga do agasalho.

— Só queria muito ficar ligada a você — contou Andrea mais tarde. — Dizia a mim mesma: "Rich, se você pode me ouvir, se pode me sentir, eu estou bem e vamos conseguir sair dessa juntos."

Era isso que tornava tudo tão difícil para ela: toda vez que eu estivera doente ou machucado, ela ficara bem ali, ao meu lado, sempre como uma autêntica enfermeira. Mas agora não era possível. Ela não podia me ajudar ou consolar. Não sabia pelo que eu estava passando. E isso era o mais difícil. Acredito mesmo que tenha sido mais duro para ela do que para mim.

Antes do amanhecer era a hora mais difícil. Era o momento em que ela estava totalmente sozinha, sem ninguém de quem precisasse tomar conta. Então rezava para Deus. "Por que estou pedindo isso a você?", ela se lembra de ter dito. "Você sabe que sou meio pagã. Tenho minhas crenças, mas não vou à igreja regularmente e, quando vemos toda a dor e a infelicidade que qualquer enfermeira de um setor de emergência testemunha, isso acaba corroendo nossa fé." Mas Andrea continuava a crer e agora precisava de Deus mais do que em qualquer outro momento da sua vida. E ela deixou que Ele soubesse disso.

Alguns dias mais tarde, o padre Privé, antigo sacerdote da igreja St. Thomas, perto da nossa casa, estava sentado à nossa mesa de jantar, segurando a mão de Andrea. Nós dois mantínhamos uma ligação especial com ele. O padre Privé foi o responsável por voltarmos a frequentar a igreja, depois de um tempo sem ir à missa. Andrea voltou-se para ele e disse:

— Padre, o senhor sabe que não somos os melhores católicos do mundo. Mas estou assustada, de verdade. Não quero perder Rich. O senhor tem influência lá em cima... — Ele sorriu, mas Andrea falava sério. — Por favor, reze para que, se houver alguém lá fora que possa ajudar meu marido, Deus dê a ele forças para conseguir fazer isso. — Ele prometeu atender ao pedido dela. "Não conseguia imaginar a possibilidade de não ter você ao meu lado pelo resto da vida", ela me contou depois.

No mesmo instante em que Andrea segurava a mão do padre Privé, eu estava pensando sobre ele naquela sombria embarcação de salvamento. Sempre gostei dele. Era curiosa a forma como ele contava uma história sobre um dia em que levantara cedo para fazer rosquinhas para o café e ouvira os cardeais discutindo no pátio da paróquia, diante do local onde os pássaros comiam. "E aquilo me fez lembrar de São Tomás", ele diria, e daí passava para uma parábola bíblica. Além disso, era um homem de coragem. Quando o Vaticano anunciou que não permitiria mais a presença de meninas no altar como coroinhas, ele subiu ao púlpito no domingo e informou à nossa congregação que iria ignorar aquela ordem e manter as meninas ajudando durante as missas. Do seu jeito, ele era um rebelde. Pensar nele e em seus sermões me ajudou a suportar alguns maus momentos em que as horas se arrastavam.

Em Vermont, meus amigos e minha família, mesmo os agnósticos, organizaram uma corrente de orações por mim com ajuda do padre Danielson, nosso atual pároco. Eles fizeram uma prece me desejando força. Foi isso que ajudou Andrea a suportar a situação — sua determinação em me fortalecer. Ela sempre se manteve sintonizada com as necessidades das outras pessoas, não com as suas. É a mãe italiana que existe dentro dela.

Andrea, porém, tinha suas dúvidas. Ela se perguntava: *Por que eu seria tão especial? Tenho amigas que enfrentaram divórcios, ou viram seus entes queridos morrer, ou perderam seus lares. Sempre tive sorte.* Essas eram as perguntas que tinha a fazer ao padre Privé — e a Deus. Porque a alternativa era terrível demais para ser considerada: "Pensei comigo o que faria se Rich morresse", disse Andrea. "Como vou seguir em frente? Como meus filhos suportariam a perda do pai?" Mas, lá no fundo do seu coração, ela ainda acreditava que eu conseguiria sair daquela situação.

Ela não tinha respostas para essas perguntas. Tudo que podia pensar era: *Fizemos planos para envelhecermos juntos.* E tentou parar de pensar na possibilidade de ficar sozinha pelo resto da vida.

———

Andrea estava desesperada por notícias. Em certo momento, ao ler seus e-mails, viu uma mensagem de Shane Murphy, meu imediato:

Andrea,

Aqui é Shane Murphy, o imediato do *Maersk Alabama*. A última notícia que tive de seu marido é que estava ainda com moral alto, porém continuava aprisionado. Ele vai derrotar aqueles caras. Sei o quanto ele é forte. Sua força de vontade é maior que a de qualquer outro comandante com quem já naveguei. E falo sério. Os dezenove homens neste navio devem a vida a ele e lhe são gratos por cada segundo que respiram em liberdade. A atenção que ele dedicou ao treinamento e à preparação é o único motivo pelo qual tivemos tempo de reagir da maneira como reagimos. Além disso, consegui entrar em contato com ele por rádio e transmitir secretamente informações que nos levaram a virar o jogo. Tudo que posso dizer é que procure manter o pensamento positivo e acreditar que superaremos tudo isso. Os quatro homens que estão com ele são fracos e estão assustados. Não temos como dizer quanto tempo eles vão mantê-lo lá, mas tenho certeza de que o capitão Phillips levará a melhor sobre eles.

Espero que esteja conseguindo suportar essas circunstâncias difíceis... Havia vários outros navios piratas armados convergindo para aquela área e a marinha achou que o mais indicado era tirar nossa tripulação de lá. Sei que seu marido teria desejado isso, porque é o que ele me disse antes de nos separarmos. Ele não deixaria que eu fosse em seu socorro, foi bem categórico ao determinar que ele deveria ser o único a partir, e seremos sempre gratos a ele por esse sacrifício. Boa sorte e seja forte.

SHANE

Andrea ficou realmente tocada pelo meu imediato se lembrar de mim quando ele próprio acabara de escapar do sequestro. E, mais tarde, Shane ligou para ela do navio. Contou que a marinha estava pedindo que saíssem daquela área e rumassem para o Quênia. "Queria que soubesse que nenhum de nós quer deixar Richard para trás", revelou. Andrea me contou que foi capaz de sentir na voz de Shane o quanto aquilo era doloroso para ele.

— Fico feliz por vocês estarem bem — disse ela. — Façam o que precisam fazer. Se devem ir, então vão.

Era isso que eu teria desejado e Andrea sabia disso.

Nesse meio-tempo, repórteres e jornalistas de todo tipo estavam reunidos em torno da nossa casa, congelando de frio e batendo com os pés no chão para se manterem aquecidos. Por fim, Andrea, sempre habituada a cuidar das pessoas, saiu e começou a dizer:

— Alguma mulher precisa usar o banheiro? Se quiserem, é só entrar. Os rapazes terão que ir no mato.

Porém, no minuto em que botou o pé fora da casa, todos correram na sua direção, gritando:

— Tenho um prazo, tenho um horário! Preciso de algo antes do fechamento do jornal!

Andrea só lhes disse:

— Estou aqui apenas para ver se alguém precisa usar nosso banheiro. Quando eu tiver alguma coisa boa para falar, ficarei mais do que feliz em sair e conversar com todo mundo.

Minha sogra passava pela mesma situação. Quando a imprensa se deu conta de que Andrea não diria nada, decidiram ir atrás de alguma outra pessoa que talvez revelasse algo. Moradora de Richmond, Vermont, a mãe de Andrea, sempre muito afável, estava convidando os jornalistas da TV a saírem do frio e contando a eles, entre um café e outro, a história da nossa vida inteira, sem imaginar que todos os detalhes viriam a aparecer nos jornais. Andrea viu todos aqueles artigos e relatos que diziam coisas como: "Depois do primeiro encontro, Andrea ligou para a mãe e disse: 'Mãe, acabo de encontrar o homem com quem vou me casar.'" Ela não conseguia acreditar — na noite em que nos encontramos, Andrea não telefonou para ninguém. Ela sabia de onde aquelas histórias estavam saindo. Ligou indignada para a mãe, que retrucou:

— Bem, eles estavam com muito frio lá fora, e eu só os convidei a entrar. Aí começaram a fazer perguntas!

Matt Lauer, famoso apresentador de televisão, ligou para nossa casa e, em sua terceira tentativa de conseguir uma entrevista, Andrea atendeu o telefone.

— Matt, estou falando totalmente em *off* — disse ela. — Sempre adorei seu programa, então só atendi para dar um alô.

Ele perguntou o que eu pensaria de toda a atenção que aquela história estava atraindo. Andrea contou que eu provavelmente riria e falaria: "Para Andrea a coisa foi mais difícil. Só precisei lidar com quatro piratas. Ela teve que enfrentar toda a mídia." (Verdade.) Matt riu e disse:

— Somos tão malvados assim?

— São, sim — respondeu ela.

Andrea andava de um aposento para o outro, como se estivesse em transe. Depois viria a me contar que, em determinados momentos, sentira como numa dessas experiências em que nos vemos fora do próprio corpo. Ninguém nunca espera ser a pessoa na capa da revista *People*. Só conseguimos pensar: *Isso não pode estar acontecendo. Isso só acontece com outras pessoas.* Não apenas a tragédia, mas a saturação proporcionada pela imprensa, a voz na TV falando num tom impessoal sobre os detalhes mais íntimos da nossa vida. Andrea via uma imagem na TV e pensava: "Ah, meu Deus, é Richard." O que estava acontecendo era algo extremamente pessoal, mas agora todos viam aquilo se desenrolar como se fosse um filme produzido para a TV.

E Andrea começou a perceber coisas estranhas — em momentos de crise, as pessoas começam a mandar quantidades assustadoras de comida para a casa dos outros: lasanha, chocolate, biscoitos, brownies. Amigos dos quais ela não tinha notícias havia vinte anos telefonavam, mas aqueles com os quais falara na semana anterior nunca ligaram. Algumas pessoas à sua volta ficaram ressentidas por não ocuparem um lugar central na história, mesmo aquilo sendo uma tragédia. E Andrea se deu conta de que, quando nos encontramos sob uma pressão muito grande, temos uma tendência a descontar nas pessoas mais próximas.

— Se eu me sentia frustrada, era agressiva com alguém da família — disse. — Eu precisava ser paciente com as outras pessoas, então a maior parte da minha raiva acabou escoando para a família.

Para ela, sair de casa já era difícil. Porém, na quinta-feira à tarde conseguiu dar uma escapada, saindo pelos fundos para visitar uma vizinha idosa que vivia sozinha. Andrea sabia que ela devia estar preocupada comigo e com as crianças e queria assegurar-lhe que todos estavam bem. Essa pequena caminhada proporcionou a ela uma das poucas chances de pôr as ideias em ordem e ficar sozinha — sem contar os momentos em que ia ao banheiro.

O assédio da imprensa se tornava mais e mais intenso. Enquanto ia de um aposento ao outro, Andrea via repórteres de cada janela. Eles bloqueavam a estrada diante da nossa casa — a única rodovia da cidade — e obstruíam a entrada das casas dos vizinhos. Quando o governador, Jim Douglas, ligou e perguntou: "O que posso fazer por você, sra. Phillips?", ela respondeu: "Mande a polícia estadual tirar esse pessoal do meu quintal!" A administração municipal pôs o estacionamento da prefeitura à disposição de todos e finalmente a família pediu aos repórteres que arrumassem suas coisas e fossem para lá. Isso tirou um peso enorme das costas de Andrea.

Mais tarde, naquela semana, uma vizinha contou a Andrea que, numa conversa com uma repórter de TV quando todo o circo da mídia ainda estava armado, a jornalista disse: "Sabe, vi Andrea sentada na varanda dos fundos da casa e tive vontade de correr até lá para ver se conseguia um furo, mas ela parecia tão tranquila. Ela aproveitava um momento de paz e eu não quis tirar isso dela." Andrea ficou agradecida por essa jornalista tê-la deixado desfrutar daqueles minutos a sós. Alguns repórteres demonstraram muita humanidade.

Durante a noite ela continuava a receber informações atualizadas da empresa e das duas funcionárias do FBI: a marinha dos Estados Unidos estava no local e eles tinham me visto (o que, ela veio a saber depois, numa situação onde existe um refém, é também conhecido como "prova de vida"). "O que ele estava fazendo, pegando um bronzeado?", brincava Andrea com suas amigas. Elas compreendiam que seu senso de humor nada convencional era um mecanismo para suportar aquela situação. Na verdade, ela imaginava: *O que diabos Richard estará pensando?* Mas, bem no íntimo, Andrea sabia que eu era esperto o bastante para fazer o que fosse necessário. Havia também um relato de que a marinha conseguira fazer contato diretamente comigo e que eles teriam escutado minha voz. Minha esposa estava, então, obtendo informação direta e verídica e ficava grata por isso. Na quinta-feira à noite, eles lhe enviaram uma mensagem cifrada: "Ou teremos uma sexta--feira muito boa, ou então será uma Feliz Páscoa."

— Fui dormir sonhando com você — contou-me depois.

CATORZE

Dia 3, hora 0200

Mais navios de guerra a caminho do local onde ocorreu o sequestro do capitão americano: os piratas somalis e seu refém estavam à deriva em uma embarcação de salvamento na sexta-feira ao largo do Chifre da África. Eles vêm sendo acompanhados por um contratorpedeiro americano, e outros navios estão a caminho, em uma demonstração do poderio dos Estados Unidos.

Fox News, 10 de abril

Durante a madrugada de sexta-feira, adormeci sentado. Outras vezes, fingia dormir para ver o que os piratas faziam. Eles abririam a guarda? Nenhuma vez. Na cabine de manobra, o Líder ligava a lanterna e me iluminava de repente para ver se eu tentava chegar mais perto de uma escotilha.

Por fim, vi Musso caminhar pelo corredor da popa até a proa. Ele largou o AK e se deitou no convés. Após algum tempo, pensei tê-lo ouvido ressonar. O barco ficou muito silencioso. Logo em seguida, ouvi duas pessoas roncando, Musso e Jovem. O Líder cochilava na cabine, cabeceando de vez em quando, como se assistisse a um filme ruim. Eu olhava através do corredor e tentava ver se estavam apenas fingindo dormir. Mas não — eles dormiam de verdade. Só faltava Comprido.

Depois de um tempo, ele se levantou. Vi que se dirigia à escotilha de ré para urinar e que colocara o AK bem ao lado da porta, para ficar com as mãos livres.

Talvez esta seja a hora, pensei. Meu corpo inteiro se concentrava no que eu estava prestes a fazer. Debrucei-me buscando apoio nas pontas dos pés. Meu coração disparou.

Fixei meu olhar em Comprido, que estava de pé diante da escotilha aberta, com a água iluminada pela lua ao fundo. A embarcação balançava suavemente. Ele se esticou para agarrar o batente, firmando-se com as mãos sobre ele. O mar estava calmo; ele não precisava usar as mãos para manter o equilíbrio.

Chegou a hora, pensei. *Pare de adiar e arrisque. A hora é essa!* Tentei sentir meus pés. Estariam dormentes? Encostei um deles no chão com cuidado, procurando não fazer qualquer barulho, para ver se aguentaria meu peso.

Esse movimento pareceu levar horas, mas tenho certeza de que foram apenas alguns segundos. Levantei-me e fui até o sujeito. Com dois passos largos, passei pela escotilha e, ao mesmo tempo, estendi os braços e empurrei o homem. Comprido se virou um pouco enquanto caía, e eu o empurrei de novo, dessa vez com mais força. Ele gritou — meu Deus, foi muito alto — e, justo quando eu estava prestes a mergulhar na água, olhei para baixo e vi a arma. Por uma fração de segundo, pensei em pegá-la e usá-la contra os piratas. Poderia ter agarrado a arma e disparado. *Você não faz a menor ideia de como atirar com um AK*. E, com esse pensamento, corri e mergulhei na água.

Meu primeiro pensamento não foi *Liberdade* ou *Nade como se não houvesse amanhã*, mas apenas *Meu Deus, que água fria deliciosa*. Os piratas não me deixavam mergulhar para me refrescar, e meu corpo estava tão exausto por causa do calor que aquilo foi totalmente refrescante. Tive vontade de ficar boiando de costas pelo oceano e esquecer a ideia de fugir. A sensação da água na minha pele era muito gostosa. Então me ocorreu um segundo pensamento: os óculos. Eu os perdera. Eram usados quase exclusivamente para leitura, mas me senti nu sem eles, exposto. Enchi o pulmão de ar, mergulhei fundo e nadei por baixo d'água. E fiz isso de novo. Mergulhei e nadei, prendendo a respiração pelo máximo de tempo possível. O mar acima de mim era de uma transparência magnífica, meio esverdeado, como se eu estivesse em uma piscina iluminada por refletores. O luar atravessava a água.

Senti meus pulmões queimando; precisava voltar à superfície. Subi à tona e enchi os pulmões de ar. Notei os piratas na hora, a cerca de trinta metros de distância. Eles haviam ligado o motor e navegavam em círculos, pendurados para fora da escotilha da embarcação de salvamento com seus AK-47 apontados para a superfície da água.

Comprido gritava em somali, e eu ouvia e via movimentos dentro da embarcação. Pensei: *E aí, o que você vai fazer agora?* Havia algumas nuvens no céu, mas a lua estava visível e os somalis veriam minha cabeça, uma bolota branca em meio à água escura.

O bote se virou, com a proa apontada em minha direção. Se eu não fizesse nada, seria triturado pela hélice.

Percebi o navio da marinha norte-americana a cerca de meia milha de distância. Inspirei rápido e comecei a dar braçadas, dando tudo de mim. Com a imagem do que acabara de ver ainda em mente, me dei conta: *Cara, os piratas estão putos.* Os três pareciam mais irados do que eu jamais vira, xingando e berrando. Se eu não estivesse com eles, a marinha poderia disparar uma saraivada de balas na embarcação, e os piratas acabariam com mais perfurações do que Bonnie e Clyde.

Eu sabia que havia tubarões perto da costa da Somália: brancos, tigres e até o mais feio de todos, o boca-grande. Houve casos em que traficantes de pessoas atiraram sua carga ao mar nessa área, e pedaços de cadáveres apareceram na costa com enormes marcas de dentadas. Mas ignorei o medo de ser comido. Se fosse morrer naquela noite, seria nas mãos dos piratas.

Eu estava numa enrascada. Queria fazer barulho suficiente para que a marinha me visse e posicionasse o *Bainbridge* entre mim e os somalis, ou simplesmente os matasse. Sabia que os marinheiros estariam em alerta máximo. Sabia também que havia algum marinheiro olhando para a embarcação através de um binóculo potente ou com uma mira telescópica montada em um fuzil — seria preciso que entendessem que a pessoa no mar era eu, e não um dos piratas. Contudo, se eu fizesse barulho demais, os somalis me encontrariam.

Eu arfava ao nadar. Meu condicionamento físico não era dos melhores. Senti o coração disparado e pensei: *Deus, só me ajude a chegar ao navio.*

Virei-me e olhei para trás. A luz da lua se espraiava pelo oceano como uma toalha branca, e eu conseguia ver os piratas nitidamente. Vinham em

minha direção, com Comprido agarrado ao costado — nem haviam se preocupado em diminuir a velocidade para puxá-lo para dentro. Eu não sabia se
tinham me visto ou presumido que eu nadaria em direção ao navio de guerra. Estavam a quinze metros de distância e se aproximavam rápido.

Respirei fundo e mergulhei de novo, ouvindo a embarcação de salvamento se aproximar. A dois metros abaixo da superfície, batendo os pés e
as mãos para me manter submerso, vi a esteira de espuma do barco, branca
e fantasmagórica, acima de mim. Os piratas passaram bem por cima da minha cabeça, depois viraram e fizeram um círculo.

A embarcação parou e os piratas desligaram o motor. Eles estavam logo
acima de mim. *Devem ter me visto*, pensei. *Não é possível que tenham tanta
sorte assim.*

Lentamente, comecei a me deixar levar para a superfície e emergi perto
da popa. Estiquei a mão e toquei o costado; em seguida, voltei a mergulhar
fundo. Porém não havia para onde ir. Se eu tentasse me afastar, teria que voltar à superfície e eles me veriam de imediato. Nadei de volta e emergi perto da
proa do bote dessa vez. Estiquei a mão até a borda e me agarrei a ela, esperando que os piratas não me notassem. Fiquei pendurado ali por trinta segundos,
ouvindo-os correr e gritar. Eu estava encoberto pela sombra do bote. Para me
verem, teriam que se debruçar sobre a borda e olhar para baixo.

A embarcação balançava com as ondas, e precisei fazer um grande esforço para me segurar e não acabar me soltando e boiando desgarrado. Os
somalis ligaram o motor e começaram a fazer círculos lentos. Agarrei os
canos de refrigeração do motor que ficavam debaixo da quilha e fiquei assim
enquanto era arrastado.

Os piratas pararam e emergi do outro lado da proa. Ouvi o som de passos
e imediatamente mergulhei, nadei por baixo do costado e apareci do outro
lado. Após brincar de esconde-esconde no *Maersk Alabama*, com seus 150 metros de comprimento, agora eu voltava a fazer a mesma coisa embaixo de um
barco de dez metros. Senti minhas chances de sucesso diminuírem.

Perdi toda a esperança que tinha de chegar ao navio de guerra. Eu não
sabia se ele navegava em nossa direção a toda velocidade ou se estava parado, mas tinha certeza de que não chegaria até lá. Fui em frente, pelo lado
de bombordo. Os piratas andavam no costado, gritando uns para os outros
enquanto examinavam a superfície.

Ouvi passos vindo em minha direção e mergulhei para o outro lado da embarcação, passando uma mão e depois a outra pelo cano frio. Mergulhei, me puxei pelo cano e emergi à meia-nau a boreste. Ao subir, dei de cara com Comprido. Ele gritou.

Meu coração quase parou. Joguei-me na direção dele, agarrei-o pelo pescoço e tentei puxá-lo para dentro d'água. Ele segurava com as duas mãos a corda de segurança amarrada ao bote e não havia meio de fazê-lo soltar. Enfiei a cabeça dele na água e seu grito virou uma bolha de ar. O homem engasgou e emergiu, seus olhos e dentes brilhando na escuridão. Continuou gritando em somali, cuspe e água jorravam de sua boca. Eu tentava afogá-lo, mas ele segurava a corda de segurança com tanta força que não era possível jogá-lo na água. Eu não esperava que ele fosse tão forte. Ouvi passos se aproximando a boreste. Senti que os outros piratas corriam em nossa direção, os pés martelando contra a fibra de vidro.

Larguei o pescoço de Comprido e mergulhei outra vez. Os malditos sabiam que eu estava embaixo do barco. *Será que vão atirar no costado?*, pensei. Eles pareciam caubóis com aquelas armas, e eu não podia descartar essa possibilidade.

Eu era como um rato preso em um compartimento minúsculo. Não tinha para onde ir. Emergi do outro lado, mas vi uma sombra e ouvi vozes perto de mim. Inspirei e mergulhei de novo. Quando subi do outro lado, vi um pirata logo acima de mim com o AK-47 a menos de meio metro de distância da minha cabeça. Ele tremeu e disparou dois tiros — *BUM, BUM* — que penetraram na água logo acima da minha cabeça.

— Desisto! — gritei. — Eu me rendo. Eu me rendo.

Os piratas mantiveram a arma apontada para mim e gritaram:

— Vamos matar você! Vamos matar você! — Puxaram Comprido de volta pela escotilha e depois voltaram para me pegar. Ajudaram-me a subir a bordo enquanto me espancavam. Estavam tão furiosos que nem esperaram eu cair dentro da embarcação de salvamento para começar a me dar socos e coronhadas. Eu protegia a cabeça com os braços, e eles me atacavam com toda força.

Depois de um minuto de chutes e socos, me levaram até um canto e me amarraram a uma barra horizontal que sustentava a cobertura. Musso deu nós bem firmes. Fiquei de joelhos, e ele pegou minhas mãos, atou-as à barra e puxou meus braços até meus ombros estalarem. Depois, amarrou meus pés à base do assento à minha frente.

Em seguida, começaram a me espancar para valer.

Se eu tivesse sido capturado por uns caras parrudos, provavelmente ainda estaria fazendo cirurgia plástica, pois os somalis queriam me estraçalhar. Eles ficaram furiosos, e batiam com os pés no convés, cuspindo, enquanto me espancavam. Mas eram magros e não conseguiam empregar muita força nos golpes. Sinceramente, minha irmã Patty tem um soco mais potente. Senti que haviam machucado meu rosto e as costelas, mas sabia que era capaz de sobreviver àquilo. O que me preocupava mesmo era a arma. Jovem batia com a coronha no meu joelho e, todas as vezes que o fazia, apontava a arma para o meu peito. *Ele está tentando bater em mim*, pensei, *mas em vez disso vai acabar me dando um tiro.*

— Vamos matar você agora! Matar você! — Eram como abelhas furiosas.

Eles não esmoreciam. Um parava e começava a andar; depois se aproximava, me esbofeteava e me chutava de novo. Mas não havia espaço suficiente para os quatro baterem em mim. Então, eles se revezavam.

Acabaram se cansando. Todos ofegantes, assim como eu. E eu estava de volta àquele forno. O calor doía quase tanto quanto os golpes.

— Minhas mãos estão ficando dormentes — gritei para eles. — Vocês têm que afrouxar os nós.

Achei que a corda fosse acabar decepando minhas mãos. A dor era excruciante, como aquela sensação familiar de formigamento multiplicada por mil.

Musso se aproximou, desamarrou os nós e voltou a amarrá-los, dessa vez mais frouxos.

Pararam de bater em mim.

O Líder gritou para seus homens em somali, mas entendi o que ele dizia por causa dos gestos:

— Dois caras precisam ficar vigiando ele o tempo todo. E um precisa ficar ao lado da porta. *O tempo todo.*

A partir desse momento, havia sempre armas apontadas para o meu peito a não mais que um metro de distância.

Foi o fim de qualquer tipo de camaradagem. Eu acabara com aquele clima de alegria geral. A máscara caíra. Eles ficaram chocados com minha tentativa de fuga. Eu não seguira as regras do jogo e tenho certeza de que achavam que eu os colocara em risco ao tentar escapar.

A atitude deles mudou completamente a partir daquele instante. Até então, eu era um refém, mas também um ser humano. Contava piadas para Musso e Comprido e tinha até brincado com Jovem. Agora isso acabara. Eles olhavam para mim como se eu fosse um animal, uma coisa.

Enquanto tentava normalizar a respiração, pensei: *Ou eu saio vivo ou eles saem. Não há jeito de todos sairmos com vida deste barco.*

———

Faltavam poucas horas para o amanhecer de sexta-feira. Sentia como se a tentativa de fuga tivesse durado meia hora, mas estou certo de que foram uns cinco minutos, se tanto. Pensei: *Talvez eu realmente esteja aqui sozinho.* Se a marinha estivesse ali para me resgatar, se houvesse atiradores de elite deitados na popa esperando por uma chance, eles teriam furado aqueles desgraçados.

Por que não fizeram nada?, pensei. Não podiam ter deixado de me ver. Não podiam ter deixado de ver o que acontecera. Mas ninguém no navio esboçara qualquer reação.

Talvez estejam aqui para observar. Devem ter ordens de não atirar. Tentei imaginar quais seriam as implicações da morte de alguns piratas somalis no cenário político mundial, mas meu cérebro estava atordoado demais por causa do cansaço. Mais tarde, descobri que a tripulação do *USS Bainbridge* vira todo o incidente se desenrolar, mas achara que os piratas estavam apenas nadando. Quando notaram minha barba branca e perceberam que eu conseguira fugir, era tarde demais para fazer qualquer coisa.

Todos estavam exaustos. Eu ficava amarrado igual a um porco assado, e os piratas permaneciam deitados, com as armas apontadas para mim. O Líder realmente os assustara. Não podia me mover nem um centímetro sem que um deles levantasse a cabeça e apontasse uma lanterna em minha direção para ver o que eu fazia.

Jovem fora um simples elemento secundário até aquele momento. Não estava no comando de nada. Seguia ordens. Ele veio na minha direção e se sentou do outro lado do corredor. Eu estava no assento número três a bombordo, e ele no número três a boreste. Vi quando se sentou e depois desviei o olhar.

Clique.

Olhei para ele. O AK estava em seu colo, e ele me olhava.

Clique.

Ele apontava a arma para mim. Acho que estava sem o pente. Ainda assim, ouvir uma arma ser disparada quando ela está apontada para a sua barriga deixa qualquer um nervoso. Estremeci nas primeiras vezes.

Jovem me olhava como se eu fosse um rato de laboratório — me estudava com olhos frios. Sem vida. Nunca vira olhos como aqueles antes. Era um garoto que não tinha noção do que estava fazendo, que não fazia a menor ideia do que significam a vida e a morte. Ele não teria agido assim antes da tentativa de fuga, mas agora era como se tivesse permissão para me tratar como lixo. Algo mudara dentro dele. E dentro de mim também.

Sou fã fervoroso de John Wayne e me lembrei de uma fala dele em um filme, *Rastros de ódio*. Um caubói se desculpa por matar um bandido. E John Wayne diz algo como: "Está tudo bem. Alguns homens precisam matar."

Eu nunca encontrara um homem que precisasse matar. Mas, naquele momento, Jovem precisava. Ele era como um assassino brincando com sua vítima antes de acabar com o sofrimento dela. Estava se divertindo como nunca.

Agiu daquele jeito por uns vinte minutos. Tentei ignorá-lo, mas de vez em quando olhava para ele. E ele adorava aquilo. Porém não havia qualquer emoção em seus olhos. Estava apenas me atormentando, esperando uma reação, querendo ver bem de perto o terror que provocava.

——

O sol nasceu; o forno estava aceso mais uma vez. Os piratas falavam com o intérprete pelo rádio, e ouvi outra lancha se aproximar.

Maravilha, pensei. *Mais tortinhas.* E eram. Tortinhas, baterias de rádio novas e água. Mal podia acreditar.

Olhei por uma das escotilhas e vi que o *Maersk Alabama* não estava no mesmo lugar do dia anterior. Se antes seguia duas ou três milhas da popa do navio da marinha, agora desaparecera. Enquanto virávamos, vasculhei o horizonte e percebi que haviam partido. Fiquei muito aliviado ao constatar que minha equipe estava a caminho da segurança.

Depois descobri que Shane insistira em não me deixar para trás. Disse que preferia fazer qualquer coisa a ir embora sem minha presença a bordo.

Mas a marinha insistiu, uma vez que havia mais piratas na área e eles não queriam ter que cuidar de outra situação envolvendo reféns. Dezoito militares armados embarcaram no *Maersk Alabama*, e o navio partiu rumo a seu destino original, Mombaça.

O Líder ficou na cabine, tossindo e cuspindo de vez em quando, como um velho com tuberculose. Os piratas fumavam um cigarro atrás do outro. Estavam muito agitados. Os bons tempos eram, definitivamente, passado.

— Esses cigarros vão matar vocês — falei.

Não responderam à minha brincadeira. Jovem apenas me encarou com aqueles olhos sem vida.

— Fumar faz mal à saúde.

Nada.

Em seguida, o isqueiro que usavam quebrou. O fluido acabara, ou quebrara pelo excesso de uso, mas a coisa não acendia. Isso me pareceu muito engraçado por causa do pânico que vi nos olhos deles.

— Qual é o problema? — perguntei. — Não conseguem acender? Ah, mas que pena...

Eu ainda estava amarrado e as cordas provocavam dores terríveis. Não me deixavam mais urinar no mar. Recebi uma garrafa para isso. E racionaram minha água, apesar de termos muitos litros de reserva. Às vezes me davam uma garrafa d'água, outras, não.

Para resumir, se esforçavam ao máximo para me fazer penar. Então, vê-los sofrer, nem que fosse só um pouquinho, era um bônus.

— Talvez seja a hora de distribuir o *khat* — sugeri. *Khat* é uma erva narcótica mascada por todo mundo na Somália. Mas ela precisa ser mastigada logo depois de colhida. Portanto, acho que não era uma boa sugestão usar essa planta durante sequestros que podem demorar algum tempo.

Os somalis estavam enlouquecidos. Vasculharam tudo em busca de um isqueiro, mas não encontraram nenhum. Eu não disse nada sobre os fósforos reserva que fazem parte do equipamento de sobrevivência de todas as embarcações de salvamento. Finalmente, desmontaram a lanterna e removeram o cone refletor.

— Ah, ideia genial! — ironizei.

Tudo que acontecia no bote passara a ser de grande interesse para mim. Se tivesse deixado minha mente se concentrar no calor e na passagem do tempo, eu teria enlouquecido. Então a busca pelo fogo virou uma distração. Aqueles caras estavam com síndrome de abstinência e, se não conseguissem nicotina, morreriam tentando.

Eles posicionaram o cone sob a luz do sol e colocaram um pouco de papel no fundo, conversando em somali e em inglês.

— Mexe para cá. Inclina, inclina.

Eles olhavam atentamente o papel, torcendo para que acendesse.

— Precisa acender, ah se precisa.

Eu ria, mas também me inclinava para a frente a fim de ver o que acontecia.

— Não está dando certo — afirmei após dez minutos. — Ah, mas que *peninha*.

Mas eles estavam empenhados. Observavam o papel no fundo do cone como se o segredo da vida estivesse prestes a ser revelado. Após vinte minutos, surgiu um pouco de fumaça. Musso e Comprido quase se mijaram de felicidade.

— Conseguimos! Conseguimos! — gritaram.

O papel pegou fogo, e os dois piratas acenderam seus cigarros. Depois disso, eles acendiam o cigarro seguinte com o anterior e mantiveram uma fonte constante de fogo no barco.

Contudo esse foi o único momento de empolgação. Todos pareceram se retrair, até eu. Refleti sobre a fuga: *Será que eu deveria ter agarrado a arma? Será que eu deveria ter continuado a nadar?* E meus outros erros voltaram para me atormentar: *Devia ter feito esses desgraçados despencarem dez metros quando estávamos arriando o bote de resgate.* Ou: *Nunca deveria ter passado para a embarcação de salvamento.* E o mais estranho: *Onde eles conseguiram aquela escada branca?* Aquilo tudo ainda me deixava perplexo.

Mas o que realmente doeu foi a tentativa de fuga fracassada. Eu tinha certeza de que não teria outra oportunidade.

Um dos piratas se aproximou e apalpou minhas mãos. Elas estavam cada vez mais inchadas e doloridas por causa dos nós apertados. Beliscavam meus dedos para ver se eu reagia, mas eu mal os sentia.

— Ah, isso é bom, isso é bom — diziam.

Talvez quisessem me incapacitar, ou só causar dor. Não sei. Comecei a divagar. Mexia as mãos o tempo inteiro para tentar afrouxar a corda. Até me dobrei, aproximei as mãos da boca e tentei roê-la. Mas era mercadoria de boa qualidade. Demoraria uma semana para conseguir rompê-la.

Musso descobriu que eu estava tentando roer a corda.

— Não, você não pode fazer isso — ordenou ele, levantando-se e correndo para perto de mim. — Isso é *halal*. Você não pode colocar a boca aí.

Halal. Eles começaram a usar essa palavra. Deduzi que aquilo significava limpo, de acordo com a religião deles.

— Se continuar mordendo a corda, vamos botar um pedaço de pau na sua boca para você parar — ameaçou. Ele estava com raiva e também enojado.

— Tudo bem, vou parar de morder.

— Pare de se mexer também.

— Não vou parar de me mexer! — gritei para ele. Mal podia me contorcer do jeito que estava. Queriam que eu ficasse deitado como um cadáver.

— Não se mexa!

— O que você vai fazer? — perguntei. — Me amarrar?

Musso me mandou calar a boca.

———

A doze mil quilômetros dali, enquanto eu discutia com os piratas, Andrea recebia ligações de todas as pessoas que conhecera na vida. Até um sujeito que namorara antes de nos conhecermos, quando tinha vinte e poucos anos, telefonou para ela.

— Ele foi a primeira pessoa que realmente partiu meu coração — Andrea me contou. — Não nos falávamos desde aquela época, havia mais de trinta anos. Quando a pessoa que filtrava minhas ligações telefônicas disse o nome dele, respondi: "Eu atendo."

Andrea pegou o telefone.

— Então, você liga assim que parece que fiquei solteira... — queixou-se.

— Vi você na televisão — disse o ex-namorado, rindo. — Não pude deixar de ligar. Estou vendo que você não perdeu o senso de humor.

"Ele falou que eu estava bonita, o que foi um pouco surreal", Andrea lembrou. "Ele só queria que eu soubesse que estava torcendo por mim e por minha família. Eu sabia que ele precisara de muita coragem para ligar depois de tanto tempo."

O apoio às vezes chegava a ser opressivo. Algumas pessoas entravam em nossa casa, histéricas, chorando e dizendo: "Meu Deus, Andrea!" E ela retrucava: "Vai dar tudo certo." As pessoas ficavam perplexas, claro. Diziam: "Você não deveria me consolar. Eu é que deveria consolar *você*!"

Na tarde de sexta-feira, nossa casa estava cheia. Minhas irmãs apareceram para acrescentar um toque especial. Os Phillips são uma turma da pesada com um senso de humor singular, que nem todos entendem, inclusive Andrea, às vezes. Um exemplo: um dia, minhas irmãs faziam piadas sobre a possibilidade de Hollywood fazer um filme sobre o sequestro e começaram a escolher os membros do elenco: "Hum... talvez George Clooney para o papel principal." E aí minha irmã Dawn, por alguma razão conhecida apenas por ela, pegou uma fotografia emoldurada, tirada para a formatura dela no colégio, e a colocou no travesseiro de Andrea na nossa cama. Quando Andrea chegou ao quarto e viu a fotografia lá, não se conteve:

— Dawn, mas que diabos...

— Não é hilário?

— O que é hilário?

— Meu par, ele parece com Richard quando tinha aquela idade.

Era verdade. O cara tinha a barba e tudo. Mas o que a fotografia fazia no travesseiro de Andrea?

— Todos disseram que fui ao baile com meu irmão! — disse Dawn, quase chorando de tanto rir. — Ah, eu não podia deixar de trazer este retrato.

Duas amigas de Andrea, Amber e Paige, que se dispuseram a encurtar uma excursão para o Colorado para praticar *snowboard*, também estavam na nossa casa. Elas sabiam que minha mulher não poderia ser tratada como porcelana delicada. Andrea me contou que, em determinado momento, estava sentada à mesa da sala de jantar, perto da cozinha, e suas amigas trocavam coisas de lugar. Paige e Amber haviam assumido o papel de tomar conta da casa e sabiam que Andrea odiava perder o controle da cozinha. Paige olhou para Andrea e perguntou:

— Você detesta isso, não é?

— O quê?

— Nós na sua cozinha.

Elas estavam reorganizando as coisas só para irritá-la. Era justamente daquilo que Andrea precisava. Tratá-la como se o marido fosse morrer a qualquer minuto não iria ajudar. O humor, sim.

Na sexta-feira, Andrea finalmente recebeu ajuda profissional. A Maersk enviou dois representantes, Jonathan e Alison, para lidar com a mídia. Aquilo a salvou. Mas ela foi um pouco sarcástica quando Jonathan entrou na casa. Andrea olhou para ele e disse: brincando só até certo ponto:

— Vocês já não recuperaram o navio? Por que estão se importando com meu marido? — Ele deve ter pensado: "Ih, vai começar." Mas Andrea estava sofrendo.

Nem Jonathan nem Alison tinham ideia da situação com a qual depa-rariam antes de chegarem lá, se a casa estaria cheia de caipiras de Vermont irados ou de pessoas histéricas. Ficaram surpresos com a atmosfera simpá-tica e afetuosa que encontraram. Jonathan era um sujeito calmo e sensato, e Alison virou a nova melhor amiga da minha mulher. Logo se tornou parte do clã e passou a se identificar com a situação que Andrea enfrentava. Mas o que também ajudou foi que os dois viam as coisas como elas eram.

— Vamos fazer o seguinte: primeiro, desligar a TV. Em seguida, vamos montar um painel e escrever nele todas as informações que pudermos con-firmar. E mandaremos alguém tomar conta do telefone para deixar Andrea atender as chamadas apenas quando realmente for necessário.

Alison sempre tinha à mão um bloco e escrevia nele como a equipe lida-ria com cada problema que surgisse.

Do ponto de vista emocional, era difícil resistir ao impulso de assistir aos noticiários o tempo todo. Repetiam sempre a mesma notícia, sem parar, e não o desfecho pelo qual Andrea ansiava. Ela via minha fotografia na tela e a dor por aquela situação cortava seu coração. Então Alison desligou a TV e, a partir daquele momento, a família recebia informações somente através do Depar-tamento de Estado, do Departamento de Defesa e da Maersk, o que tirou Andrea da montanha-russa emocional que era esperar o próximo boletim de notícias na tela. E havia pessoas filtrando as ligações. Ela ouvia o nome de alguém e dizia "Ah, essa eu atendo" ou "Não posso neste momento".

Porém algo inexplicável aconteceu. Meu oftalmologista telefonou para Andrea e disse: "Ouvi dizer que Rich pulou do barco. Tenho certeza de que ele perdeu os óculos quando fez isso. Fiz um novo par e mandei entregar aí." Além disso, com tantas pessoas indo e vindo, o vaso sanitário entupiu. Por fim, meu vizinho Mike teve que desmontá-lo todo para desentupi-lo. Ele descobriu que o bloqueio tinha sido causado por um par de óculos. Minha irmã Nancy, que estava na casa, disse: "Meu Deus, provavelmente são do Richard!" Todos riram. Poucas horas antes, eu pulara da embarcação de salvamento e perdera os óculos. Era como se eles tivessem dado meia volta ao mundo e acabado em nosso encanamento.

Andrea conseguiu me enviar uma mensagem através do Departamento de Estado: "Toda a nossa turma está torcendo. Amamos você." Turma é o apelido que demos para nossos amigos e família. Andrea sabia que isso me faria sorrir.

QUINZE

Dia 3, hora 1800

O FBI confirmou que alguns de seus negociadores de reféns foram solicitados pela marinha para lidar com os piratas somalis. Segundo fontes oficiais, a cooperação tem sido prestada remotamente. Não há agentes do FBI a bordo de navios da marinha americana naquelas águas. O mais provável é que o contato esteja sendo feito por rádio ou telefone, com negociadores da agência americana aconselhando os responsáveis em alto-mar sobre como conduzir a situação.

Correspondente da CNN no Pentágono

Este é um grande desafio para a política externa da administração Obama. Há cidadãos norte-americanos nas mãos de criminosos e todos estão esperando para ver o que vai acontecer.

Graeme Gibbon-Brooks, especialista em inteligência naval

Os piratas estavam nervosos. Evitavam esticar as cabeças para não ficar expostos à escotilha horizontal e chegar perto demais da escotilha vertical. Não queriam virar alvos para um atirador de elite. Sabiam que, se ficassem todos visíveis ao mesmo tempo, a marinha poderia acertá-los. As portas estavam abertas, mas eles não se expunham para não levar um tiro. Os malditos eram espertos.

Porém eles também conheciam a história. Ninguém nunca tentara resgatar reféns das mãos de piratas somalis. Era algo que não se fazia. A norma era recorrer à negociação e ao pagamento de um resgate. Até aquela altura, nenhuma força militar havia atacado piratas em operação fora da Somália. E eles, era óbvio, não queriam ser os primeiros.

Volta e meia o Líder transmitia: "Nenhuma ação militar. Nenhuma ação militar." Sempre que as coisas ficavam tensas, ele quase gritava isso no rádio.

O motor permanecia ligado constantemente. Os somalis se mostravam tensos, como se esperassem algo. Eu tinha vontade de perguntar: *O que vocês sabem que eu não sei?* Mas isso não era possível. As únicas ocasiões em que falavam comigo era para me chamar de "americano idiota" ou me mandar fazer alguma coisa. A chegada do *Bainbridge* havia claramente mudado a maneira como os piratas me viam. Para eles, uma tentativa de resgate era iminente; se por um lado eu representava muito dinheiro, por outro era uma ameaça mais do que real às suas vidas.

A marinha pediu para falar comigo no rádio. O Líder me passou o aparelho.

— Estão tratando você direito? — perguntou uma voz americana.

— Bem, eles estão agindo de um modo bem estranho, mas estão cuidando de mim — respondi.

— Certo, está bem. Deixe-me falar com o Líder.

Senti um arrepio na espinha. Era quase como se ele *conhecesse* os piratas.

Mais tarde, naquela noite, o Líder passou a atirar com a pistola descarregada. E então começou a ladainha. A energia no bote tinha mudado. A alteração transparecia na postura deles, no modo como olhavam para mim. Sou muito bom em enxergar o que há por trás das pessoas — é algo que, na condição de comandante, precisamos aprender quando atribuímos tarefas a homens que têm as nossas vidas nas mãos. Meu sexto sentido é bastante afiado. Algo maligno havia entrado no barco naquela noite.

Enquanto entoava seu cântico, o Líder entregou a pistola a Comprido, dizendo "você faz isso", para depois sussurrar algo em somali no seu ouvido. Os outros respondiam àquela reza, fosse com uma palavra ou cantando juntos. Os três se levantaram e vieram na minha direção. Musso amarrou as cordas em torno dos meus pulsos, e Jovem se posicionou segurando minhas pernas. Comprido estava atrás de mim com a arma.

— Estique os braços e as pernas — disse Musso.

Balancei a cabeça.

— Estica!

Musso agarrou meus pulsos e Jovem começou a puxar minhas pernas.

Eu estava lutando contra eles.

— Você nunca vai conseguir — falei para Musso, entre dentes. — Não é forte o bastante.

Isso continuou por cerca de quinze minutos — às vezes faziam uma pausa e depois agarravam minhas mãos. Ou então tentavam me fazer rir para me pegar desprevenido.

Pararam para descansar. Musso olhou para mim como se estivesse de fato intrigado.

— Qual é a sua tribo? — perguntou.

— O quê? O que quer dizer com "sua tribo"?

Ele deu uma risada, como se pensasse: *Como alguém pode não saber a própria tribo?*

— Sua tribo, seu povo.

Eu ainda estava sem fôlego devido ao esforço feito. *Agora* você quer bater papo? Mas valia qualquer coisa para afastar a mente dele da ideia de um assassinato.

— Eu disse que era americano.

Ele balançou a cabeça.

— Não. Isso é sua nacionalidade. Qual a sua *tribo*?

— Sou irlandês.

— Ah, irlandês — disse ele.

E balançou a cabeça.

— Irlandês, vocês são encrenca. Você, irlandês, um pentelho.

Fiz que sim.

— Você pegou bem o espírito da coisa.

Ele assentiu. Então algo mudou em seus olhos e ele deu um puxão brusco na corda. Eu arfava, trazendo minhas mãos para baixo.

De repente, *BUUUUM*. Um clarão branco cheio de estrelas surgiu diante dos meus olhos e a minha cabeça caiu para a frente.

Pensei que tivesse morrido. Mas não morri. O sangue escorria das minhas mãos para a corda. Musso se encolheu.

— Não faz isso! — gritou ele.

Comprido saiu de trás de mim, a arma na mão. Seus ombros estavam caídos e a cabeça, baixa. Todo o seu corpo expressava um absoluto abatimento. Enquanto Musso me amaldiçoava, Comprido avançou até a frente da embarcação de salvamento e simplesmente se deixou cair.

O que acabou de acontecer?, pensei. *Será que ele atirou e errou? Ou ele só me deu uma coronhada?* Eu não conseguia entender o que tinha ocorrido. A sensação fora muito mais forte do que as pancadas que eu havia recebido antes. *Ele só podia ter atirado.*

O Líder falou:

— Nenhuma ação, nenhuma ação. Em três horas soltaremos você.

Eu estava feliz por estar vivo, mas também sentia muita raiva.

— O que você fez? — gritei para o Líder.

— Cala a boca.

— Você tentou me matar?

Ele virou a cabeça e cuspiu.

— Cala a boca!

— Você quer dizer "por favor, faça silêncio, capitão".

Ouvi Musso dar uma risadinha. Até o Líder abriu um sorriso. Foi o primeiro e último que arranquei dele.

— Você encrenca, irlandês — disse Musso. — É. Você um problema.

Não sei se haviam tentado me matar ou se tinham apenas simulado uma execução. Se o objetivo fora exercer algum tipo de pressão psicológica, aquilo tinha sido mais do que convincente. Minha cabeça ainda zumbia e o sangue continuava a escorrer pelo meu rosto. Mas para que blefar comigo se eu não detinha nenhum poder sobre as negociações do resgate? E por que Comprido dava a impressão de ter falhado em algo muito importante? Aquilo não fazia sentido.

Decidi que precisava estar preparado para o caso de tentarem aquilo novamente.

Comecei a me despedir da minha família. Imaginei o rosto de Andrea e falei com ela como se estivéssemos sentados à mesa da sala de jantar de nossa casa em Vermont. Consegui até visualizar a vista da janela da sala, o quintal que dá para uma relva alta e depois recua até uma colina coberta de pinheiros.

Eu disse: "Anjo, sinto muito pela ligação que você vai receber, aquela em que o telefone toca às quatro da manhã e você já sabe do que se trata antes que eles digam uma palavra sequer." Eu a vi atendendo ao telefone, com medo, e as lágrimas vieram aos meus olhos. Queria poupá-la dessa dor, mas não pude. Continuei: "Eu amo você. Sei que vai chorar por alguns dias, mas você vai ficar bem." Eu sabia que Andrea era uma pessoa forte. *Ela vai ficar bem. Talvez em um ou três meses ela terá deixado para trás a pior parte.*

Então pensei em Mariah. Ela é como a mãe, emotiva como uma ópera italiana, mas, lá no fundo, sabe ser independente e forte. "Seja você mesma", falei para ela. "Seja forte porque sempre vou amar você." Sabia que ela choraria por muito mais tempo e que seria profundamente afetada, mas acabaria superando.

Cheguei a Dan. Nesse ponto quase perdi o fio da meada. Dan se parece demais comigo quando eu tinha a idade dele: durão, mas ainda à procura de algo. Ele esconde sua dor. Não é aberto como a mãe e a irmã. Ouvi sua voz dizendo: "Ah, eu não tenho um pai, ele nunca fica em casa. Está sempre no mar. Ele não me ama." Aquilo me penetrou como uma faca afiada, pois eu sabia que ele dissera aquilo para disfarçar a dor por eu não estar lá. De todos, era Dan quem mais me preocupava.

"Meu Deus", disse a mim mesmo, "por favor, dê a ele a força necessária para enfrentar isso." Eu não sabia se ele conseguiria. Não queria que esse pensamento — "Meu pai não me ama!" — fosse o último a lhe ocorrer antes da minha morte. Não queria que transmitisse aos meus netos a crença de que o pai não se importava com ele ou que isso acabasse por afetar a relação dele com seus próprios filhos no futuro.

Abaixei a cabeça. Não queria que os piratas vissem meu rosto. Tratei de transferir minha atenção para assuntos de ordem mais prática. "Anjo, não venda a casa", disse. "Não até que as crianças terminem a faculdade." É incrível o que passa pela nossa cabeça na condição de pai. Pensei nas reformas na casa que ainda estavam por fazer. Fiquei imaginando se o dinheiro do seguro seria o bastante para que nossos filhos se formassem. As coisas básicas.

Comecei a ver todas as pessoas que encontraria no céu. Meu pai, meu tio e Tina, a madrasta de Andrea que morrera havia alguns dias, de câncer. Não tinha chegado a vê-la antes que se fosse. Veria James, o filho do meu irmão, que falecera de maneira inesperada, ainda muito jovem, em outubro passado. Era reconfortante. Cada um daqueles rostos surgia como se estivesse iluminado diante dos meus olhos.

E veria a cadela mais bonita e menos adestrada do mundo. Frannie. A cadela que nunca aparecia quando a chamávamos pelo nome... Totalmente biruta. Só em pensar nela já me dava vontade de sorrir.

Sempre disse que, quando chegasse minha hora de morrer, se fosse capaz de relembrar todas as coisas e pudesse rir a respeito de tudo o que fiz e vivi, então é porque vivera uma vida boa. Não tem nada a ver com dinheiro, fama ou fortuna, mas com o modo como você leva a sua existência adiante. Eu tivera sorte.

Mas ainda não estava disposto a entregar os pontos.

Olhei para as juntas das chapas de metal verde da antepara do bote, formando o que parecia uma cruz, e fechei os olhos.

———

Três horas mais tarde, o sol estava prestes a nascer. Os piratas começaram a entoar sua ladainha de novo. Talvez obedecessem ao rito islâmico de fazer cinco orações por dia, e o cerimonial de morte se inserisse aí. Percebi Jovem me encarando. Ele notara minha comoção e parecia degustar a dor e o sofrimento do luto que cairia sobre aqueles a quem eu amava. De soslaio, vi que os outros também me observavam.

Isso me enfureceu.

Por nada no mundo ia deixar que me vissem acovardado ou trêmulo de medo. Não lhes daria essa satisfação. A raiva fez com que os rostos daqueles a quem eu amava desaparecessem. Agora eu precisava lidar com aqueles filhos da mãe.

Encarei Jovem sem piscar e então desviei o olhar. Procurei me fortalecer. Meu rosto não transmitia mais nenhuma emoção; tornei minha expressão o mais dura e fria que pude, tentando parecer o mais desvairado possível. Olhei de novo para Jovem, que ainda mantinha aquele olhar de cachorro louco. Comecei a rir. Então afastei mais uma vez os olhos, sorrindo.

— Vocês pensam que estão no comando — falei —, mas nenhum de nós vai sair daqui vivo.

Seu rosto se contraiu e ele recuou. Olhou para mim como se tivesse enlouquecido.

Eu ri. De soslaio via os outros me observando como se eu tivesse duas cabeças.

— Você tá parecendo um doido furioso, cara — disse Jovem.

— Eu? Com raiva? — Olhei para ele. — Não, não estou furioso. Mas estou doido.

Bem, que se fodam. Joguinhos mentais valem para os dois lados.

———

Naquela tarde, o Líder estava no rádio, conversando com o intérprete da marinha em somali.

— E aí, como foi? — perguntei, depois que ele terminou. Queria obter o máximo de informações.

— Com esses caras? — disse o Líder. — Ah, eu trabalho para eles.

Eu ficara surpreso por ele me responder, porém fiquei mais surpreso ainda com a resposta.

— Você trabalha para a marinha dos Estados Unidos?

— É claro! — disse ele, despreocupado. — Esta é uma missão de treinamento. Faço isso o tempo todo. Tomamos navios e então vemos como a marinha reage. Sua companhia nos contratou. Não há mais piratas por aqui.

— Está falando sério?

Ele fez que sim com a cabeça.

— Conheço esses caras da marinha há muito tempo. Somos amigos!

Meu cérebro parecia avançar em duas direções ao mesmo tempo. Meu primeiro pensamento foi: *Isso é ridículo.* Mas então pensei: *Mas ele parece mesmo ter uma relação bem amistosa com os caras da marinha. E havia o que parecia ser uma insígnia na coronha da sua pistola 9mm, com aquele cordão que caracterizava as armas de uso pessoal da marinha. Como tinha conseguido aquilo? E por que a marinha não me resgatou quando teve uma oportunidade?*

Os pensamentos mais doidos passaram pela minha cabeça. Podia sentir ideias paranoicas começando a se manifestar dentro de mim.

— Contamos ao seu imediato — disse o Líder. — Ele sabia que isso era um teste.

— Ah, sei — retruquei.

— E ao seu chefe de máquinas. A marinha e sua companhia nos deram esse trabalho.

Lembrei-me dos rostos de Shane e de Mike quando preparávamos o bote de resgate. Percebi ali o medo, aquele do tipo genuíno. Os somalis só podiam estar mentindo.

— Certo. E tentar me matar era parte do trabalho?

Ele riu. Então tossiu e cuspiu.

— Matar você? Quando fizemos isso?

— No navio. E nesta embarcação vocês dispararam um AK alguns centímetros acima da minha cabeça.

Ele fez um gesto com a arma na minha frente.

— Um tiro de advertência. Parte do treinamento.

Eu me mantinha incrédulo.

— E o que aconteceu lá atrás também foi parte do treinamento?

— O que quer dizer?

— Quando seu garoto disparou a pistola contra a minha cabeça.

Ele riu, zombando de mim.

— Ele não atirou! Só bateu na sua cabeça. — Ele sorriu com desdém.

Refleti um pouco. Ele podia estar certo.

— Ei, Phillips, depois desse serviço vou trabalhar num navio grego — continuou o Líder.

— Sério? Que ótimo para você.

— É isso aí. Vou ser marinheiro lá. Depois disso vou trabalhar num navio americano.

— Você, num navio americano? — retruquei, rindo. — Você não foi feito pra isso.

Minhas palavras deixaram todos no barco irritados.

— O que foi? Acha que os marinheiros americanos são melhores que os somalis? — gritou Musso. — Ah, tá! Tudo que os americanos fazem é ficar sentados nos camarotes vendo TV e bebendo cerveja. Preguiçosos, preguiçosos. Somos somalis, somos marinheiros em tempo integral, 24 horas por dia, sete dias por semana. Podemos fazer qualquer coisa.

Ele atirou uma corda comprida na minha direção.

— Toma, amarra essa corda do jeito que eu fiz.

Olhei para a corda.

— E por que eu faria isso?

— Para mostrar que é um marinheiro de verdade.

— Não preciso dar um nó para mostrar que posso pilotar um navio. Faço isso há trinta anos. Posso me virar com três ou quatro nós.

Musso riu com desdém.

— Você é um bebê, Phillips, um bebê. Os somalis é que são marinheiros de verdade.

— Os marinheiros americanos são os piores — concordou Comprido.

Tratei de ignorá-los e descansei um pouco. Estava cochilando quando, com o canto do olho, vi os piratas fazendo algo que me arrancou do estado de torpor em que me encontrava.

A marinha estava ficando mais agressiva, disparando jatos d'água de suas mangueiras contra a nossa embarcação e enviando helicópteros (eu podia ouvi-los, mas não vê-los) que pairavam sobre nós, perto da proa. Tentavam impedir que os piratas se dirigissem para a costa da Somália. Frustrados, os somalis tiraram as tampas de alguns dos galões de combustível do estoque. O combustível não derramou, mas eles enfileiraram os recipientes como se estivessem prontos para serem virados sobre o convés, que já estava quente como o diabo, mesmo com o motor desligado.

A mim pareceu que iriam reagir a um ataque incendiando o bote.

O Líder olhou para mim.

— Está vendo? Você vai morrer na Somália e eu vou morrer na América.

— Do que está falando?

— Você morre aqui. Eu morro no seu país.

O que ele queria dizer era que eles me matariam em águas somalis, de modo que minha alma nunca conseguiria sair dali. E os americanos iriam matá-lo. Então nossas almas trocariam de lugar. Ele morreria com uma bala americana, e eu com uma somali.

— Mas eu dou um jeito neles — continuou o Líder. — Se tentarem alguma coisa, vamos armar um ataque suicida.

Olhei para eles e depois para os galões de óleo diesel. *Que merda*, pensei. *Talvez não quisessem esse combustível para voltar para a Somália. Talvez quisessem explodir um navio da marinha americana, como a al-Qaeda fez com o USS Cole.*

A partir de então, cada vez que se sentiam ameaçados, eles abriam mais galões de combustível.

O Líder ligou o motor e voltamos a avançar. Depois de algumas horas, começaram a sair faíscas do cano de escapamento. Estava superaquecido. Os piratas discutiram entre si o que fazer. Por fim, cortaram parte do isolamento que o revestia e começaram a derramar água nele.

Se colocarem os galões perto disso, eu disse a mim mesmo, *não vou precisar me preocupar com um tiro na cabeça. Tudo isso aqui vai explodir numa bola de fogo.*

——

— Eu me voltava para a lua — contou-me Andrea, falando a respeito desse período de sua provação. — Era a única coisa que eu tinha certeza de que você também estaria olhando. Eu dizia: "Richard, você está sob a lua e eu estou aqui com você."

Amigos na Flórida ligaram para Andrea e todos brindaram à lua com taças de champanhe sob o céu noturno, dizendo: "A Rich." Todas as noites, desde o momento em que fui capturado, Andrea estaria lá, buscando aquela forma branca no céu noturno. Da janela do nosso quarto, ela podia olhar para fora e ver que a lua estava bem ali. "Richard, eu estou com você", dizia. Era a última coisa que fazia todas as noites.

Do outro lado do mundo, do lugar onde eu estava, só conseguia vislumbrar um pequeno pedaço da lua através da janela da embarcação de salvamento.

A melhor amiga de Andrea, Amber, estava deitada na sua cama naquela noite. A piada entre as duas era que estavam em Vermont, território "alternativo" e liberal, então podiam fazer aquilo sem dar margem a controvérsias. Estendiam meu casaco de forro polar sobre elas e trocavam ideias sobre qualquer coisa, exceto a crise que se desenrolava à sua volta: as boas lembranças que guardavam dos tempos em que dividiam um quarto em Boston, os carros com que eu costumava buscá-las quando estudavam enfermagem, os românticos passeios de barco que eu e Andrea fazíamos no lago Champlain, nadando nus à noite. E então, ao amanhecer, antes que o sol nascesse, as duas acordavam e falavam sobre seus medos.

— Ela se tornou meu porto seguro. Meu Richard sobressalente — brincava Andrea.

O único desentendimento que tiveram foi porque Amber queria dormir no meu lado da cama. Andrea disse: "Nem pensar, Amber! Não vou brigar com você sobre isso. Eu sou a mulher dele, então eu mando." Elas riram disso. Porém, a maior parte do tempo ambas tentavam imaginar o que eu estava passando naquele exato momento do outro lado do mundo. Na verdade, ninguém fazia a menor ideia. Nem mesmo eu compreendia bem o que estava acontecendo.

Os momentos antes do amanhecer eram os mais difíceis para Andrea. Era então que lhe ocorriam os pensamentos sobre ficar "sozinha": "E se ele não conseguir voltar, Amber? O que vou fazer? Não sei se consigo viver sem ele. Ele é o chão que me dá firmeza. E as crianças? Será que vou poder manter a casa? E — meu Deus — vou ter de trabalhar em tempo integral!"

Amber ria.

— Ele deve estar tão cansado, com tanto calor — dizia Andrea. Ela sabia como eu odiava o calor, que fazia minhas forças se esvaírem e me derrubava por completo. — Quanto tempo mais ele vai aguentar?

— Rich é mais forte do que você pensa — respondia Amber. — Ele nunca vai desistir.

Ela se esforçava ao máximo para consolar Andrea. Finalmente, elas relaxavam para dormir por mais uma hora.

Mais tarde, Jonathan e Alison contaram a Andrea que, mais ou menos àquela altura, funcionários do Departamento de Estado e do Ministério da Defesa tinham dito a eles: "Precisam preparar Andrea para o pior. Vocês têm de estar prontos para revelar a ela que seu marido está morto. Essas coisas não costumam acabar bem. Terminam com uma ligação telefônica para alguém que não pode suportar a notícia que estão para lhe dar." Contudo, àquela altura, Andrea aceitara a realidade.

— Eu tinha entendido — ela me contou. — O navio e a tripulação estavam a salvo. Rich era apenas um homem. Não dá para salvar tudo.

DEZESSEIS

Dia 3, hora 1900

Os piratas na embarcação de salvamento pareciam desesperados. "Estamos cercados por navios de guerra e não há tempo para falar", um deles anunciou. "Por favor, rezem por nós."

Reuters, 9 de abril

A situação vai acabar logo. Ou os norte-americanos resgatam o capitão e afundam o barco com os meus companheiros, ou vamos pegar o capitão e meus companheiros nas próximas horas. Mas, se os norte-americanos decidirem por uma operação militar, tenho certeza de que ninguém vai sobreviver.

Da'ud, pirata somali,
Bloomberg.com, 11 de abril

Durante toda a sexta-feira, eles me amarraram repetidas vezes com aquela série de nós complexos. Musso me explicou como eram feitos. A corda branca só podia ser tocada com a mão direita, mas a vermelha podia ser tocada com qualquer mão. As cordas brancas são *halal*. Você as amarra uma na outra. Então precisa amarrar esse nó e depois aquele e conecta tudo. As cordas nunca podiam tocar o convés. Se eu fosse botar uma corda *halal* na boca, teria que limpá-la antes. Era muito importante para eles que eu mantivesse aqueles nós especiais limpos e que não tocasse neles com nada além da minha mão direita. O objetivo de toda essa amarração de nós era demonstrar a superioridade dos somalis como marinheiros e também me perturbar.

Musso me incentivava a fazer uns nós. Tentei por algum tempo. Acabei desistindo. Levaria meses para ficarem tão bons quanto os que ele fazia, e eu não planejava ficar por ali tanto tempo. Parei de fazer nós.

— Você é um frouxo, Phillips. Americano preguiçoso.

Pensei em como a situação estava diferente da que passamos no navio. Lá havia sido uma batalha de nervos e inteligência. Como um jogo de xadrez. Eu e a tripulação vencemos porque nos preparamos para isso, nos antecipamos ao inimaginável. E porque conhecíamos o navio e seus sistemas. Fomos mais espertos do que aqueles bandidos.

Contudo, essa estratégia não funcionaria na embarcação de salvamento. Estávamos operando em um plano mais fundamental. Era uma questão de força de vontade. Os somalis tentavam me cansar, confundir, humilhar, me transformar em uma criança em vez de me tratar como um homem. Eu tentava persistir. Vencer.

Essa situação fazia tudo que acontecera no *Maersk Alabama* parecer uma brincadeira.

O sol descia no horizonte. Chegara a noite de sexta-feira. Peguei no sono e devo ter passado umas duas horas apagado até acordar subitamente. O bote estava escuro. Já era sábado de madrugada àquela altura. O luar revelava que os quatro somalis estavam a bordo. Todas as escotilhas estavam fechadas. Então, ouvi vozes lá fora. Na altura da cabine, o Líder falava com alguém. Havia duas pessoas falando somali do lado de fora da janela da cabine. Não pelo rádio. As vozes não vinham *de dentro* do bote. Vi a silhueta de duas cabeças pela janela da cabine. Os piratas estavam debatendo com aqueles estranhos no convés.

Que merda é essa?, pensei. O Líder e os estranhos discutiam algo em somali. Ouvi as palavras "Sanaa", "palestino" e "Fatah" várias vezes. Senti um calafrio. Sanaa é a capital do Iêmen, um bastião da al-Qaeda. Turistas e representantes de entidades humanitárias estavam sendo sequestrados aos montes. Alguns foram assassinados.

Iêmen era o meu pior pesadelo.

Inclinei-me para a frente e me esforcei para ouvir o que diziam. Todos falavam ao mesmo tempo, e cada um parecia dar sua opinião, como se estivessem decidindo o que deveria acontecer dali em diante. Quanto mais ouvia, mais percebia que não diziam "Fatah" — o grupo palestino —, mas *fatwa*, um parecer legal, dado por um especialista quando a lei islâmica não é muito clara. Eles discutiam empolgados, como se estivessem negociando e, de vez em quando, um dos piratas dizia "ah, merda!", como se não estivesse satisfeito com o que ouvira.

Mas quem eram aqueles somalis conversando com meus sequestradores?

Meu primeiro pensamento foi: *Os somalis mandaram reforços*. Era uma tática comum entre piratas. Eles solicitavam reforços e barcos, que apareciam para render os bandidos originais. Mas como um pequeno barco tinha conseguido furar o bloqueio da marinha e chegar perto da embarcação? Eu não podia acreditar naquilo. O *USS Bainbridge* interceptaria qualquer um que tentasse chegar perto do navio, disso eu tinha certeza.

Então, só podia ser um intérprete da marinha. Mas por que falavam sobre *fatwas* e Iêmen? Pensei no que o Líder dissera sobre conhecer gente da marinha, e de fato parecia que ele já conhecia aqueles dois. O tom de suas vozes era íntimo, como se eles se conhecessem havia anos. Os caras do lado de fora do bote apelavam aos somalis, tentando convencê-los. No entanto, os piratas não estavam dispostos a reconhecer a gravidade de sua situação.

O debate prosseguiu acalorado. Notei, com base em suas posturas e entonações, que Musso e Comprido estavam dispostos a resistir. Senti que não queriam admitir a derrota de jeito nenhum, que lutariam até a morte. Jovem só concordava com a cabeça, com uma atitude que parecia dizer: *O que quer que vocês decidam, eu apoio*. Parecia não ter opinião própria.

O Líder estava dividido. De todos, acho que ele tinha a melhor noção do perigo em que se encontravam.

Vi que estavam desesperados. Falavam sobre morrer; diziam em inglês "morte". E depois "família". E *"fatwa"* de novo. E depois "ah, merda!".

Fiquei quieto. Parecia que os intérpretes tentavam negociar minha libertação. Quando partiram, pude ouvi-los caminhar pelo convés e passar para outro barco. Escutei o barulho do motor, primeiro sendo ligado e depois seu ronco diminuindo à medida que se afastava.

Eu sabia que não havia acordo. O debate tinha sido tenso e, quando os negociadores foram embora, o clima na embarcação de salvamento ficou ainda mais pesado, mais prenhe de expectativa. *Algo está acontecendo*, pensei.

Mais tarde, o comando da marinha norte-americana negou que alguém de seu pessoal estivera naquele bote. Mas eu não sonhei tudo aquilo. Houve uma tentativa de convencer os piratas, só que ela falhou.

———

O sol nasceu. Minha estada no bote já durava dois dias e três noites. O calor começou a aumentar. Os piratas andavam só de cueca.

Naquela manhã, eles começaram a discutir — grande parte do tempo em inglês, acredito que de propósito, para que eu entendesse — quando deveriam me matar. Foram chamar o Líder, que dormia na popa. Eu podia ver suas pernas finas estendidas no chão. Porém não conseguiram acordá-lo. Quanto mais o cutucavam, mais alto o Líder roncava. Acabaram desistindo e disseram: "Ah, tudo bem, matamos ele mais tarde."

Cara, pensei, *eles não conseguem acordar o sujeito nem para me executar.*

O tempo passou devagar. Eu estava tenso, esperando o próximo ritual de execução. O episódio com os negociadores — pelo menos achei que eram negociadores — permanecia em minha cabeça.

Ouvi helicópteros se aproximando com aquele *uap, uap, uap* das hélices. Senti que pairavam sobre nossas cabeças, pois o vento que ele gerava balançava a embarcação de salvamento. Entrava água pelas janelas. *Uau, eles devem estar bem perto para levantar tanta água assim.* Mas descobri depois que eram mangueiras do *USS Bainbridge* — emparelhado com o nosso bote, nos dava uma ducha na tentativa de impedir que tomássemos o rumo do litoral da Somália. Eu não estava nem aí para o real motivo. Era refrescante como tomar banho de mangueira no jardim no dia mais quente do ano. *Fique aí. Está maravilhoso.*

O Líder se levantou. Estava muito nervoso.

— Não ataca, não ataca! — gritava ele pelo rádio. — Sem ataque militar, sem ataque militar!

Olhei pela janela de popa do bote e vi o trem de pouso de um helicóptero pairando sobre nós. Foi surreal. Ele estava a talvez três metros de distância e, se eu pudesse dar um salto e me agarrar nele, estaria livre.

— Ok, vamos matar o refém agora.

Olhei para o Líder, que falava ao rádio. Seu rosto estava tenso.

Os helicópteros se afastaram. Ouvia o som dos rotores diminuir aos poucos. Não esperava que os Seals da marinha realmente descessem por cordas e tomassem o controle do navio. Isso seria suicídio — para eles e para mim. Eu e os piratas sentimos falta daquele jato d'água. Ele fora cortado quando os helicópteros partiram.

Recomeçaram com aquela velha lenga-lenga.

— Não existem piratas na Somália — afirmou Comprido. — Isso é invenção da mídia. Fomos contratados pela marinha norte-americana. O responsável pela segurança da sua empresa, seu imediato e o chefe de máquinas sabem disso.

Comprido até me disse que os piratas estavam fazendo uma proposta para prestar serviços para a Raycon — operando o que seria, basicamente, um farol eletrônico ao largo da Somália. Ele sugeriu que eu participasse do projeto.

— Pode apostar — brinquei. — Vou trabalhar com vocês por seis meses no golfo de Áden.

Por mais que eu soubesse que aquilo não era verdade, havia uma pequena parte de mim que queria acreditar. Pensei: *Talvez o calor esteja me fazendo alucinar. Talvez tudo isso seja um exercício de treinamento.*

— Me explica uma coisa — pedi. — Na noite em que você apareceu, alguém chamou nosso rádio para dizer "pirata somali, pirata somali". Foi você?

O Líder assentiu com a cabeça.

— É. Fui eu.

E continuou:

— Pirata somali, pirata somali, vamos pegar vocês. — Era a voz do rádio. Ele riu e os outros piratas fizeram o mesmo.

— Imaginei.

— É divertido ver navios acelerarem para fugir. Vocês se assustam com muita facilidade.

— Então vocês fazem isso o tempo todo?

— Fazemos, o tempo todo. O navio faz as manobras, as mangueiras são ligadas, as luzes se acendem. Assistimos a tudo e rimos disso.

Os outros piratas acharam aquilo hilário.

— Qual é o valor do resgate que estão pedindo? — perguntei.

— Quanto você acha que é?

— Não tenho a menor ideia. Mas os americanos não vão pagar nada por mim. Nem um centavo. Vocês deviam saber isso. Vocês vão morrer neste bote comigo. A não ser que me soltem.

O Líder me encarou pelo que deve ter sido um minuto inteiro.

— Não é verdade. Norte-americanos pagam mais.

Discordei:

— Eles não vão pagar, mas vão deixar vocês irem embora. Americanos são burros. Cumprimos nossa palavra, ao contrário de vocês. Vamos deixar vocês irem embora. Se me soltarem, até deixamos vocês ficarem com o barco.

O Líder riu de mim.

— Quanto você vale, Phillips? Dois milhões? — cuspiu ele. — Eu mataria você se recebesse só dois milhões. Isso nem vale o tempo que gastei.

— Isso não é nada? Você roubou os sapatos da minha tripulação!

Ele meneou a cabeça.

— Eu sequestrei um navio grego. Matei o comandante porque me ofereceram só dois milhões.

O Líder começou a contar a história de sua vida de pirata.

— Sequestrei um navio da Lauritzen. — A Lauritzen é uma empresa de navegação francesa especializada em cargas congeladas. O Líder jurou que sequestrara um dos navios deles havia pouco tempo. — Ganhei seis milhões naquela operação.

— Seis milhões? — perguntei. — Então o que vocês ainda estão fazendo aqui?

Ri dele. Mas ele voltou com toda aquela conversa de como ele fora um marinheiro de convés em um navio grego. Eu sabia que ele estava tentando me confundir: se acreditasse naquela conversa, na próxima vez que surgisse uma oportunidade eu hesitaria em fugir.

Olhei por uma das escotilhas e avistei um bote inflável passando por perto. Parecia ser um Zodiac, com vários homens a bordo. Pensei: *Devemos estar perto da terra*.

— Eu vi — afirmou Comprido. — Quem é esse cara?

— Vou atrair o homem para bordo — propôs o Líder. — Depois nós o matamos.

— É, isso seria bom — concordou Musso. — Atrair bastante gente para cá e matar todos eles.

Ouvi o som de mais motores de popa se aproximando de nós por ambos os bordos. Musso correu até uma das janelas com o vidro quebrado.

— Ei, marujo! — gritou. — Marinheiro americano, você quer uma cerveja? Vem aqui, temos cerveja para você.

Os quatro gargalharam. Estavam convencidos de que os marinheiros americanos eram incapazes de resistir a uma cerveja. Pensando bem, eles não estavam de todo equivocados.

A embarcação balançava sem parar, para cima e para baixo, com as ondas. Era difícil concentrar a atenção em qualquer ponto externo. Mas, de repente, o *USS Bainbridge* surgiu na escotilha traseira. Vi de relance um marinheiro sentado atrás do canhão de proa, uma monstruosidade de calibre 50. A seu lado estava um fotógrafo com a lente da câmera apontada em minha direção, tirando fotos.

— Muito obrigado, galera! — falei, acenando para eles. — Por que vocês não usam aquela arma em vez da máquina fotográfica?

Mais tarde, enquanto um dos Zodiac cheio de marinheiros passava por nós durante uma de suas inspeções de rotina, gritei:

— Matem esses filhos da mãe!

Estávamos à deriva, com o motor desligado.

———

Minha cabeça doía. O que começara tão simples — um sequestro por dinheiro — tornara-se muito complicado. Iêmen, ataques suicidas, *fatwas*, Fatah, almas trocando de lugar. Era difícil manter a sanidade.

No entanto o verdadeiro obstáculo para mim não eram os somalis — era o medo. Todas as vezes que eu o superava, descobria que ele podia perseverar. *Isso não termina até eu dizer que acabou*, pensei. *Não vou desistir. Vou sobreviver a todos eles.*

Espiei pela escotilha e vi que o *USS Bainbridge* era agora acompanhado por mais dois navios de guerra, o *USS Boxer* e o *USS Halyburton*. Estavam vindo em nossa direção, perpendicularmente ao nosso curso. Pareciam em fila, uma manobra que os navios fazem apenas quando estão prestes a baixar âncoras. Algo que só costuma ser feito dentro de um porto. *Onde estou? Estamos perto de terra firme?* Talvez tentassem esconder algo que acontecia atrás deles. Uma força de ataque.

Nada era o que parecia ser. Mas, pelo menos, eu conseguia ver os navios. *Essas coisas são reais. Esses navios existem. São meus compatriotas. Isso é verdade.*

Os jogos mentais recomeçaram.

— Não existem piratas — disse o Líder. — É tudo fantasia. Eu fui no seu navio. Já nos encontramos uma vez em Mombaça!

Eu ri.

— Acho que me lembraria de você.

— Nem sou da Somália — continuou ele. — Moro em Mombaça, no Quênia.

— É, estou sabendo — respondi.

— Nós três moramos em Mombaça — insistiu ele. O Líder apontou para Comprido. — E aquele ali mora em Nova York.

— Sério? Que bairro?

— Perto da Times Square — o Líder acrescentou antes que Comprido pudesse emitir uma palavra.

— Deve ser rico. Morar lá é muito caro.

Eu brincava com eles do mesmo jeito que faziam comigo.

— É, trabalhamos com segurança. Muito dinheiro.

— Mas você quase me acertou durante o sequestro do meu navio! Um dos tiros atingiu uma antepara quinze centímetros acima da minha cabeça. E, quando tentei fugir da embarcação de salvamento, vocês tentaram atirar em mim.

O Líder deu de ombros, como se dissesse: *Estávamos apenas cumprindo nosso dever, meu chapa.*

Eles então tentaram a técnica de intimidação com a marinha.

— Precisamos de um saco para coleta de cadáveres! — gritou o Líder pelo rádio. — Saco de cadáver agora!

— Por que precisam disso? Câmbio. — Era a marinha.

— Tivemos que matar uma mulher aqui. Ela não era *halal*. Não seguia nossa religião.

Pausa.

— Ok, vamos jogar um saco.

Achei que tinha voltado a alucinar.

— Ponha o corpo no saco de coleta e nós o içaremos. Câmbio.

Eu não aguentava mais.

— Aqui é Richard Phillips do *Maersk Alabama*! — gritei.

O Líder abaixou o rádio.

— Bando de marinheiros malucos — disse ele. — Trabalho com eles há anos.

Eu o ignorei.

— Esse cara é um idiota. Esse capitão de corveta. Vou matá-lo. Ele é um idiota.

— Essa parece ser sua solução para tudo — provoquei.

Ele assentiu com a cabeça.

— O Líder adoraria matar uma mulher — revelou Comprido.

Será que tentavam impressionar o americano sensível mostrando como eram sanguinários? Pois tudo o que faziam era aumentar minha aversão.

— Não posso ajudá-lo com isso — falei.

———

Ao entardecer, os piratas voltaram a fazer seu ritual de morte. O Líder recomeçou sua ladainha em tom monótono, os outros respondiam e Musso se aproximava de mim para completar os nós das cordas. Eles pararam de me oferecer comida ou água, como da última vez que me amarraram. Todas as vezes que se preparavam para me maltratar, cortavam minhas provisões.

Minhas tripas se contorciam.

Começaram com aquelas besteiras de *halal* (o que eu podia ou não fazer): *Você não pode tocar nessa corda, não ponha na boca, tem que ficar em pé, tem que pisar no macacão laranja.* Eu ficava saltitando, tentando *não* pisar no macacão, e Musso, como de costume, parecia estar com raiva de mim.

— Fica no laranja! — berrou. — Você é doido.

Ele puxou minhas mãos, tentando esticar meus braços.

— Seja homem! — gritou. — Posição de sentido! Posição de sentido! Fica reto!

Eu estava sentado na beirada do assento interno. Eles acenderam uma lanterna atrás de mim, de modo que eu conseguia ver a silhueta de minha cabeça no anteparo mais distante. Comprido chutou minhas pernas, tentando colocar meus pés sobre o macacão laranja. E, todas as vezes que a embarcação jogava à boreste, eu ouvia o *clique* da arma, em sincronia com o balanço.

Eu estava apavorado. Escondia bastante bem meus sentimentos, mas tudo que precisa acontecer para uma pessoa morrer é aquele *clique* virar um *bum*. Senti um fluxo de adrenalina e depois uma enorme sensação de força, um desejo atávico de viver. Nada mais — nem comida, nem amigos, nada. Somente mais dez minutos de vida.

———

Sábado também foi o dia mais difícil para Andrea. Segundo informações do Departamento de Estado, ela receberia notícias importantes na sexta-feira. E se preparou para aquele telefonema. No entanto, ele jamais aconteceu. Isso a afetou profundamente, conforme ela me contaria mais tarde. Andrea não conseguia nem comer. Quando Paige e Amber tentaram preparar um mingau para ela, minha mulher brincou dizendo que estava seguindo a "dieta do refém". Nunca houvera tanta comida em nossa casa antes, mas ela não conseguia engolir nada.

Nosso filho, Dan, voltou para casa no sábado, e Andrea queria que ele e Mariah mantivessem suas vidas tão normais quanto possível. Ela ficou surpresa com a resiliência dos dois. Cercados de amigos, mantiveram uma aparente tranquilidade, sem choro ou histeria. Ela me contou uma história sobre Dan que me fez sorrir. Andrea estava sentada no sofá certa noite quando meu filho, com seu jeito de irlandês, se aproximou e encostou a cabeça no ombro dela. É algo que ele costuma fazer, sua marca registrada.

— Mãe?

— Hum?

— Você acha que papai vai ficar bem?

— Claro, Dan, vai sim.

Ele se levantou de súbito.

— Ótimo, vou para a casa do Luke. — Luke é um amigo que mora na mesma rua que nós.

Andrea só riu.

— Claro, Dan. Pode ir.

E ele foi.

Mas esse foi o único momento de alívio que ela teve todo o dia. Andrea recebeu informes durante o sábado inteiro: "Além do dinheiro, os piratas querem ir para terra firme." Essas eram as duas exigências deles. E ela dizia: "Vocês não podem simplesmente dar o que eles pedem e trazer meu marido de volta para casa?" As autoridades governamentais respondiam: "Bem, estamos tentando resolver isso. Nosso medo é que, se o levarem para terra firme, corremos o risco de nunca mais recuperá-lo."

Andrea queria saber se a empresa estava disposta a pagar. Uma vez disponível o dinheiro do resgate, por que não entregá-lo o mais depressa possível? Mas ela não recebia respostas — tudo estava caótico demais.

Minha mulher não se importava com o poder de fogo, o dinheiro ou a mensagem política que deixávamos transparecer ao negociar com os piratas. Ela só queria que eu voltasse para casa, mas não parecia que isso aconteceria. Algumas pessoas mandavam e-mails sobre casos mais antigos que acabaram com reféns mortos. Esses eram os assuntos que apareciam no cabeçalho das mensagens: "Seis reféns mortos em tiroteio sangrento" ou "Fim terrível para reféns após sequestradores abrirem fogo". E Andrea pensava: "Vocês não percebem o que estão mandando para mim?" Finalmente, ela enviou um e-mail de resposta: "Apenas pensamentos positivos, por favor."

Andrea pediu que o Departamento de Estado transmitisse uma mensagem para mim. Eles disseram que tentariam, e ela rabiscou algo bem rápido. O governo dos Estados Unidos deve achar que minha mulher é uma louca desvairada, porque ela escreveu: "Richard, sua família o ama, reza por você e ainda está guardando o seu ovo de Páscoa, a menos que seu filho o coma primeiro." Sei por que ela escreveu aquilo. Dan *comeria* meu ovo de Páscoa ou qualquer outra coisa de chocolate, e Andrea tinha certeza de que, se injetasse um pouco de humor na mensagem, eu saberia que ela estava bem.

Ela me disse que uma pergunta martelou sua mente durante aquele dia: *Aonde esses piratas acham que vão?* Isso a preocupou muito. Os piratas estavam cercados por três navios de guerra e insistiam em não ceder, o que, para ela, mostrava seu grau de desespero. Portanto, ou eles se entregariam ou haveria um homicídio seguido por suicídios. Para ela, essas eram as duas opções. E, quanto mais a situação se prolongasse, mais provável se tornava o segundo resultado.

— Esses sentimentos pareciam vir em ciclos — contou ela. — Por um tempo, eu acreditava que voltaria a vê-lo. E, logo depois, pensamentos mais negativos surgiam. Uma voz na minha cabeça parecia dizer: "Ele pode acabar morrendo, essas coisas geralmente não terminam bem." Eu procurava afastar esses pensamentos, mas eles sempre retornavam.

Na noite de sábado, a pressão e a frustração abalaram Andrea. Por mais que ela amasse minhas irmãs, as músicas e o humor começaram a cansá-la. No fim, ela não aguentava mais as piadinhas. Não conseguia rir delas. Não tinham mais graça. Uma de minhas irmãs disse:

— Ah, você vai ganhar tanto dinheiro por causa disso que vai poder se aposentar.

Andrea respondeu com aspereza.

— Você... realmente... acha... que Richard entrou naquela embarcação para que pudéssemos ficar *milionários*?

O sábado foi muito decepcionante para Andrea e para o resto da minha família porque nada aconteceu. Domingo parecia ser a última chance.

———

De repente, ouvi um barulho elétrico semelhante a um zumbido. Parecia um veículo aéreo não tripulado ou um motor. A tensão aumentou na hora. Os piratas se espalharam pela embarcação e se agacharam. Olhei para Jovem e vi apenas terror abjeto nos olhos dele.

Os piratas correram para perto de mim e fecharam a escotilha bruscamente.

Estão chegando, pensei. *Devem ter visto barcos na água vindo na nossa direção. Talvez seja isso o que os navios da marinha estavam escondendo ao se perfilarem...*

O Líder gritou algo em somali para Jovem, que chegou perto de mim e sentou-se do outro lado do corredor. Isso pareceu aliviar o temor em seus olhos. Começou a apertar o gatilho do AK-47 e sorrir com aqueles olhos de cachorro louco. Comprido passou a abrir as latas de combustível e a amarrar as presilhas das escotilhas com pedaços de cordas. Musso correu para perto de mim com um trapo e me vendou. Inclinei a cabeça, esfregando-a no ombro, e consegui abaixar a venda.

Os somalis espiavam pelas escotilhas. Eu ouvia sons vindos de fora — o barulho do motor elétrico e sons de máquinas. Os piratas prepararam as armas, tirando os pentes, verificando-os e enfiando-os de novo nos fuzis. Desativaram as travas de segurança. O medo era uma presença física ali.

O Líder se afastou da cabine, e todos os piratas se recostaram nos assentos o mais para trás que conseguiram, empurrando as costas contra o costado. Desesperados, tentavam se esconder. Às vezes olhavam pela janela, mas retornavam a seus esconderijos quase imediatamente, como se tivessem medo de serem abatidos.

Musso se ocultou nas sombras e, ao ver que eu não estava vendado, deu-me uma bofetada.

— Você faz isso de novo e vai se arrepender! — gritou.

Minha bochecha ardia, mas fiquei feliz por ter provocado uma reação nele. Sorri.

— O que vai fazer? — perguntei. — Dar um tiro em mim?

Ouvimos os barulhos outra vez. Musso me encarou, mas estava apavorado demais para mexer comigo naquela hora. Abaixou-se e voltou para a segunda fileira de assentos. Agora todos os piratas estavam fora do meu campo de visão, exceto Jovem. Ele não queria me deixar sozinho. Lançava-me um olhar assassino, com a arma apontada para meu peito. De novo ele me vendou, e mais uma vez abaixei a venda. O cano da arma estava a menos de um metro de distância de mim.

Eu estava no terceiro assento de trás para a frente, a bombordo, junto ao corredor. Por causa das cordas, eu não conseguiria sair ileso. Sentia-me como um bife na vitrine do açougue. Meu medo aumentava. Devia haver alguma razão para os somalis estarem tão assustados. É estranho ver pessoas armadas tomadas de puro terror.

De repente, ouvi tiros rápidos. Parecia o som de um AK. Não conseguia ver quem estava atirando, mas estava perto.

Percebi que os piratas tinham aberto a escotilha dianteira e atiravam em um dos navios da marinha. Os tiros pareciam dissipar a tensão. Agora, eles emergiam, pouco a pouco, dos esconderijos. Após alguns minutos, Comprido chegou até a pegar no sono na parte dianteira do bote.

Eu precisava urinar.

— Ei, preciso ir ao banheiro! — anunciei para ninguém em especial. — Preciso da garrafa.

Desde a tentativa de fuga, eles me obrigavam a urinar numa garrafa. Não me deixavam chegar perto da porta.

— Não — disse o Líder.

— O que você falou?

O Líder dispensou-me com a mão.

Gritei que eles iam pagar por aquele gesto e que não passavam de um bando de piratas. Eles odiavam essa palavra.

— Cala a boca! Cala a boca! — berrou o Líder para mim.

— Não vou calar a boca. Vocês não passam de malditos piratas e é assim que vão morrer.

Ele ligou o motor e acelerou. Era óbvio que sabia para onde se dirigia.

O Líder teve um acesso de raiva e me mandou calar a boca aos gritos. Os outros somalis recomeçaram seu cântico, uma versão abreviada dessa vez, enquanto o Líder empurrava a alavanca fazendo a embarcação de salvamento dar um salto para a frente.

— Quando nós matamos você, botamos você em um lugar impuro — ameaçou o Líder. — Estamos levando você para lá agora.

— O que isso quer dizer?

Eles explicaram que conheciam um recife raso, onde a água permanecia estagnada. Essa área não era atingida pelo fluxo da maré que banhava a baía a cada doze horas. Qualquer corpo desovado lá apodreceria, intocável.

— Um lugar muito ruim — respondeu Musso.

Não aguentei mais. Senti um jato molhado descer por uma das pernas das calças. Eles deixaram que eu me urinasse todo, como se eu fosse um maldito animal.

Explodi de raiva. Senti-me humilhado. Gritava com os piratas, xingando-os e dizendo que eles iam morrer.

O Líder gritava de volta:

— Cala a boca! Cala a boca!

Alcançamos nosso destino, e o Líder desligou o motor. Eu conseguia ver o *Bainbridge* pela escotilha traseira. Parecia que o navio da marinha tentava nos alcançar, mas os piratas eram mais rápidos.

Os somalis começaram a me dar água e comida. E o Líder insistiu que eu comesse Pop-Tarts.

— Tudo bem, vou comer — concordei. Eles voltaram ao seus rituais corriqueiros. Parecia que eu não era mais digno de uma morte limpa.

— Come mais — insistiu o Líder, quase enfiando as tortinhas pela minha garganta abaixo.

— Foda-se! — xinguei.

— Você não é *halal*, você é nojento, um animal! — gritou. Ele enfiou a comida na minha boca, para me sujar. Zombou de mim. Afastou-se e voltou para a cabine. Fazendo um giro dramático, usou a mão direita num gesto de corte, primeiro da garganta, depois dos pulsos e, finalmente, dos testículos.

— Seu filho da puta! — gritei. — Se você me matar, vou perseguir você. Vou voltar do além e assombrar você!

Tentaram me forçar a ficar em pé em cima de um saco azul no chão. Eu estava sentado na beirada externa do braço de um assento, com os pés apoiados no outro lado do corredor contra o braço oposto. Continuava amarrado. Estava escuro demais para identificar quem fazia o quê, mas havia um pirata com um AK e uma lanterna acesa atrás de mim. Tudo que eu conseguia ver era a silhueta de minha cabeça na antepara mais distante. Outro somali estava ao meu lado, outro AK apontado para minha barriga. A embarcação balançava bastante por causa das ondas.

— Você não pode ter uma morte limpa — disse alguém na escuridão.

Senti calor na perna de novo. Estava urinando. Era tão degradante, sentar assim como um animal. Agachei-me, sem energia, enquanto os piratas se divertiam ao meu redor.

É o fim, pensei. *Acabou*. E uma parte de mim estava feliz por aquilo estar acontecendo. Eu queria que a marinha abrisse fogo com aquele canhão calibre 50 e acabasse com tudo. Não me importava se tivesse que morrer naquele instante, só queria acabar com tudo aquilo. Minha frustração transbordara e eu estava preparado para o fim.

Mas aí pensei na minha família e concluí que era preciso perseverar.

Meus pensamentos fluíam em duas direções diferentes ao mesmo tempo. Eu acreditava que os piratas iam me matar, mas também não acreditava naquilo. Queria que tudo acabasse e queria viver mais cinco minutos. Acho que o que mais me perturbava eram os motivos dos piratas. *Por que eles tentavam me intimidar? Não tenho qualquer influência na decisão do pagamento do resgate. Por que tudo isso? Será mesmo um teste?*

Ouvi alguém se mexer atrás de mim. Estava tão escuro que eu não podia saber quem era quem. Ele começou a disparar a seco o AK-47 e mandou que eu me levantasse. Cambaleei, tentando me manter ereto. Ele puxava o gatilho ritmicamente, cada vez que a embarcação jogava a boreste. Era uma dança estranha. Isso continuou por três horas.

— Senta! — gritavam eles.

Eu estava preparado para a morte. Endireitei-me e sentei-me com as costas tão retas quanto possível. Escorria suor pelo meu rosto. Meu estômago era um nó, como se eu acabasse de fazer trezentas flexões nos tempos da Academia Marítima de Massachusetts.

— Posição de sentido, muuuuuuito bem! — zombava o Líder.

Isso continuou hora após hora. Eu cambaleava, tentando me preparar para uma morte digna, enquanto o *clique, clique, clique* soava como um metrônomo.

Por fim, não aguentei mais.

— Manda para cá alguém que saiba disparar essa merda — falei, desmoronando na cadeira, encharcado de suor. — Desisto. Façam o que quiserem.

O Líder olhou para mim lá da cabine.

— Pronto, acabou, vamos parar por hoje, vamos parar. — Os outros somalis relaxaram e a tensão se dissipou.

Mas, durante o resto da noite, eles começaram uma porção de rituais novos. Apontavam a arma para mim e me mandavam passar de um assento para o outro, pegar um objeto — um pano, um machado — e deixá-lo em outro lugar. Eles me batiam quando minha corda *halal* encostava no convés. E eu não podia arrastar as cordas pelo chão. O tempo todo me chamavam de "animal", "doido", " americano típico". Era como se eu estivesse sujo e eles tentassem me limpar por meio daquelas cerimônias. Eu pulava de um lado para o outro, ainda amarrado. Em determinado momento, simplesmente tombei no convés quando uma onda bateu contra a embarcação.

Ao amanhecer, pensei: *Não vou sobreviver a mais um dia como esse.* Alguém tinha que ceder.

DEZESSETE

Dia 5, hora 0300

Até o momento a maior parte dos sequestros na região do Chifre da África terminou com a libertação dos reféns, geralmente ilesos, e com o pagamento de resgate. No entanto, ontem um desses impasses teve um desfecho fatal. Reféns franceses foram libertados depois de quase uma semana em poder de piratas. Quatro adultos e uma criança foram mantidos em seu iate até a embarcação ser retomada no golfo de Áden, no sábado. Um dos reféns e dois piratas morreram durante a operação de resgate; três piratas foram capturados. Os militares franceses optaram pela ação depois que os piratas recusaram várias ofertas, inclusive a troca de um oficial pela mãe e a criança a bordo. Não ficou claro se o refém morto foi atingido pelo fogo cruzado ou executado pelos piratas.

CNN, 11 de abril

Quando acordei na manhã de domingo, o ambiente estava escuro, sombrio. Combinava com meu estado de espírito.

— Ei, Phillips! — disse o Líder. — Tenho um novo trabalho agora. Vou até um rebocador azul paquistanês para checar a pedido da marinha se não são da al-Qaeda.

Só emiti um grunhido em resposta.

— Vou ajudar, contar a eles onde podem conseguir comida e combustível.

A marinha chamou no rádio de novo. Era óbvio que queriam uma prova de vida. Eu os vi lá fora, pela escotilha de popa, flutuando num Zodiac a cerca de cinco metros de distância e me espiando. Acenei para eles. Os piratas estavam agrupados perto da porta, meio que protegidos pelo costado, as armas apontadas para fora, na direção dos militares da marinha.

Os paramédicos da marinha deram uma rápida olhada em mim, me perguntaram se eu estava bem e falei que sim — isso foi tudo. Nenhuma jogada ao estilo James Bond, já que havia três piratas paranoicos e muito tensos menos de um metro atrás de mim. "Então aí está o nosso contingente da al-Qaeda", disse um dos caras da marinha, quase brincando com os piratas. Os somalis faziam a cara mais feroz possível, realmente interpretando seu papel. Era muito clara a sensação de familiaridade entre eles. Eu tinha vontade de gritar: "Vocês conhecem esses caras?" Mas o Zodiac apenas passou para lá e para cá algumas vezes e se afastou.

O Líder abandonou o bote. Não pude ver para onde ele foi, ou como foi, mas o homem alegou estar indo checar o rebocador azul paquistanês.

Jovem aproveitou a oportunidade para conversar.

— Quando chegarmos à Somália, você vai querer ir ao cinema comigo?

— Ah, claro — respondi.

— Vou sair com a minha garota — disse Jovem. Ergui os olhos para ele. O sujeito mal abrira a boca antes, então aquilo era uma novidade.

— Você tem um encontro?

— É, um encontro. Com a minha garota. E a mãe dela vai estar lá. Você pode ir com a mãe dela.

Ergui as sobrancelhas.

— Vou com a minha namorada e você pode sair com a mãe — repetiu o rapaz. — Iremos ao cinema. — Ele se inclinou na minha direção. — E depois para um hotel.

Eu ri.

Fiquei pensando. *Onde estamos? Perto da terra, atracados num pequeno ancoradouro da marinha?* Para mim era estranho que houvesse três navios da marinha e toda essa atividade que os piratas descreviam — rebocadores e outras embarcações. Isso não existiria a trezentas milhas do litoral. Eu estava desorientado. Nada do que acontecia à minha volta fazia sentido.

De repente vi um bando de golfinhos através da escotilha da popa. Devia haver cem deles. Ergui a cabeça e tentei acompanhar seu trajeto pela água, mas eles desapareceram. Um minuto depois reapareceram bem em frente à escotilha da popa. Vinham à superfície e deslizavam pela água, borrifando jatos d'água pela abertura em suas costas.

Ver um bando de golfinhos nadando juntos levantou meu estado de espírito. Talvez esse viesse a ser um bom dia, pensei.

Mas os somalis não estavam dispostos a me deixar em paz. De novo aquela obsessão com os nós. Faziam um nó e me mandavam desatar. Se eu tocasse na corda errada, me davam uma pancada na cabeça e faziam um segundo nó. E então, se não fizesse as coisas exatamente como deveria, davam um terceiro nó. Logo havia seis nós para eu tentar desfazer.

Até Jovem pareceu cansado daquele jogo.

— De que adianta isso? — gritou ele para Musso e Comprido. Eles logo o cercaram.

— Qual o problema? Quer ser um marinheiro americano? Hein? Somos somalis, marinheiros 24 horas por dia, sete dias por semana!

A tensão aumentava. Os somalis discutiam frequentemente entre si; Jovem contra os outros dois. Por volta do meio-dia, a marinha enviou mais comida, mas isso não aliviou a tensão.

O Líder estava fora da embarcação havia uma hora. *Ele está cobrindo o dele*, pensei. *Percebeu que alguma coisa está para acontecer e armou para os outros.* Depois eu soube que ele fora discutir o resgate e as condições de um acordo com a marinha, mas não acredito nisso. Acho que o Líder saiu porque viu a merda que estava se formando para o lado deles.

Enquanto isso, os outros três piratas continuavam com suas aulas sobre como dar nós somalis, mas eu também já não aguentava mais aquilo.

— Chega — falei. — Para mim já deu.

Eram três da manhã. Naquele momento, não me importava mais se me matassem ou não: não daria mais outro nó nem aceitaria outra ordem.

De repente me senti fraco. Toda a energia pareceu escoar do meu corpo. Deixei o peso me puxar para o assento e as coisas ficaram como que embotadas. Eu não conseguia me concentrar em nada; era como se minha mente tivesse desistido de funcionar. Sentia vertigens.

Os piratas ficaram nervosos.

— Você precisa de um médico, precisa de um médico — começou Musso. Ele pegou o rádio e pediu que a marinha mandasse um médico para o barco. Os somalis me trouxeram água. Bebi um pouco e joguei o resto sobre a cabeça. Tinham parado de racionar minha água e decidido me dar o quanto eu quisesse.

Fiquei assustado. Eu nunca havia me sentido daquele jeito em toda a minha vida. *Meu coração está fraquejando*, pensei. *É assim que acontece.* Deve ter sido o calor. Sempre odiei o calor, mas ele nunca tinha me afetado daquela maneira.

O médico da marinha chegou mais ou menos uma hora depois.

— Como está se sentindo? — perguntou do barco inflável onde estava.

— Bem. Estou bem agora. Acho que só tive um mal-estar por causa do calor ou algo assim.

— Como são as instalações sanitárias?

— Bem, você está olhando para elas.

— Pode me mostrar onde costuma ir ao banheiro? Queremos ter certeza de que está tudo bem com você.

Não compreendi. Já tinha dito a eles que por nada neste mundo os piratas me deixariam chegar perto da porta.

O que eu não sabia era que, naquele momento, havia armas escondidas debaixo de cobertores naquele Zodiac. Os caras da marinha estavam tentando me fazer chegar perto da porta de trás, quando então me mandariam pular. Em seguida acertariam os somalis. Mas os piratas não tinham a menor intenção de deixar que eu me aproximasse daquela abertura.

Eles também usaram a senha "hora do jantar" para saber se eu estava sob coação, mas eu não sabia que eles tinham conhecimento desse código — Shane lhes havia passado essa informação.

Antes que os paramédicos se afastassem, eles nos forneceram mais alimentos — um pouco de peixe e algumas ameixas, dizendo aos piratas: "Façam com que o capitão receba essa comida. Não é para vocês. É só para o capitão." Então tentei comer aquilo, mesmo que ainda não estivesse com fome. Aquelas ameixas eram a coisa mais deliciosa que eu já provara em toda a minha vida. Tinham trazido quatro, uma para cada pessoa no barco. Devorei duas antes que me desse conta do que estava fazendo.

— Ah, desculpa, comi a sua? — disse para Musso. — Toma, pode ficar com o meu peixe.

Ele só sacudiu a mão. Pareciam assustados com a ideia de que eu pudesse morrer ou algo assim e ficaram satisfeitos por eu estar comendo.

A marinha também tinha me mandado um par de calças azuis e uma camisa de um amarelo berrante. Eu não queria vestir aquelas roupas porque me sentia imundo e a ideia de sujar aquela camisa limpa de algum modo me repugnava. Falei aos piratas que poria a roupa depois de tomar uma ducha. Mas os piratas insistiram. Vesti e imediatamente a camisa ficou molhada e suja da água que eu vinha despejando sobre a cabeça e por causa da imundície que imperava na embarcação de um modo geral.

Não me ocorreu que a marinha me dera aquela camisa amarela chamativa para que os atiradores de elite me distinguissem dos piratas. Meu cérebro não estava alerta a esse ponto. Eu me sentia como um animal lerdo.

Havia também uma garrafa de molho de carne. Só depois eu viria a descobrir que a tripulação do navio rabiscara uma mensagem no rótulo: "Aguente firme, vamos aí buscar você." Fiquei ocupado devorando as ameixas e não cheguei a ler o recado. Também estava sem meus óculos; não conseguiria ler nada mesmo se tivesse visto a mensagem. Na verdade, lembro que me perguntei por que haviam me dado molho para bife com o peixe (imaginei que era tudo de que dispunham a bordo do navio em matéria de molhos), mas logo parei de me preocupar com isso e passei a garrafa para os somalis.

O bote Zodiac reapareceu.

— Vamos rebocar vocês! — gritou na nossa direção um dos caras da marinha.

— Vão nos rebocar? — perguntei. Virei-me para Comprido. — O que vocês fizeram? Estragaram o motor? O leme está ok? O que vocês quebraram agora?

Os piratas logo concordaram em sermos rebocados, o que era estranho. Por que alguém desejaria que seus adversários controlassem seus movimentos?

Eu não fazia a menor ideia de que estávamos agora a vinte milhas da costa somali. A marinha não queria que fôssemos para terra, pois os somalis poderiam tentar convocar reforços ou dar um jeito de me tirar da embarcação. Porém os piratas também não queriam atracar, porque tínhamos nos afastado muito do porto deles e estávamos nos aproximando de território controlado por uma tribo rival. Não queriam desembarcar ali porque achavam que seriam recebidos com violência.

Por volta das cinco da tarde, estávamos sendo rebocados pelo guincho de popa do *USS Bainbridge*, com um cabo de aço atado à proa.

Por fim, antes de se afastarem, deram algo a Comprido. "Entregue isso ao capitão", disseram. Ele pegou, olhou e passou para mim.

Era o meu relógio.

— Onde arrumou isso? — perguntei. Na última vez que vira aquilo, estava na mão do Líder.

— Do pirata — respondeu o cara da marinha.

Minha mente girava.

———

A tensão no barco aumentava a cada minuto. À medida que éramos rebocados, começamos a ouvir ruídos de objetos caindo na água, então vimos formas negras flutuando ao nosso redor, uma depois da outra.

— O que é isso? — gritaram os piratas no rádio. — Nenhuma ação, nenhuma ação!

Não pude distinguir o que eram aquelas formas, mas fazia alguma ideia. Navios mercantes não podem jogar objetos de plástico no oceano, mas a marinha pode.

A marinha confirmou. Disseram aos piratas que era apenas lixo flutuante.

Com a partida do Líder, a coesão entre os piratas tornou-se ainda mais frágil. Comprido e Musso se voltaram contra Jovem. Talvez fosse pelo estresse ou por ele não se mostrar tão entusiasmado quanto os outros dois — isso tinha ficado claro quando conversavam com os negociadores. Agora começavam a hostilizá-lo.

— O que é? Está querendo beber cerveja que nem um americano? É isso que você quer?

— Não. Sou somali.

— *Nós* somos marinheiros somalis, trabalhamos o tempo todo. Não paramos. Você é um desses americanos preguiçosos, bebendo cerveja e indo ao cinema. Você quer ir ao cinema?

— Vá para o inferno.

— Vá para o inferno você, americano. Estamos aqui para essa missão.

E então o chamaram de crioulo. Fiquei chocado.

— Quer ser um americano? O que você é? Um crioulo?

Jovem disparava suas respostas em somali e em inglês. Todos os três ferviam de ódio. E cada um deles tinha uma arma ao alcance.

Dormi por algumas poucas horas e acordei com um sobressalto. Os idiotas ainda discutiam.

— Estou me sentindo melhor agora — falei. — Mas quero nadar. — Mais do que qualquer coisa, eu queria ter contato com o oceano de novo. A lembrança daquela água fresca tinha permanecido comigo.

Para meu espanto, eles começaram a me desamarrar. Minhas mãos estavam inchadas e fui sentindo o quanto doíam à medida que desfaziam os nós, porém a sensação de alívio se espalhou por todo o corpo. Deixaram um laço não muito apertado no meu tornozelo, de modo que não pudesse correr e mergulhar pela abertura do barco.

— Vamos, só me deixem dar um mergulho ali — falei. Só queria me refrescar.

— Não, você está fraco demais.

— Só um pulo. Vai ser entrar e sair da água.

— Fraco demais, doente demais. Só durma e pronto.

Jovem desenrolou dois macacões do equipamento de sobrevivência e abriu-os no chão, na passagem entre os bancos perto de mim, fazendo uma espécie de cama para que eu deitasse.

— Deita — ordenou.

— Não vou deitar. Não vou fazer nada do que você está mandando. Me deixe pular na água.

Havia um impasse. Optei pela oposição total. Cooperar não havia me levado a parte alguma com aqueles bandidos.

Os piratas me repreenderam por alguns minutos, depois se afastaram e se sentaram nos lugares de sempre.

Mexi os pés, afrouxando a corda o máximo que pude. Jovem reparou e desceu pela passagem entre os bancos com a lanterna. Os laços estavam cada vez mais frouxos.

— Ele está brincando com as cordas.

— Não. Só estou me esticando um pouco.

Então pensei: *Chega*.

— Estou fora, não vou mais jogar esse jogo.

Soltei meus pés com um chute nas cordas e me pus de pé. As cabeças dos piratas levantaram na proa e na popa. Avancei andando.

Musso se levantou de um pulo.

— Abaixa, abaixa! Não pode sair!

— Então me dê um tiro — falei. — Para mim chega. Vou sair daqui.

Musso largou a arma e me agarrou na altura do peito. Senti Comprido vir por trás e me segurar pela perna.

— Não aguento mais isso! — Dei dois passos na direção da proa.

BUUUM. O cano de uma arma brilhou num clarão vindo da parte da frente da embarcação. Rodopiei para trás e caí, indo parar no terceiro banco.

— O que estão fazendo? — gritei.

Jovem tinha disparado sua arma.

— O que está havendo aí dentro? Qual é o problema? — A voz vinha de fora e parecia ser de uma mulher.

Os piratas gritavam uns com os outros.

— Não pode atirar aqui dentro! O que você está fazendo?! Nada de tiros!

— O que está acontecendo? O que houve aí dentro? — disse a voz, parecendo ansiosa.

— Sem problemas! Engano! — As vozes vinham de todo lado da escuridão do barco. — Relaxa, ok, ok!

Jovem, aborrecido por ter sido repreendido, comandava o bote. Comprido estava com ele.

— Tudo bem! — gritava ele para a mulher do lado de fora da embarcação. — Agora sem problema! Tudo bem!

Fui me deitar na cama que tinham improvisado. Ao me virar, vi Musso e Comprido avançando para a escotilha na parte da frente da embarcação.

— Engano, sem problema! Ok, ok! — Eles se levantavam enquanto eu me abaixava para deitar no piso.

Estava exausto. Só queria descansar.

De repente, ouvi tiros. *Bangbangbangbangbangbangbangbangbangbang.* Tive a impressão de que foram seis ou sete em sequência. Enquanto o ruído ecoava na pequenina embarcação de salvamento, mergulhei entre os assentos, me espremendo o máximo possível contra o piso. Senti algo como uma chuva caindo sobre o meu rosto, espetando minha pele. *E agora?,* pensei. *O que aconteceu?*

A impressão que tive foi de que o tiroteio se estendeu por quinze minutos, mas tenho certeza de que durou apenas alguns poucos segundos. Senti o mais puro terror e uma sensação de absoluta confusão enquanto procurava me enterrar no piso.

— O que estão fazendo? — gritei. — Pessoal, o que estão fazendo?

Pensei que os piratas estivessem atirando uns nos outros e que eu estava no meio do fogo cruzado. Eles tinham discutido e a briga acabara numa troca de tiros. E agora, depois de dias de calor, castigos e ameaças, havia um silêncio absoluto.

De repente ouvi uma voz. A voz de um homem americano.

— Você está bem?

Eu não compreendia quem estava falando.

— Estou bem — respondi. — Mas quem é você?

Ergui os olhos. O rosto de Jovem estava a alguns centímetros do meu. Ele tinha caído da cabine de manobra em frente ao timão, desabando no convés. Seus olhos estavam arregalados e ele se esforçava para conseguir respirar.

— *Hu-hu-huuuuuhh.*

Fiquei observando ele dar seus últimos suspiros. Deixou escapar um gemido, e aí eu soube que não lhe restava muito tempo de vida.

Então vi o contorno de uma figura diante de mim. Vestia uma roupa escura. Foi tudo o que gravei. Os Seals me contaram mais tarde que tinham ouvido um gemido abafado depois de atirarem nos piratas. Pensaram que podia ser um dos somalis vindo me pegar. Então um Seal desceu pelo cabo de reboque preso na proa e subiu na embarcação de salvamento.

O Seal observou os piratas. Estavam todos mortos agora.

— Você sabe como sair daqui? — gritou o Seal.

Eu me soltei do restante das cordas que me prendiam e me levantei. Pulei por cima da barreira feita de cordas que os piratas haviam armado entre os bancos. Minhas pernas estavam fracas. Avancei cambaleando até a abertura e comecei a desatar a corda presa pelos piratas para impedir que a porta fosse aberta pelo lado de fora. Podia sentir alguém do outro lado, empurrando e puxando, tentando forçar a entrada.

— Espera, deixa que eu abro! — gritei.

Soltei a corda e a porta escancarou-se. Um Seal robusto surgiu e me puxou para dentro do bote inflável. Pude ver seu rosto pairando acima do meu. Atrás de mim vi o enorme costado do *USS Bainbridge*, tomando todo o meu campo de visão. A impressão que tive era a de que seria capaz de alcançá-lo e tocá-lo.

— Ele está ferido, ele está ferido! — gritou o Seal. Meu rosto devia estar sangrando por causa dos destroços lançados pelas balas ao perfurarem o barco.

— Estou bem, estou bem — falei.

Cambaleei até a parte da frente do bote inflável e eles ligaram o motor. Havia cinco homens da marinha a bordo comigo e eles me saudaram com o polegar para cima. A coisa toda durara provavelmente sessenta segundos.

Havia outro barco zumbindo à nossa volta. Os Seals gritavam para os seus comandantes: "Ele está bem. Nós o pegamos!" Uma voz soou no rádio: "Ele está ferido? Repito, ele está ferido?" Um dos Seals falou pelo rádio: "Pode ser que esteja ferido."

— Estou bem — avisei.

A lancha rumou depressa para o *USS Bainbridge*. Vi o enorme navio ficar cada vez mais e mais perto e pensei: *Meu Deus, terminou. Consegui. Saí daquele lugar. Estou vivo.*

———

Andrea estava dormindo na manhã de domingo quando pensou ter ouvido minha voz dizendo: "Anjo, estou bem. Não se preocupe, estou bem." Ela acordou, foi até o banheiro, e então voltou para a cama.

— Andrea — disse Amber, do outro lado da cama. — Tive uma epifania.

— O que foi?

— Acho de verdade que Rich vai ficar bem.

— Acha mesmo? Porque senti a mesma coisa.

Ela contou que naquela hora soube que algo iria acontecer. Era domingo de Páscoa. Para o bem ou para o mal, Andrea sentia que as coisas caminhavam para um desfecho.

Amber voltou a dormir, mas Andrea não conseguiu pegar no sono. Continuou pensando. *Chega de falar. Tenho de fazer alguma coisa. Rich a esta altura deve estar cansado e com muito calor. Até quando ele vai aguentar?* Ela queria me mandar alguma energia positiva. Mas estava a cerca de doze mil quilômetros de distância do marido — o que poderia fazer?

Então teve uma ideia. Quando o bispo de Vermont tinha ligado na quinta-feira, ele perguntara se poderia fazer alguma coisa pela família. De repente, Andrea sentiu que precisava com urgência *fazer* algo na manhã de Páscoa. E ela sabia exatamente o que seria.

Alguns anos antes ela fora, com a minha família, assistir a uma missa em Cape Cod. O padre acabara de voltar da África, para onde tinha ido como missionário. Ele falara sobre seu trabalho, sobre o quanto aquilo significara para ele, e daí seguira em frente com seu sermão, do qual nós sempre nos lembrávamos. Ele dissera: "Deus é bom", e respondêramos: "O tempo todo." Então ele repetira: "O tempo todo" e a resposta a isso fechava o ciclo: "Deus é bom." Aquele padre se esforçava muito para fazer com que uma multidão de católicos na convencional Hyannis, Massachusetts, entrasse realmente no espírito da coisa, o que era ao mesmo tempo engraçado e comovente.

Aquilo passou a fazer parte do repertório da nossa família. Estávamos nos despedindo de alguém no aeroporto ou então falando com uma pessoa ao telefone e um dizia "Deus é bom" e outro respondia "O tempo todo". Era só um desses códigos que qualquer família tem e que ajuda a manter as pessoas unidas. Em momentos de crise, servia como um lembrete de que deveríamos nos mostrar gratos por tudo o que tínhamos.

Andrea estava na cama, sem conseguir dormir. Os minutos passavam, seis da manhã, 6h30. Ela podia vir a se arrepender por deixar passar aquela oportunidade. Pensava: *Todo mundo, mesmo o pior católico, vai à missa na manhã da Páscoa. Por que não pedir ao bispo de Vermont que determine que todos os padres recorram a essa pequena homilia em suas missas?*

Eu poderia fazer com que o estado inteiro de Vermont a dissesse! A imagem de milhares de pessoas, de Burlington até os jovens da universidade em Brattleboro, passando pelas pequenas comunidades sonolentas de fazendeiros, todas repetindo aquelas palavras simples, lhe pareceu transmitir uma enorme força.

— Eu precisava fazer isso — disse Andrea.

Ela pulou da cama, correu procurando Alison e perguntou se poderia pedir que tanto o padre Privé, em Morrisville, quanto o padre Danielson, em Underhill, dissessem a homilia. Então seguiu com sua rotina matinal. Minha mãe chegara da Flórida — não conseguira mais ficar longe da família. E minhas irmãs estavam se aprontando para voltar para suas casas e para suas famílias.

Andrea não poderia saber que Alison, depois de tentar ligar para o padre Privé, não conseguira localizá-lo, então correra para o seu carro e começara a dirigir. O GPS a mandou na direção oposta e ela acabou por avançar, quilômetro após quilômetro, pelo caminho errado, morrendo de medo de não conseguir encontrar o padre a tempo. Mas ela por fim deu meia-volta e chegou à igreja. O padre Privé disse que ficaria feliz em atender ao pedido.

Por volta de onze horas da manhã, Andrea pensou: *Onde diabos Alison se meteu?* Ela saíra havia mais de cinco horas. Exatamente nesse momento, Jonathan, seu companheiro de trabalho, entrou e disse: "Você precisa ouvir isso!" Pegou o seu telefone celular, ligou no viva voz e pôs o aparelho em cima da mesa da cozinha. Alison, sendo ela mesma católica, sentiu necessidade de permanecer na igreja. E Andrea pôde ouvir a missa em tempo real até que chegou o momento do sermão e o padre começou a entoar "Deus é bom!" e as pessoas na igreja responderem "O tempo todo". O padre Privé tinha conseguido transformar o lema de nossa família numa espécie de canção. Andrea se sentiu tomada por uma onda de grande emoção.

Ela inclinou a cabeça e, apoiada contra a parede, começou a chorar. Pensou em todas aquelas pessoas que na verdade não me conheciam, mas que estavam fazendo aquilo pela nossa família. Ela ergueu a cabeça e, por entre as lágrimas, olhou pela janela da sala de jantar. Tinha começado a nevar, uma das coisas de que eu mais gostava no mundo.

Minha mulher sentiu que aquele era o seu sinal. Ela virou a cabeça para a parede. E disse a si mesma:

— Ah, meu Deus, ele vai ficar bem.

Dia 5, hora 1945

Estou feliz pelo fato de o capitão Phillips ter sido resgatado e estar são e salvo a bordo do *USS Boxer*. Sua segurança foi nossa principal preocupação, e sei que este é um imenso alívio para sua família e sua tripulação. Sempre me orgulharei de todos os esforços das forças armadas dos Estados Unidos e de muitos outros departamentos e agências que trabalharam incansavelmente para assegurar o resgate do comandante. Compartilho a admiração de nosso país pela coragem de Richard Phillips e por sua dedicação altruísta à sua tripulação. Sua bravura é um exemplo para todos os norte-americanos.

Presidente Barack Obama, 12 de abril

A marinha içou o Zodiac para o convés do *USS Bainbridge* com o auxílio de um turco. Eu apoiava uma das mãos no ombro do Seal à minha frente ao caminhar. Entramos no hangar traseiro, onde marinheiros nos aclamaram, aplaudiram e me congratularam. Mas o clima continuava tenso — fuzileiros navais corriam de um lado para o outro, com fones de ouvido e microfones, obviamente conferindo a possível existência de mais piratas e lidando com a situação na embarcação de salvamento. Acenei e gritei "Obrigado" enquanto era encaminhado diretamente para a enfermaria, onde um médico me aguardava.

O alívio tomou conta de mim. Tudo acontecera muito rápido, parecia que eu fora teletransportado daquela embarcação infernal para um navio gigantesco. A tensão começou a escoar do meu corpo lentamente.

———

A milhares de quilômetros, Andrea ainda não sabia de nada na manhã daquele domingo. Pessoas continuavam a entrar e sair de nossa casa. Ela se despediu de minhas irmãs, que precisavam retornar às suas famílias, e depois foi para o quarto por volta das 11h30 para cochilar. O quarto dela era sua zona de segurança e, como todos sabiam, inviolável. Pensando que a televisão a ajudaria a adormecer, Andrea sintonizou um canal de filmes e, na parte inferior da tela, apareceu a notícia: "Capitão Richard Phillips libertado."

Ela não acreditou. Desceu voando as escadas e, ao encontrar Jonathan, gritou:

— VOCÊ PRECISA DESCOBRIR SE ISSO É VERDADE!

Em meio ao júbilo e à emoção, todos haviam se esquecido de avisar minha mulher. Cada um presumiu que o outro havia telefonado. Acho que, quando a informação está por toda parte, você não acredita que alguém ainda a ignore, sobretudo quando essa pessoa é casada com o protagonista da história. Então, Jonathan precisou ligar para a Maersk e para o Departamento de Defesa para ter informações mais precisas. Andrea não se importava — tudo que ela queria era saber se eu estava bem.

Jonathan recebeu uma confirmação quase imediata. "Corri pela casa inteira gritando a notícia", minha mulher recordou. "Depois, liguei para todo mundo que conhecia." Em pouco tempo a casa se encheu de parentes e amigos próximos.

Andrea logo começou a ver imagens minhas na televisão. Foi nesse momento que ela teve certeza de que eu estava bem — quando pôde ver meu rosto. Ela não conseguia desgrudar os olhos do aparelho, sem se importar com o número de vezes que as mesmas imagens eram exibidas. "Eu não me cansava de ver aquilo", ela me contou depois.

Por volta das três da tarde, o telefone tocou. Sua amiga Paige atendeu. Nossa casa estava recebendo tantos telefonemas da mídia que ela respondeu num tom brusco:

— Quem fala?

— Quer dizer que você não reconhece mais minha voz? — respondi.

Ela gritou.

Ouvi Andrea correr até o telefone e Paige exclamar: "É o Richard!"

— Alô, alô?

— Seu marido está em casa?

— Não.

— Muito bem. Então vou dar uma passada por aí agora.

Andrea me disse que seus olhos ficaram inundados de lágrimas.

— Estou muito feliz por você estar bem — disse ela, com a voz embargada de emoção. — O que estava *pensando* quando entrou naquele barco?

Foi muito bom ouvir a voz dela. Era tudo de que eu precisava, só ouvi-la. As palavras pouco importavam. Perguntei sobre nossos filhos, e ela quis saber se eu estava ferido e se eu comera algo. Ela já estava agindo como a enfermeira que é.

A ligação caiu. Andrea me disse mais tarde que começou a enlouquecer porque finalmente tinha o marido de volta, mas não conseguia falar com ele. Paige ligou para um monte de números e enfim conseguiu falar com um Seal a bordo do *USS Boxer*, que navegava próximo ao *USS Bainbridge*. Ela lhe disse como todos estavam felizes e muito agradecidos, ao que ele respondeu: "Minha senhora, estávamos apenas cumprindo o nosso dever." Ela convidou a ele e aos outros Seals para irem a Vermont comer uma refeição italiana caseira. Era exatamente o que Andrea gostaria de ter dito aos Seals. Paige estava em prantos quando desligou.

———

O médico cortou minhas roupas para retirá-las. Pela primeira vez, consegui sentir meu cheiro. Na embarcação de salvamento, não me dera conta de como fedia. Lembrei-me de meus tempos a bordo do *Patriot State*, o navio de treinamento da Academia Marítima de Massachusetts. Naquele primeiro verão, eu e alguns outros calouros fizemos uma competição para ver quem ficaria mais tempo sem tomar banho. O navio não tinha ar-condicionado, então foi como um duelo até a morte. Chamamo-nos de a Família Nojenta. Pensei: *Eu teria ganhado aquela competição.*

O médico disse que eu estava bem, e fui levado ao convés e imediatamente colocado em um helicóptero e transferido para o *USS Boxer*, um enorme navio de desembarque da marinha que chegara após o *USS Bainbridge*.

Dois Seals me acompanharam, ainda cumprindo sua missão e extremamen-te concentrados em suas tarefas.

Quando cheguei ao *USS Boxer*, passei por outro exame físico. Ganhei roupas novas — uma camiseta, um macacão azul e um boné. Em seguida, fui encaminhado à acomodação VIP. Um cara entrou e perguntou:

— Precisa de alguma coisa?

— Preciso — respondi. — Adoraria uma cerveja.

— Sem problema. — Eu não sabia naquele momento, mas ele era o ca-pitão do *USS Boxer*.

Enquanto ele saía da cabine, chamei:

— Ei!

— Pois não?

— Você acha que poderiam ser duas cervejas?

O comandante sorriu.

— Claro, você tem direito a duas cervejas.

O cara foi embora, tirei as roupas e me preparei para tomar uma chuvei-rada. Estava escovando os dentes, completamente nu, quando o comandan-te voltou, com dois marinheiros que carregavam um isopor enorme, repleto de cervejas.

— Diabo! — exclamei. — Por quanto tempo vou ficar aqui?

Eles riram, e o comandante disse que eu poderia fazer uma ligação. Ele também me informou que o presidente Obama desejava falar comigo. Aca-bei de tomar banho, vesti as roupas, peguei uma cerveja e acompanhei o comandante.

Os marinheiros me mostraram onde eu dormiria. Sentei-me no beliche e refleti sobre tudo que acontecera, bebendo minha primeira cerveja. *Estou livre, estou vivo, estou salvo.* Parecia irreal. Como se eu tivesse sido arrancado daquele inferno naquela embarcação e transportado para aquele navio lim-po e tranquilo em um piscar de olhos.

O presidente Obama ligou. Lá estava aquela voz de barítono tão familiar me dando os parabéns.

— Acho que você fez um belo trabalho — disse ele.

— Bem, quem merece todos os créditos são as forças armadas — re-pliquei. — Não sei como agradecer o suficiente. E gostaria de dizer "Obri-gado" por seu empenho. — Não estava brincando. Eu sabia que a ordem

que deflagrara o resgate viera de cima; então, de certa maneira, eu estava
falando com o homem que me liberara daquele tormento no meio do oceano Índico.

— Estamos muito contentes por você estar bem — afirmou o presidente.

Conversamos um pouco sobre basquete — ele é torcedor fervoroso do
Chicago, e eu sou fanático pelo Boston — e sobre como os Bulls se compa-
ravam a meus amados Celtics. Não podia acreditar que estava batendo papo
com o presidente e falando sobre os arremessos de Kevin Garnett, num
navio da marinha dos Estados Unidos do outro lado do mundo.

No dia seguinte, os fuzileiros me perguntaram o que eu queria fazer.

— Quero olhar ao redor, ver toda a extensão do mar no horizonte —
respondi.

Eu permanecia com aquela sensação de confinamento, de estar preso
em uma armadilha. Eles me levaram até o convés e olhei aquele oceano
imenso ao meu redor e aquela sensação claustrofóbica começou a se dissipar. Vi a costa da Somália e me dei conta de como havíamos nos aproximado
dela. Mas não me considerei inteiramente liberto até deixar a água para trás
e sentir a terra firme sob os pés no Quênia.

Aí tive a oportunidade de conhecer os responsáveis por meu resgate.
Os Seals se perfilaram no *USS Boxer*, e cumprimentei e agradeci a cada um
deles. Sempre respeitara as forças armadas, mas agora eu tinha uma ideia
mais concreta de sua abnegação e dedicação. Eles não estavam atrás de fama
ou reconhecimento. Queriam apenas que eu estivesse a salvo e fosse devolvido à minha família.

— Vocês é que são os heróis — falei. — Vocês são os titãs. — E acredito
nisso. O que fiz não é nada em comparação com o que os Seals fazem todos
os dias.

Eles também estavam felicíssimos. "Nossas missões raramente terminam dessa maneira", revelou um dos Seals. "Treinamos para que tudo aconteça da forma como aconteceu ontem." Entendi que eu virara uma espécie
de talismã para eles, algo tangível que resultara de todos aqueles anos de
treinamento.

O líder da equipe que me resgatara veio até o meu camarote e me perguntou se eu estava dormindo bem. A princípio, não quis contar a ele o que
estava acontecendo comigo. Acho que me sentia um pouco envergonhado.

Na primeira noite após o resgate, acordara às cinco da manhã chorando copiosamente. Não chorava daquele jeito desde pequeno.

Será que sou um banana?, pensei. *Tenho sorte de estar vivo e aqui estou, soluçando como uma menininha.*

Dei uma bronca em mim mesmo e tomei uma chuveirada. A crise de choro passou até a manhã seguinte, quando a mesma coisa aconteceu. Acordei de um sono profundo e comecei a chorar e a me lamentar.

O líder dos Seals me ouviu e meneou a cabeça.

— Você precisa falar com nosso psiquiatra — aconselhou.

— Não sou muito chegado a médicos de malucos.

Ele sorriu.

— Isso é rotina, todos nós fazemos isso. Você passou por uma montanha-russa de emoções. Se não falar agora, isso tudo vai ficar entalado dentro de você. — Ele se recusou a aceitar meu "não" como resposta e insistiu para que eu consultasse o psiquiatra.

Acabei falando com o profissional que cuidava dos Seals. Ele me explicou que, ao virar um refém, eu me colocara em uma situação de vida ou morte, e que, quando o corpo se defronta com este tipo de situação, libera algumas substâncias químicas especiais para ajudá-lo a superar a crise. E esses hormônios ainda circulavam dentro de mim.

— Você teve crises de choro? — perguntou ele.

Fiquei espantado.

— Tive, sim.

— É normal — afirmou ele. — Acontece com todo mundo. O que você faz para superar isso?

— Grito comigo mesmo, digo para deixar de ser um banana, jogo água na minha cara e sigo em frente.

— Na próxima vez, procure não interromper o processo. Deixe que ele siga seu curso até o fim.

Tive minhas dúvidas. Mas, na manhã seguinte, como sempre às cinco horas, acordei em meu beliche, chorando. Sentei-me na borda da cama com a cabeça entre as mãos, soluçando. E soltei tudo. Durante trinta minutos, lágrimas escorreram por meu rosto e não tentei detê-las. Fui inundado por ondas de tristeza e pesar. E deixei que elas me engolfassem. Foi uma sensação das mais estranhas.

E ela nunca mais voltou.

Passei os quatro dias seguintes no *USS Bainbridge*. Nunca me senti tão velho em minha vida. Estava rodeado por marinheiros, homens e mulheres de dezoito a 24 anos, extremamente profissionais, entusiasmados e valentes. Senso de profissionalismo, cumprimento de dever e honradez transpiravam de cada um deles. Mas a marinha dos Estados Unidos não conseguia esconder uma coisa, mesmo que quisesse: aqueles homens e mulheres estavam esgotados. Eu estava acostumado a trabalhar longas horas e conheço os sinais: bafo de café, bolsas embaixo dos olhos, fala arrastada, reações lentas. Haviam passado noites seguidas sem dormir, tentando me resgatar. Fui saber depois que o capitão Frank Castellano raramente se ausentara do passadiço durante toda a crise e seu rosto deixava transparecer o impacto da experiência. Aquilo sim era dedicação.

Voltei ao meu camarote naquela noite. Enquanto me preparava para deitar, notei um quadro pendurado acima do beliche. Era um retrato em estilo antiquado, e o homem parecia um marinheiro norte-americano do século XIX. Perguntei ao comandante quem era e ele respondeu:

— Ah, é o William Bainbridge.

Ri. O velho caçador de piratas e ex-refém no norte da África era a minha sentinela.

Eu tinha liberdade total para fazer o que quisesse no navio. Estive presente nas reuniões de planejamento de navegação realizadas todas as noites e ouvi o relatório das marés para nossa chegada a Mombaça. Assisti a todas as cerimônias de promoção. Comi porções repetidas na "sessão" do sorvete, que acontecia sempre às nove da noite. Presenciei o encontro do *USS Bainbridge* com um navio de suprimentos no meio do oceano, do qual recebeu comida, correspondência e cargas diversas. Essas coisas talvez sejam importantes apenas para aqueles que amam o mar e os navios, mas me senti privilegiado ao conhecer os bastidores de um grande navio de guerra.

Eu sentia um pouco de culpa. Expliquei ao capitão Frank que me tornara o tipo de cara que eu detestava ter a bordo de meus próprios navios. Aquele que está presente em todas as refeições, dorme catorze horas por dia e não faz absolutamente nada. Um inútil. Contudo, pela primeira vez na minha vida, assumi esse papel.

O pessoal da marinha tentou me fazer compreender o interesse avassalador dos meios de comunicação em meu sequestro, assim como Andrea fez quando eu falava com ela. Mas não percebi bem o que eles queriam dizer. Em meu primeiro dia a bordo do *USS Boxer*, estava sentado no refeitório quando ouvi vozes conhecidas, vozes lá de casa. Surpreso, dei uma olhada para trás: na televisão via satélite do navio, vi os rostos de meus vizinhos, de meus filhos e dos executivos da Maersk. Virei as costas para tudo aquilo. Não queria ouvir nada. Um oficial perguntou:

— Você não quer ver?

— Já vi esse filme — respondi — e não quero vê-lo de novo.

Na noite anterior à atracação prevista do *USS Bainbridge* em Mombaça, foi anunciado que mudaríamos de rumo para socorrer outro navio norte-americano, o *Liberty Sun*, que estava sendo atacado por piratas. Por acaso, encontrei o capitão Frank, que começou a se desculpar por não me levar, conforme combinado, ao reencontro com minha tripulação. Eu disse: "Nenhum problema, vamos lá. Socorra aqueles marinheiros." Encontramos o *Liberty Sun* e espantamos os piratas. Em seguida, retomamos o rumo para o Quênia e atracamos em meio a um forte esquema de segurança e a um enorme interesse dos meios de comunicação. Desembarquei do *USS Bainbridge* às quatro horas da manhã de sexta-feira.

Enquanto isso, os Seals haviam desaparecido na escuridão, sem fanfarras ou reconhecimento. Nunca mais seriam vistos.

DEZENOVE

Na nossa casa, o frenesi da mídia se intensificou de novo. Alison saiu para dar uma declaração, dizendo aos jornalistas que era a manhã do domingo de Páscoa e que os Phillips precisavam de um tempo para dedicar à própria família. O telefone não parava. O senador Patrick Leahy ligou para dizer que estava dançando no estacionamento da igreja, onde tinha ouvido a notícia. Diane Sawyer disse ao telefone que estava dando piruetas. Nossos senadores de Vermont, o governador e todos que tinham sido tão bons para nossa família telefonaram para manifestar sua alegria pela maneira como o caso havia terminado.

No final da tarde de domingo, o presidente Obama ligou para Andrea.

— Acabei de falar com seu marido — disse ele.

— Quer dizer que vou receber o *segundo* telefonema? — brincou Andrea. Ele riu.

Andrea tinha consciência da importância do papel de Obama no esforço para me libertar e ela queria lhe agradecer calorosamente, mas por outro lado ela sabia que aquele homem era o presidente, e é preciso manter o respeito e a formalidade. Ele disse a Andrea que "a nação inteira tinha orado por vocês" e comentou o quanto tinha ficado feliz por tudo ter dado certo no final. Para ela, ouvir aquilo ao telefone foi muito reconfortante.

— Nunca poderia agradecer-lhe o suficiente pelo que todos tinham feito por nós — Andrea me contou. — Lembro-me de ter dito a certa altura: "Minha cesta de Páscoa transbordou."

Achei fantástico que ele tivesse encontrado tempo para telefonar não só para mim, mas para minha família em Vermont.

As pessoas chegavam em bandos à nossa casa para comemorar. Porém, a catarse emocional provocada pelo meu resgate deixara Andrea extenuada.

— Era como se um cabo tivesse sido desligado e toda minha força e energia se esvaíssem — disse ela. — Eu precisava ficar sozinha com nossos filhos.

Então ela e Alison conceberam um plano de saída para que todos voltassem às suas respectivas famílias. Uma de suas amigas soube que ela voltara ao seu estado normal quando, horas depois de terem recebido as boas-novas, ouviu a voz de Andrea no outro aposento: "QUEM DERRAMOU REFRIGERANTE NO MEU TAPETE?" Andrea não se lembra disso, mas soa perfeitamente verossímil. Era um alívio tão grande, ela me contou, poder voltar a se preocupar com esse tipo de coisa: "Todo mundo está comendo direitinho?" "Quem está destruindo minha casa?"

O resgate salvou a fé de Andrea — ou colocou no lugar algo que andara mal encaixado por um bom tempo, como ela diz.

— Não acredito no Deus que pune a gente ou fica no encalço de cada pecado cometido, mas sim em um Deus de amor. E depois eu estava meio tipo "Querido Deus, não tenho sido uma de suas melhores seguidoras, mas estou lhe devendo uma tamanho família". E eu tinha a intenção de ser fiel a essa obrigação.

Fui resgatado no domingo de Páscoa e voei para casa na sexta-feira seguinte. O proprietário da Maersk pôs à disposição seu jato particular, e uma viagem de 45 horas levou apenas dezoito. Eu voltara para Vermont vindo do mar tantas vezes ao longo daqueles trinta e tantos anos, voando de todos os pontos do planeta; dessa vez, porém, me senti completamente diferente. Não apenas por causa do jato de luxo e do voo direto, mas pela expectativa de ver de novo os rostos da minha família. Sentei ali bebericando uma Coca, olhando para as nuvens lá embaixo e pensando no momento em que finalmente iria vê-los.

Andrea me contou que, depois que meu avião aterrissou no aeroporto de Burlington, Dan, Mariah e ela estavam caminhando na direção do avião, e Mariah se virou e disse: "Mãe, eu tenho que correr." Andrea replicou: "Vá em frente. Se tem de correr, corra." E Mariah disparou. Era exatamente como no tempo em que era uma menininha. A primeira coisa que vi depois foi Mariah empurrando para o lado os caras da alfândega e pulando para os meus braços. Apertei-a contra o peito e dei-lhe um beijo. Agarrei Dan com um forte abraço e então vi Andrea. Ela pulou nos meus braços e fiquei emocionado demais para conseguir falar qualquer coisa. Ela por fim disse: "Ah, meu Deus, é muito bom ver você de novo." E emendou: "Você não trocou de roupa?!" Porque eu estava vestindo o mesmo macacão com o qual ela me vira pela primeira vez na TV quatro dias antes. Eu ri. Tinha conservado aquela roupa para manter meu vínculo com o *USS Bainbridge*, o *USS Boxer* e o *USS Halyburton*. E seguia vestindo até a camiseta branca padrão que a marinha me dera, algo que raramente faço. Depois, Andrea ligou o "modo enfermeira": começou a cuidar dos meus ferimentos (meses mais tarde, ainda tinha as cicatrizes e certa dormência nos braços e pulsos, resultado das cordas apertadas), além de cozinhar para mim e se certificar de que eu tivesse horas de sono suficientes.

Foi algo parecido com a ocasião em que quase fui esmagado por uma carga na Groenlândia. Não nos damos conta do que temos até quase perdermos tudo. Então, passamos a valorizar o que nos cerca.

No aeroporto, nos vimos cercados por uma multidão, pela mídia, pelos que queriam manifestar seu carinho por nós, por funcionários do governo e muitos mais. Podia perceber no rosto daquelas pessoas o quanto estavam felizes por me verem de volta. Só que eu estava louco para ir para casa. Queria voltar à vida que eu amava, à família da qual tinha sentido tanta falta.

Vimos do lado de fora do aeroporto gente segurando cartazes, gente ao longo da estrada, gente em frente à nossa casa. Penduraram um cartaz na porta da mercearia dizendo "BEM-VINDO, CAPITÃO PHILLIPS" e centenas de pessoas assinaram a mensagem. Quando estávamos entrando na garagem, nós o vimos pendurado no celeiro do outro lado da estrada. Não poderia expressar adequadamente meus agradecimentos a todas essas pessoas.

Foi só ao chegar em casa que o peso da emoção por tudo o que eu havia passado me atingiu com toda a força. E, quando isso aconteceu, minha mente voltou a um momento específico vivido na embarcação de salvamento. Lembrei-me de quando estava sentado ali, me despedindo de todos na minha família e pensando em como Dan diria, ao crescer, que ele não tinha um pai e que seu pai não o amava porque estava sempre longe. Aquela lembrança simplesmente me dilacerou. Não podia deixar passar nem mais um minuto sequer sem fazer algo a respeito.

Puxei Dan de lado, as lágrimas aflorando nos meus olhos.

— Dan — falei —, sabe quando você costumava brincar sobre não ter um pai?

— Sei — respondeu ele.

— Nunca mais diga isso, está bem?

Ele assentiu. Só o fato de pensar no meu filho dizendo essas palavras havia me magoado tão profundamente que eu não queria nem brincar a respeito. Agora que eu tinha sido devolvido à minha família, não deixaria que eles tivessem a menor sombra de dúvida sobre o quanto significavam para mim.

Andrea e eu sabíamos o quanto estivéramos perto de perder um ao outro. Estávamos sentados juntos no sofá havia algum tempo, sozinhos em casa, e eu disse:

— Sabe, Anjo, realmente não era para eu ter saído dessa vivo.

— Eu sei.

E era verdade. Então ela disse:

— Da próxima vez que sentir que está com sorte, dá pra comprar, por favor, um bilhete de loteria?

Naquelas primeiras semanas, Andrea ficava com medo de tirar os olhos de cima de mim. Eu acordava no meio da noite e a via procurando por mim, com medo de que o meu lado da cama estivesse vazio. Andrea não se lembra de ter feito isso. Eu lhe dizia: "Tudo bem, Anjo. Estou aqui. Volte a dormir." Depois de alguns dias, comecei a dizer a amigos meus: "Ela não me deixa nem ir ao banheiro sozinho!" Era um exagero. Mas só um pouquinho.

Ainda não fazia a menor ideia de que o mundo inteiro tinha assistido à provação pela qual eu havia passado. Fiquei completamente espantado ao saber quantas pessoas tinham ficado sensibilizadas: gente que acompanhara aquela situação desde uma cama de hospital, ou que passara por um episódio semelhante, ou que simplesmente entrava em contato comigo para dizer o quanto se orgulhava de mim. Houve até um criador lá do Oeste, que se dispôs (já que tive de lhe confessar que não tinha nenhuma vaca) a me enviar cabeças de gado e ração aonde quer que eu quisesse, e o cara de Vermont que me ofereceu sua área de caça. As pessoas queriam apenas estar conectadas com minha história. Fiquei perplexo com tudo aquilo.

— Isso restabeleceu minha confiança nas pessoas — disse Andrea. — Depois de dezesseis anos como enfermeira de um setor de emergência, onde vemos as pessoas em situações terríveis que poucas vezes acabam bem, sua fé pode ficar bem abalada. Às vezes a gente chega a esquecer que o bem ainda existe em algum lugar lá fora. Porém, depois que as pessoas se mostraram tão generosas conosco, vi que encontramos de fato o bem em lugares totalmente inesperados.

Não foram as celebridades com quem nos encontramos que fizeram com que nos sentíssemos diferentes, mas as pessoas comuns como nós. O vizinho que nos enviou as refeições prontas, dia após dia, sem querer ouvir nenhum agradecimento em troca. E o refugiado somali que, morando em Burlington e trabalhando no hospital de Andrea, procurou-a para dizer o quão feliz tinha ficado por mim e como queria se desculpar pelas pessoas más na Somália. Andrea lhe disse: "Existem pessoas ruins em toda parte."

E é verdade. Mas o número de pessoas boas é maior. Acredito nisso agora.

Fizemos coisas que jamais sonharíamos fazer. Ir à National Opera, em Washington, comparecer a eventos que exigiam trajes de gala, encontrar algumas pessoas com muita influência. Foi simplesmente inacreditável. Houve um momento em que estávamos sentados no Salão Oval da Casa Branca e Andrea sussurrou para mim: "Como vim parar aqui?" Foi um jeito bastante sofrido de comprar um bilhete para dar uma volta na roda-gigante, como disse Andrea. Ela era uma garota de Vermont que se sentia como se a tivessem deixado entrar nesse enorme parque de diversões. Ela não cansava de me dizer que ainda iria escrever um livro sobre as "1001 coisas que podemos fazer com Richard Phillips".

O momento mais comovente, no entanto, foi uma reunião com os Seals da marinha. As mulheres desses homens disseram a Andrea que a admiravam pela maneira como se comportava. Ela não conseguia acreditar: estavam dizendo o quanto a admiravam. "Sabíamos que nossos homens iriam fazer o trabalho deles", elas comentaram. "Mas você tinha de ficar lá sentada, sofrendo sem saber qual seria o desfecho daquilo." De nossa parte, nós a admirávamos: mulheres jovens, na casa dos vinte ou trinta anos, algumas delas viúvas. A esposa de um Seal da marinha nunca sabe se o marido vai voltar depois de uma missão. Andrea tinha lágrimas nos olhos, e eu também.

———

Todos perguntam: "Essa experiência transformou você?" Minha fé, sem dúvida, se tornou mais forte. Não sou o tipo de cara que faz pactos com Deus e nunca lhe pedi para me tirar daquele barco em troca de ir à igreja todos os dias ou coisa parecida. Não me pareceu um acordo justo. Mas rezei, sim, pedindo força. Rezei pedindo sabedoria. Não pedi pelo desfecho, apenas pela capacidade de dar o melhor de mim quando fosse necessário.

Serei grato até o fim dos meus dias pelo que os Seals fizeram por mim. E hoje em dia não posso ir a um jogo num estádio sem chorar ao ouvir o hino americano. Quando outros americanos arriscam a vida para salvar você, aquele hino se transforma em algo mais do que uma canção. Ele se torna tudo aquilo que você sente pelo seu país. O vínculo que todos temos uns com os outros e que tantas vezes permanece invisível e é menosprezado. Tive sorte o bastante para vivenciar isso de um modo que talvez só aconteça com os soldados.

Porém a experiência não me transformou. Apenas me fez ver coisas que tinham estado na minha frente o tempo todo. Como a importância de enxergar as coisas pelos olhos das outras pessoas. Durante minha carreira como comandante, sempre que um integrante da minha tripulação fazia algo realmente estranho, eu não me limitava a corrigi-lo. *Perguntava por que estava fazendo aquilo daquele jeito.* O fato de me interessar pelos motivos das pessoas, pelo modo como viam o mundo, me ajudou a antecipar momentos de perigo que enfrentei mais tarde. Em especial a bordo do *Maersk Alabama*. A tripulação e eu estávamos prontos para qualquer crise, não apenas porque havíamos treinado exatamente para aquele tipo de situação, mas porque pensávamos três movimentos à frente dos piratas. Eu sabia que iam querer falar com seus líderes. Sabia que queriam algum tipo de recompensa, mesmo que fossem alguns poucos milhares de dólares. E sabia que precisavam encurralar todos os meus homens num único lugar. Isso ajudou enormemente.

Mas o que me manteve vivo foi minha determinação mental. Simplesmente me recusei a deixar que os piratas me derrotassem. Sempre adorei vencer quando ninguém esperava que eu conseguisse. Mesmo ao jogar basquete hoje em dia, sabendo que o outro time é melhor. Quando as probabilidades estão contra mim, o sabor da vitória é ainda mais doce. Temos de treinar nossas mentes para jamais desistir de lutar.

O que pude ver com maior clareza foi a lição que aprendi a bordo da embarcação de salvamento: somos mais fortes do que imaginamos. Houve muitas ocasiões durante minha provação em que tive medo de não aguentar o que me esperava nos cinco minutos seguintes. Em especial durante as execuções simuladas. Esse medo supremo, o de presenciar a própria morte, era tão aterrorizante que pensei que fosse perder o controle e me rebaixar a um papel deprimente. Mas isso nunca aconteceu. Aquilo me ensinou que eu podia aguentar muito mais do que supunha.

Todos acreditamos que nosso nível de resistência é muito baixo, temos medo de fracassarmos. *Enquanto tiver esse emprego, ou essa casa, ou essa mulher ou marido, ou essa quantidade de dinheiro, estarei bem.* Mas o que acontece quando essas coisas são tiradas de você? E mais — sua liberdade, sua dignidade, mesmo as coisas que nos habituamos a considerar naturais, como usar um banheiro? O que acontece quando as pessoas tentam tirar até a sua vida? Descobrimos que temos uma personalidade maior e mais forte do que imaginávamos. Descobrimos que nossa força e nossa fé não dependem de quão seguros estamos. Elas independem dessas coisas.

"Você poderia fazer o que eu fiz", costumo dizer às pessoas. "Você só não precisou fazer isso ainda." E elas sempre respondem: "Bem, não tenho tanta certeza." Eu tenho. Podem acreditar. Cada vez que duvidei de mim, acabei por superar isso. Sempre que algo era tirado de mim, eu descobria que na verdade não precisava daquilo. Somos mais fortes do que imaginamos.

E há, é claro, a palavra com "H". "Herói." Quando cheguei em casa, a mídia foi embora, os amigos disseram adeus e voltaram para as suas casas e suas vidas e os agentes de Hollywood pararam de ligar, pude sentar e ler as cartas que as pessoas tinham me enviado. Algumas vinham endereçadas apenas com "Capitão Phillips, Vermont". Achei graça disso, era como se eu fosse Lindbergh ou Abraham Lincoln — ou Papai Noel no polo norte! Mas não me sentia diferente por causa disso. Eu era um cara normal. Uma pessoa comum — de verdade. E agora as pessoas vinham usando aquela palavra, que eu havia reservado para pessoas como Audie Murphy e Neil Armstrong.

"Você é o meu herói." Essas palavras enchiam meus olhos de lágrimas. Mas não eram lágrimas de felicidade. Sinceramente, faziam com que me sentisse um impostor, uma fraude. *Não fiz nada de especial*, pensei. *Não me-*

reço tudo isso. *Não* quero *tudo isso.* Realmente não gosto muito de receber cumprimentos. Acho que deve ter algo a ver com o fato de ter sido criado com sete irmãos e irmãs num lar irlandês-católico. Sei como lidar com alguém que está me dando um chute no traseiro. Mas não com quem me elogia. Na verdade, na terceira noite depois da minha volta, tive um sonho de que a coisa toda não passara de uma encenação. Não tinha havido nenhum pirata, nenhum refém fora capturado, nenhuma operação de resgate. E todos estavam pensando que eu era um herói, mas era tudo uma farsa, filmada num estúdio de Hollywood. Eu era um ator, um fingidor, e todos descobriram isso e agora me odiavam. Acordei suando frio.

Porém via que todos que tinham passado por uma situação extraordinária eram chamados de heróis. E eles vão aos *talk shows* e dizem: "Vocês sabem, não me sinto como um herói. Se o destino pusesse vocês no meu lugar, teriam feito o mesmo." E é verdade. Lá, ao largo da costa da Somália, não descobri algo a respeito de mim. Descobri algo a respeito do potencial de qualquer pessoa que treina a sua mente para ser forte. Sou um sujeito comum de Vermont que teve a chance de vislumbrar algo que muito poucas pessoas têm sorte o bastante para ver.

Depois de todas as entrevistas e discursos e uma grande festa de recepção (quinhentos de meus amigos mais próximos e vizinhos reunidos num parque da cidade para um piquenique), voltei a ser um pai e um marido. Enfim consegui um novo cachorro, Ivan, uma mistura de spaniel com o DNA de alguma raça misteriosa, e que é tão desobediente quanto Frannie. Nos dias quentes de verão, ele vai ao riacho que passa atrás da nossa casa, conhecido de todos da vizinhança, e mergulha comigo. Depois caminhamos entre as árvores para voltar ao lar.

Foi ali, semanas depois do meu retorno, que um vizinho, varrendo a sujeira e os cascalhos do outro lado da estrada, me viu estender a roupa molhada no varal do quintal para secar. Deve ter parecido estranho ver o herói, o cara que assinara o contrato para um filme, ou seja lá o que fosse, fazendo as coisas mais banais, como se nunca tivesse sido um refém tão perto de morrer.

Ele gritou para mim, e eu me virei e acenei para ele. Eu ri. Não tinha parado para pensar como minha vida acabara de fechar um círculo perfeito. Mas aquele momento de fato me fez ver isso. *Estou em casa*, pensei. Enfim estava de volta à minha vida outra vez.

www.intrinseca.com.br

1ª edição	OUTUBRO DE 2013
impressão	RR DONNELLEY
papel de miolo	PÓLEN SOFT 80G/M²
papel de capa	CARTÃO SUPREMO ALTA ALVURA 250G/M²
tipografias	CHAPARRAL